フォード・マドックス・フォード

Ford Madox Ford

パレーズ・エンド◉第3巻

A Man Could Stand Up—

男は立ち上がる

Parade's End

高津昌宏［訳］

論創社

パレーズ・エンド[3] 男は立ち上がる ＊目　次

男は立ち上がる

主要人物一覧

ヴァレンタイン・ワノップ

クリストファー・ティージェンスの恋人。第一次大戦が進行するなか、ロンドン郊外の女学校で体育の教師を務める。

ミセス・ワノップ

ヴァレンタインの母親。娘が、妻帯者であるクリストファー・ティージェンスに惹かれていることを心配し、二人に関係を持たないよう迫るが、結局、二人の関係の仲立ちをすることになる善意の人。

ミス・ワノストロフト

ヴァレンタインの務める女学校の校長。ヴァレンタインの父親を崇拝している。

クリストファー・ティージェンス

妻のシルヴィアがルーアンに押しかけてきて引き起こされた騒動により、前線送りとなるが、後に、体調のすぐれないビル大佐に代わって大隊の司令官に就任、部隊同士の通信訓練を重視する方針を取る。敵の砲撃を受け、部下たちの救助に当たっているさなかに、再びキャンピオン将軍が現れ、指揮権を取り上げられ、彼がもっとも嫌う役目の、囚人の看守役を割り当てられる。戦争が終わるとグレイズ・インの部屋に戻ってヴァレンタインとの新生活に備える。

シルヴィア・ティージェンス

クリストファーの妻であるが、何かにつけて夫を苦しめる。ルーアンでかつての浮気相手とクリストファーとの間に大騒動を引き起こし、その結果、クリストファーを前線送りにする。クリストファーとよりを戻したい気持ちをもちながらも、一方で、エドワード・キャンピオン将軍にも擦り寄り、クリストファーと別れた後、その妻の座を約束させる。

エドワード・キャンピオン

クリストファーの父親の友人で、名付け親。ルーアンの基地で最高司令官を務める職業軍人であるが、そこで騒動を起こしたクリストファーとペローンとマッケクニーを同じ列車で前線送りにする。本国の陸軍省に働きかけ、英仏の単独指揮が成ると、その部隊を率いるためにティージェンスのいる前線にやって来る。

ヴィンセント・マクマスター

クリストファー・ティージェンスの両親が面倒を見てきた、クリストファーとは兄弟のような関係の人物だが、現在は妻のイーディス・エセルの尻に敷かれ、クリストファーに借金を返さずに済む算段を考える。

イーディス・エセル
夫のヴィンセント・マクマスターがクリストファー・ティージェンスに多額の借金をしているため、ティージェンスが無事に戦争から戻ってきて、借金の返済が求められることを恐れている。

マッケクニー大尉
クリストファーの親友であったヴィンセント・マクマスターの姉の子であり、オックスフォードで副学長のラテン語賞を受賞したことがある。クリストファーと同様、ルーアンの基地で大尉であったが、前線では輜重《しちょう》隊の将校となり、ティージェンスの大隊にもやって来る。ティージェンスとの間で始めた、ソネットの執筆・翻訳の時間競争は最後まで続く。

ペローン少佐
ルーアンで、シルヴィアにホテルの部屋の鍵を開けておくように懇願し、夜中に忍んでいくことで大騒動を起こし、前線送りになった結果、すぐに砲弾に当たって落命する。

ビル大佐
クリストファー・ティージェンスが送られた前線の大隊の司令官。腋の下に癌ができているが、医務官の出す薬を飲むのを拒み、ティージェンスに大隊の指揮を託す。

アランジュエ
ティージェンスの部隊の少尉。母方の大伯父がポルトガル北西部のオポルトの司教座聖堂参事会員で「夜に寄せるソネット」の作者であるという。バイユールに恋人がいる。爆撃で吹き飛ばされ、片目を失う。

ダケット
ティージェンスの部隊の兵長。クリストファーにヴァレンタイン・ワノップを思い出させる風貌をしている。爆撃で吹き飛ばされ、土砂に埋もれる。

英国陸軍の階級と登場人物

（　）内は初出ページ

士官（Officers）

元帥（Field Marshal）

大将（General）

中将（Lieutenant-General）

少将（Major-General）　エドワード・キャンピオン（34）

大佐（Colonel）　ビル（125）

中佐（Lieutenant-Colonel）

少佐（Major）　ペローン（111）、ジェラルド・ドレイク

大尉（Captain）　クリストファー・ティージェンス（後に少佐に昇進）（58）、マッケクニー（83）、ギブズ（206）、ノッティング（副官）（187）

中尉（Lieutenant）　コンスタンティン（85）、ハケット（160）

少尉（Second Lieutenant, Subaltern）　アランジュエ（95）

その他の階級（Other Ranks）

一等准尉（Warrant Officer Class 1）

二等准尉（Warrant Officer Class 2）

特務曹長（Sergeant Major）

軍曹（Sergeant）　カッツ（186）
伍長（Corporal）　コリー（110）
兵長（Lance Corporal）　ダケット（166）
兵卒（private）　６４スミス（156）、０９グリフィス（105）、ラント（117）、コックショット（226）

第一部

I章

街路からも、音がひどく反響する大きな運動場からも、耐え難いほどの騒音が聞こえるなか、校舎の奥深くからのんびりと鳴り始めた電話は、ヴァレンタインには――数年前にはよくあったことだが――究め難い運命の超自然的道具立ての一部のように感じられた。

電話機は、何故か巧みに精神的苦痛を与えるように、これ見よがしに大きな教室の隅に置かれ、ヴァレンタインは自分が指揮する何列にも並んだ女の子たちが電撃を受けたかのように押さえが効かなくなって立つ運動場から、かなり不安な精神状態のまま高圧的に呼び出され、受話器に耳を当てたが、そこからは、たちまち、聞き覚えがあるような、ないような声が発せられて、理解不能な知らせが突きつけられた。ちょうど話の真ん中から、その声は彼女に叩きつけられたのだった。

「…おそらく彼を押さえつけないといけないわね。あなたにはお気に召さないかもしれないけれど!」その後でまた雑音が激しくなり、声が聞き取れなくなった。

この瞬間、おそらく世界中の全人類が押さえつけられる必要があるのではないかとヴァレンタインは考えた。自分自身を押さえつけておく必要があることも分かっていた。彼女にはこの判断を下し得る男の親戚は特には一人もいなかった。弟はどうだろう？　弟は掃海艇に乗っていた。現在、船はドックに入っている。今や…永遠に安全だ！　会ったこともない年取った大伯父もいた。どこかの大聖堂主任司祭だった。…ヘレフォード[1]だったか、エクセター[2]だったか。…どこかの…でも今、自分で安全だと言ったではないか。彼女は歓喜に身を震わせた。

　ヴァレンタインは受話器の送話口に向けて言った。

「こちらはヴァレンタイン・ワノップです。…この学校の体育の教師ですが」

　彼女は平静を装わなければならなかった。…少なくとも平静な声を！

　電話の声は、誰だか思い出せそうで思い出せないもどかしさを感じさせたが、今ではそれにさらに多くの不可解が加わっていた。洞窟のなかから聞こえてくるような、いらだって異常に早口になったような、唾を飛ばすほどに激しい「歯擦音」を誇張する声だった。

「お兄さんが肺炎にかかっているのだけれど、愛人でさえ面倒を見られずにいるのよ…」

　その声が消え、それからまた現れた——

「二人は今、親しい関係だと言われているわ」

　その後、長い間、運動場から聞こえてくる少女たちの甲高い声の波に、むせび泣くような工場の警笛のうねりに、互いに踵《きびす》を接してやってくる無数の破裂音の合間に、その声は飲み込まれていった。いったい彼らはどこで爆発物を手に入れたのだろう。学校のまわりの、むさ苦しい郊外の街の住人たちは。さらに言えば、どこでそんなぎょっとするような騒音を立てる勇気を手に入れたのだろう。茶褐色の家に住む、一見したところ帝国の住民とは言えないような、あまりに活気のない人たちだというのに。

鋭い歯擦音を立てる電話の声は、恨みがましく吐き捨てるように言葉を続けた。ポーターが家具などまったくなかったと言っていたと。家のなかの男はポーターをポーターだと認めようともしなかったのだと。まゆつばにも聞こえるその情報の数々は、外からの騒音によって半ばかき消されたが、発言の内容によって相手に痛みを与えようと目論むかのような声で発せられたのだった。

それにもかかわらず、それは愉快な気分で受け取らずにはいられない話だった。何マイルも何マイルも離れた外の世界では署名がなされたに違いなかった――数分前に。彼女は、広大な前線で、むっつりとして不機嫌な大砲が最後の音を発しているところを想像した。

「まったく分かりませんわ」ヴァレンタイン・ワノップが送話口に向かってがなりたてた。「どんな要件で、あなたがどなたなのか」

ヴァレンタインには一つの称号が聞き取れていた。…何とか令夫人。…ブラスタスだったかもしれない。学校の女性理事の一人が、吉日を祝うためにスポーツ大会を組織させようとして、何かを命じたいに違いないと彼女は想像した。女性理事の誰かが、いつでも何かを祝うために学校が何かすることを望んでいた。きっとユーモアのセンスがない――まったくユーモアのセンスがない――校長が、三十分間我慢強く話を聞いた後で、この称号を持つ女性にヴァレンタイン・ワノップのことを話したに違いなかった。校長は皆が息を切らして立つ運動場に人を遣って、ミス・ワノストロフトが――つまり件の校長のことだが――あなたに話を聞いてもらいたいらしい人から電話がかかってきているということをヴァレンタインに伝えさせたのだった。…だとすれば、ミス・ワノストロフトはその称号をもった、今は識別不能な女性の話を理解することができたに違いなかった。しかし、もちろんそれは十分前のことだった。…発煙砲か警報か、どちらか区別がつかない轟音が、鳴り響く前のことだった。…「ポーターに向かって、家具など何もないと言ったのよ。…ポーターだと認めようとさえしなかったのですからね。…しっかり取り締まるべきだわ！」ヴァレンタインの頭はこうして（暫定的ながら）ブラスタス令夫人からの情報を再度捉えることができた。今度は、学校が自分を体育の教師として雇う前にここにいて、老齢で引退した訓練係軍曹のことをこの婦人は心配しているに違いないと思った。ヴァレンタインはポーターの黒い制服の上にいくつかのリボン章をつけた高齢で尊敬すべき、もごもごと話す紳士を想像した。おそらく救貧院に入れられたのだ。学校の理事たちによって。きっと家具は質に入れさせられて…。

強烈な熱がヴァレンタイン・ワノップにとりついた。実際、彼女は自分の目が閃光を発するのではないかと想像した。それはこのときだっただろうか。

彼女には人々が発したのが発炎砲なのか、高射砲なのか、警報なのかさえ分からなかった。それは発せられた――何であれ騒音が――彼女がこの不愉快な電話に出るために地下の通路を通って運動場から教室に戻ってくる間に。それで彼女はその音を聞かなかった。世界の耳が何年もの間、一世代の間、待ち望んでいた音を彼女は聞き逃してしまった。永遠に。何の音もなかった。運動場から出て行くときには完全に静まり返っていた。皆が待っていた。女子生徒たちはゴムの靴底でもう一方の足首を擦っていた…。

今後…残された生涯の間、彼女はそれを待っていた何万人もの人が知った最大の刺すような歓喜を決して思い出すことはないだろう。それを思い出せないような人間は自分以外、誰もいないだろう。…おそらく、それは刺すような興奮であり、おそらくは、炎を飲むような出来事だった。それはもう終わりを告げていた。今では、皆がある種の状況に置かれていた。ある種の方法によって――ある種の事柄に影響を与えるような事態だった。

元訓練係軍曹と推定される男には肺炎にかかった兄がいて、同様に役に立たない愛人がいることを、ヴァレンタインは思い出した…。

彼女はこうつぶやきそうになった。

「これがまさにわたしの運命なのだわ！」そのとき彼女は自分の運命がまったくそんなものでなかったことを嬉しくも思い出した。概して彼女は幸運だった。――山あり谷ありの人生だったが！　一時は大きな心配もあった。――でも、そうでない人なんていなかった！　とにかく自分は健康だし、母も健康、弟は無事でいる。…さまざまに不安はある、確かに！　でも、そんなにひどい状況になったことは一度もなかった…。

ならば、これは例外的な不運なのだ！　これは前兆ではないのか――自分の将来がうまくいかないという意味の。自分がなにか普遍的な経験を逃してしまうだろうという意味での。例えば、結婚しないとか、出産の喜びを知らないとかといった。出産が喜びだと仮定しての話だが！　そうかもしれないし、そうでないかもしれない。どちらとも言える。いずれにせよ、自分が普遍的な、必要不可欠な経験を逃してしまうという前兆なのではないか。カルカッソンヌを見ずして[3]、とフランス人が言うような。…多分、自分が地中海を見ることはないだろう。地中海を見たことがない人間が、ちゃんとした人間であるはずがない。ティブルス[4]の海、名詩選の編者の海、サッポー[5]の海でさえもある。…青い、信じがたいほどに青い海！

今、人々は旅行することができる。信じがたいことだ。信じがたい！　信じがたい！　でも、できるのだ。来週にでも、行くことができるだろう！　タクシーを呼ぶことができる。それでチャリングクロスまで行く。そしてポーターを呼ぶ。あらゆる荷物を運んでくれるポーターを。…そして翼を、鳩の翼を手に入れる。そしてわたしは飛び去る。飛び去って、レキット社の青色洗濯着色材が入った、計り知れない大きさの洗濯盥(6)の傍らで、柘榴《ざくろ》を食べる。信じがたいが、自分はそうすることができるだろう。

　ヴァレンタインは再び十八歳になったように感じた。自信過剰な！　以前、女権運動家たちの集会で邪魔する人たちに叫び返すのに使っていた良質な金属製の盥のようなロンドンっ子の肺を使って…彼女は臆面もなく電話の送話口に向かって大声をあげた。

「いいこと！　あなたがどなたであれ、彼らはそれをやったと思うわ。発煙砲や警報であなたの側にそれを告げたのではありませんこと？」彼女は三回それを繰り返した。ブラスタス令夫人だかブラスト令夫人だかのことは気にも留めなかった。自分はこの古い学校を去って、オデュッセウスの妻ペネロペイアーが洗濯をした岩陰で柘榴の実を食べるのだ。青い水が激しく打ちつけるなかで。あの地域では海の色のせいで肌着は皆、青く染まるだろうか。自分にはできる！　自分にはできる！　自分にはできる！　母と弟と一緒に、皆が…ああ、新しいジャガイモを！…食べられるところへと出かけて行く。十二月には海は青くなる。…人魚たちはどんな歌を歌い、そして…」

　何という名の貴婦人への敬意であれ、わたしはもう二度と示さない。自分は働かなくても暮らしていける資力をもった女性だけれど、これまでは、学校に、そして女性教師たちを抱えるワノストロフトに被害を与えないために、敬意を示さなければならなかった。…今は誰に対してであれ、もう二度と敬意を示すつもりはない。自分は辛い目にあってきた。世界全体が辛い目にあってきた。もう敬意などありえない！

彼女も予期したかもしれないが、その後すぐさま彼女はこっぴどい叱責を受けた。生意気だと！

歯擦音を立てる電話からの苦々しい声が、彼女が聞きたくない唯一の住所をはっきりと発音した。

「リンカンズ…ズズ…ズイン」

罪因…悪魔のごとし！

心にグサッときた。

残酷な声が言った。

「そこから話しているのよ」

ヴァレンタインは勇気を持って言った。

「ええ、今日は偉大な日ですもの。あなたもわたしと同様、歓声に悩まされているのね。おっしゃっていることが聞き取れないわ。構いません。歓声を上げさせておきましょう」

ヴァレンタインはそんなふうに感じていた。それがいけなかった。

声が言った。

「あなたはカーライルのことを覚えているわね…。」

それはまさに彼女が聞きたくないことだった。受話器に耳をきつく押し当て、彼女は大きな教室を見回した。そこは校長が学校の校風のよく出たスピーチをする際に、千人もの女子学生を座らせておくために作られた講堂だった。抑圧的な校風だ！　この場所は非国教徒の礼拝堂のようだった。ゴシック様式の窓が付いたむき出しの壁が、松脂の塗られた屋根へと高く伸びていた。……抑圧こそがこの場所の雰囲気だった。今では流行らない場所、まさにそういった場所だった。……街に出て警官のヘルメットを空気袋で叩くべきだ。それがロンドンの下町だ。ロンドン下町の表現の仕方なのだ。悪気なく警官を叩きなさい。なぜならば警官たちは堅苦しく、そうした愛情表現に当惑し、もっと卑しい雑草に押しのけられるポプラの木のように、歓喜する群衆のなかにあってその頭越しに遠くを見やりながら揺れ動くのだから。

しかし、ヴァレンタインは、トマス・カーライルの消化不良を思い出しながら、そこに座っていた。

「まあ！」と彼女は電話機に向かって大声で言った。「あなたはイーディス・エセルなのね！」イーディス・エセル・ドゥーシュマン、もちろん今ではマクマスター令夫人である！　でも、彼女のことを令夫人だと考えることにヴァレンタインは慣れていなかった。

彼女はもっとも連絡してきそうにない人物だった。まさにありそうにない！　なぜならば、もうだいぶ前にイーディス・エセルとの関係は終わったものとヴァレンタインは決めてかかっていたからだった。築かれたものを、悪意を持って――暗黒の闇のなかの暗黒の思いを持ってと言ってもよいかもしれない――すべて非として高い位に上った人物に近づくことは、ヴァレンタインにはできない相談だった。イーディス・エセルはすぐには役立たないだろうすべてのものを非としたのだった！

そして貧弱な身に美の衣を纏い、適切な機会に使おうと何組もの引用句を手に入れた。愛のためにはロセッティ、楽観主義にはブラウニングを——後者はそう頻繁には使われなかった。もっと難解な散文の知識を示すためにはランドーの句を。新年や大晦日や戦勝記念日や諸々の記念祭や祝日のような祭り騒ぎの熱狂を削ぐためにはカーライルの効果覿面《てきめん》の引用句を。…そうした引用が今や、電話を通して聞こえてきた。

「…それでわたしは贖い主の誕生日であることを思い出したのよ！」

ヴァレンタインはどんなによくそれを知っていたことか。どんなにしばしばイーディスが意地悪な自負心を持ってそれを詠唱したかを。兵舎の近くに住んでいたチェルシーの哲人(7)の日記からの一節を。

「今日は」とその引用は続いた。「角の酒場のそばの兵士たちが普段よりも酔っ払っていた。それでわたしは贖い主の誕生日であることを思い出した！」

それまでクリスマスの日であることを思い出さなかったことでチェルシーの哲人はどれほどに卓越性を増したことか。イーディス・エセルもまた自分がどれほど卓越した人間かを示そうとした。ヴァレンタイン・ワノップに今日は何か民衆のお祭りのようなところがあると思い出させられるまで、マクマスター令夫人はその事実に気づかなかったことを証明したがっていた。マック令夫人は、あの批評家のサー・ヴィンセントと一緒に、世間から隔絶した有頂天の生活を送っていた。彼らの目はもっと高貴なものに向けられていた。発煙筒は無視し、実際、今や非常に注目すべき初版本のコレクションを揃え、役職の肩書がある友人を持ち、自分たちの名誉になるホームパーティーを開いていた。

それでもヴァレンタインはかつて陰気で神秘的なイーディス・エセル・ドゥーシュマンの足許に座ったことを、そして彼女の結婚生活での苦難、彼女の印象的な家具の好み、彼女の大きな部屋の数々、彼女の霊的姦通に共感を抱いたことを覚えていた。そこでヴァレンタインは陽気に電話口に向かって言った。「相変わらずね、イーディス・エセル。それで御用は何ですの？」

ヴァレンタインはイーディス・エセルの優しい保護者ぶった口調ばかりか、その話しぶりの遠慮のなさにも驚いた。そのとき、ヴァレンタインは騒音が聞こえなくなったことに気づいた。静けさが訪れ、大声は退いた。大声は遠くの集結地のほうへと向かっていた。運動場の少女たちの声はもはや存在しなかった。校長が彼女たちを解散させたに違いなかった。当然、地元の人たちが横道でクラッカーを鳴らし続けることもなかった。…ヴァレンタインはまったくあり得ない状況にただ一人閉じ込められていた！

マクマスター令夫人が探し出し、ここにヴァレンタイン・ワノップがいた。恩着せがましい態度をとるマクマスター令夫人！　なぜなのだろう。マクマスター令夫人はわたしに何をして欲しいのだろうか。夫人が不貞を働くことを考え――もちろんそれ自体は大いにありえることだが――自分、ヴァレンタイン・ワノップに無邪気でうぶなお邪魔虫だか、取り巻きだかを演じて欲しいと思っているなどありえないことだった。アリバイ工作の役割もまた。それが何であれありえなかった。間抜けというのがもっとも適切な言葉だった。…明らかにマクマスターはどんな令夫人であっても不貞を働きたくなるような、あるいは不貞を働かざるをえない種類の人間だった。小柄な、褐色の口髭を生やした、うなだれた、弁解がましい男だった。典型的な批評家だ！　あらゆる批評家の妻がおそらく夫に不貞を働くのだろう。彼らには創造力が欠けていた。それを何と呼ぶか。若い女性が使うにはふさわしくない言葉だ(8)!

彼女は、奔放な下町の女学生気分で、自由にいろんなことを考えた。それを止めることはできなかった。それはこの日を祝うことだった。彼女は当面、警察官の頭を殴打するのを禁じられていたので、心のなかで権力者に不敬な態度をとった。サー・ヴィンセント・マクマスターに対して、帝国統計局の主席秘書官に対して、『ウォルター・サヴィッジ・ランドー』(9)の著者に対して、その批評論文や退屈であることで有名な作家シリーズの本に関する二十二本の批評論文に対して。そして彼女はたくさんのスコットランドの文人の女性助言者であるマクマスター令夫人に不敬な態度をとり、見下すような態度をとった。尊敬などありえない。これが世界を巻き込んだ大変動からの尾を引いた効果なのだろうか。直近の大変動の! ありがたいことに、十分前から皆それを直近の大変動と呼んでいた!

彼女はマクマスター令夫人の声が今では真剣な、相手を丸めこもうとするような口調で聞こえてくる電話の前で、肯定的なクスクス笑いを浮かべていた。――マクマスター令夫人はヴァレンタインがあまり注意を払っていないのを知っているかのように言った。

「ヴァレンタイン! ヴァレンタイン! ヴァレンタインったら!」

ヴァレンタインは無頓着に言った。

「聞いているわ!」

実際は、聞いていなかった。実際には、その朝、校長の私室で厳かに行われた職員会議のほうがもっと意味があったのではないかと思案していた。女性校長を上座に据えた女性教師たちが明らかに心配したのは、発煙筒の響きで無礼講が始まったことで、もし万が一彼女たちが――すなわち、わたしを造ったところの[10]女性校長たち、女教師たち、男性教師たち、牧師たちが――尊敬されなくなってしまうならば、全世界がメチャメチャになるということだった。恐ろしい考えだ！　少女たちはもはや、校長が抑制的なスピーチをしている間、非国教会の講堂で静かに座っていなくなるのだ。

女性校長は「偉大なるパブリックスクールの誇り」という句を含むスピーチを昨日の午後に行ったばかりだった。そのなかで、肘を張った色白の痩せた校長は金色の巻き髪に実際まだ日の光を浴びながら、その前日の喜びの表明は二度と繰り返さないようにと女生徒たちに真剣に要請した。前日には誤報があり、学校全体が――おぞましいことに――歌ったのだ。

ビル皇帝を林檎の老木に吊るし
　お茶の時間まで栄光を唱えよう！

今、スピーチをしている校長は、過ちを気づかされた学校を、ともかくも前日の噂がデマであることが分かったために愚かしく見える学校を、いま目の前に見ていると確信していた。そこで校長は、女生徒たちが感じるべき喜びの性質を彼女たちの心に刻ませた。彼女が女生徒たちの心に刻み込んだのは、静まり返った家庭へ彼女たちを送るための、抑えられた喜びだった。血が流されるのは止めなければならない。それは家庭での喜びのために適した理念だった――いうなれば家庭の課題だ。だが、勝利はなくなるのだ。敵対関係を止めるというまさにその事実が勝利を不可能にするからだ。

ヴァレンタインは、驚いたことに、人はいつ勝利感を味わったらよいのだろうと考えている自分に気づいた。まだ係争中に勝利感を味わうことはできないだろう。だが、自分が勝ったときに勝利感を味わってはならないとしたら。人はいつ勝利感を味わったらよいのだろうか。校長は、女生徒たちに、家庭科の授業を学び続け、敗北した偉人たちの偶像を持って街を走り回わらないことがイングランドの将来の母としての——いや、再統合されたヨーロッパの母としての——女生徒たちの本分であると伝えたのだった！　校長は、女性の文化にさらなる光を当てることが女生徒たちの役割であり——再び明かりが灯された大陸を渡って来た天が、彼女たちにそれを忘れることを許さなかったのはありがたいことだと言ったのだ。…もはや潜水艦や空爆の恐れがなくなったので、明かりを灯すことができるようになったかのように。

ヴァレンタインは、一瞬反抗的に、一体なぜ自分は勝利を感じたいと思ったのか…誰かに勝利を感じて欲しいと思ったのかと訝った。その誰かは…たくさんの人たちが…それほどに勝利を感じたがっていた。彼らはほんの少しの間でさえ——銀行休日[11]の間でさえ、勝利を感じることができないのか。たとえ、それが間違っていたり卑俗であったりしても。誰かがかつて言っていた。人間的なことは荒涼たる十戒より貴重であると。

しかし、この朝の職員会議で、ヴァレンタインは、自分たちを本当に脅かしているのはもう一方の兆候であることに気づいていた。それはきわめて明確な恐怖だった。この分かれ目において、歴史の表を横切って走る割れ目において、学校が——世界が、ヨーロッパの未来の母親が——手をつけられない状態になるならば、自分たちは果たして後戻りできるのだろうか。権威者たちは——世界中の権威が——それを恐れていた。他の何よりもそれを恐れていた。もはや尊敬などない状態に陥る可能性があるのではないか。選定された権威も神聖化された経験も何もない状態に。

この心配でやつれた、色褪せた、栄養不良の教養ある女性たちの話を聞いていて、ヴァレンタイン・ワノップは自分が考えているのに気づいた。

「もはや尊敬などありえない。…赤道に対しても、メートル法に対しても、サー・ウォルター・スコットに対しても！　あるいはジョージ・ワシントンに対しても！　エイブラハム・リンカーンに対しても！　七番目の戒律(12)に対しても！」

そして、公平で内気な、肘を張った――校長の――ミス・ワノストロフトが、もっともらしい発言をする詐欺師に屈する、顔が赤くなるような光景を、ヴァレンタインは見た。そこが実際、厄介なところだった。今は、彼ら――女生徒たち、民衆、すべての人――を押さえつけておかなければならない。いったん手を離したら、彼らは海から隔てられた水のようにどこへ自分を運んでいくか分からない。神のみぞ知るだ！　どこへ到着するか知れたものではない――商売を始める地方の名家かもしれないし、利潤を追求してモノを売る良家の人々かもしれない。あらゆる考えられぬ状況に至る可能性がある！

それから、会議が、女生徒たちをその朝、運動場に閉じ込めておき、体操をさせるという決定を下しそうなことを認識したヴァレンタインは、小さな内向きの、喜びの薄ら笑いを浮かべた。彼女は、乱れた髪の学者ぶったこの学校の支配層からの恩着せがましい態度に我慢がならなくなっていた。その上、彼女は熟達した古典学者だったので、学校の学者ぶった層の人たちがいわゆるエリート(13)であると認識していた。彼女は恩恵を施すためだけにそこにいた。というのも、彼女の著名な父親が、生気に満ち賞賛すべき彼女の肉体に細心の注意を払うことを主張したからだった。彼女は先般来、戦時の労働や何やらで——ただ恩恵を施すためだけにそこにいたが、それでもいつも分を弁え、これまで職員会議で異を唱えたことはなかった。実際、このときはすでに、世界がひっくり返ったかのような状況だった。淡いピンクのカーネーションで飾られた席の背後からミス・ワノストロフトがこう言ったのだ。

「その狙いはね、ミス・ワノップ、彼女たちをできるだけ——言うなれば——気をつけの姿勢のままにさせておくべきだということなの。騒音が…ええー、あなたがたがよく知っていることを知らせるまでは。彼女たちが、例えば、万歳三唱をしなければならないのはその後になるわ。そうすれば、多分、彼女たちを——整然と——教室に戻すことができるでしょう…。」

ヴァレンタインは果たしてそんなことができるか自信がないと思った。列に並んだ六百人の少女たちの一人一人から目を離さないでいるなど、現実には、実行不可能だ。それでも、彼女にはやってみる用意ができていた。彼女は興奮ですっかり狂った女生徒たちを、明らかにこれも興奮ですっかり狂っている民衆ですでに一杯の街中に出て行かせるのは、何というか、完全なる得策ではないと認める用意ができていた。できるならば女生徒たちを校内に閉じ込めておいたほうがいい。やってみよう！　それに彼女は喜んでいた。自分は適任だと感じた。驚くほどに適任だと。四分の一マイルレースに出られるくらいに！…ああ、いつでも！　隊列を乱そうとする大柄で厄介なユダヤ人タイプの少女やアングロ・チュートンタイプの少女の顎に一撃をくらわすことができるくらいに。校長やその他の当惑した栄養不良の教師たちにそんなことができるはずがない。それを認めてもらってヴァレンタインはうれしく思った。それでも、彼女は寛大で、発煙筒が発射されるまではとにかく実際に世界をひっくり返すべきではないと認識しつつ言った。

「もちろんやってみます。もしワノストロフト校長先生とあと一人か二人の先生が歩き回ってくださるなら、秩序を保つという点では強化になるでしょう。もちろん交代で。午前中一杯すべての職員が関わる必要はありませんわ」

それは二時間半前のことだった。世界が一変する前の八時半に会議は開かれた。介在する時間の大半を使って女生徒たちを飛び跳ねさせておき、かなり疲れさせた後、ここには、明らかに既存の権威を軽蔑の気持ちを持って扱っている自分がいた。というのも、称号や田舎の地所を持ち、極めて高貴な人たちが出席する木曜午後の会を主宰する、ある省の長の妻以上に尊敬すべきでない者が他にいるだろうか。

ヴァレンタインは実際には電話に耳を傾けていなかった。イーディス・エセルがサー・ヴィンセントの状況について話していたからだった。サー・ヴィンセントは統計のことで働きすぎ、今にも神経衰弱に陥りそうな哀れな男だった。お金にも困っていた。この非道な出来事のせいで多額の借金があった…。

何故――いったい何故――イーディス・エセルの話の要旨を知っているに違いないミス・ワノストロフトが自分を呼んでこの雑多な話を聞かせたのかとヴァレンタインは不思議に思いながら楽しんだ。ミス・ワノストロフトは知っていたに違いない。判断を下すのに十分な時間、イーディス・エセルから話を聞いていたのは明らかだった。ならば、問題は重要であるに違いなかった。緊急なことでさえあったに違いなかった。というのも、運動場で規律を保つことはミス・ワノストロフトにとって絶対的に重要なことだったからだ。学校とヨーロッパの母にとっての、歴史上の正念場だったからだ。

だが、マクマスター令夫人の電話が誰にとって生きるか死ぬかの重要性を持っただろう。自分、ヴァレンタイン・ワノップにとってだろうか。あり得ない。運動場の外側で彼女の人生に影響し得るどんな重要な要件もそこには含まれていなかった。母親は安全に家にいたし、弟は安全にペンブルック・ドック[14]に入港した掃海艇に乗っていた…。

ならば、マクマスター令夫人自身にとって重要だということだろうか。だが、どんなふうに？　自分はマクマスター令夫人に何をしてあげられるだろうか。サー・ヴィンセントに運動をするように教え込んで、神経衰弱に陥らないようにして欲しいのだろうか。そして有り余る体力をつけて、行われるべきでなかった戦争の結果の過酷な税金を払うために抵当に入れたと推測される田舎の大邸宅を担保から外させようというのだろうか。

そのために彼女が求められていると考えるのは愚かしいことだった！　愚かしい状況だった。…彼女は健康と力と上機嫌ではち切れんばかり、元気いっぱいだというのに。彼女には、秩序を保つために、リー・ヘルデンスタムという大柄の少女の顎の脇に際限のない拳骨を食らわせる用意ができていた。あるいは世界中のお祭り気分を盛り上げるために、警察官をちょっとばかり困らせる支援をする用意ができていた。彼女は非国教徒の修道院みたいなところのなかにいた。尼僧のように！　良い意味で尼僧のように！　世界のあり方の分かれ目に！

ヴァレンタインは自分自身に向かってわずかに囁いた。

「神にかけて」と彼女は冷静に声をあげた。「これからの人生において、これが再建された世界のなかで、わたしが、ああ、尼僧のように生きる前兆を意味することがありませんように！」

ヴァレンタインは少しの間真剣に、自分の立場を吟味し始めた。――人生における自分の全体的立場を。これまでは確かに、どちらかと言えば尼僧のような立場だった。彼女はもうすぐ二十四歳になる二十三歳だった。すこぶる元気で、とても清潔だった。運動靴を履いて五フィート四インチ（一六二～三センチ）の背の高さだった。これまで誰も彼女と結婚したいという人はいなかった。明らかに、それは、彼女がこれほどに清潔で元気だったからだ。これまでは彼女を口説く人さえいなかった。それは確かに彼女が健康と活力に満ちあふれていたからだった。彼女は特務曹長の馬蹄形の口髭を生やしゴロゴロ鳴る喉から声を絞り出す紳士たちに明らかに可能性を提供しなかった！――いったい男はそれを何と呼ぶだろう？　そう、胸膨らむ幸福の可能性だ――その可能性を彼女は明らかに提供しなかった！　これからも提供することはないだろう。だから多分、彼女は決して結婚しないだろう。それに決して口説かれることもないだろう！

尼僧のよう！　自分は電話の傍に気をつけの姿勢でずっと立っていなければならないだろう。運動場から世の人々が叫んでいる声が聞こえてくるガランとした教室のなかで。いや、もう運動場からの叫び声さえ聞こえなかった。ピカデリーに行ってしまったのだ！

…でも、いまいましい、自分も何らかの楽しみが欲しいのに！　今すぐに！

ヴァレンタインはもう何年も――ああ、尼僧のように――アデノイド気味で非協調的で、実際、特定の宗派に属さなかったり体制に属さなかったりするのと変わりない大きな私立女学校の生徒たちの四肢や肺の面倒をみてきた。あり得ない、しかし不快ではない下町の生徒たちが両腕を伸ばすときの息の仕方について心配しなければならなかった。…動きに合わせてリズミカルに息をするのよ。ダメ、ダメ、ダメ！…最初の動作で息を吐き、次の動作で息を吸うっていうのはダメよ！　自然に息をするの！　わたしを見て！」…彼女は完璧に息をした。

まあ、これを何年もやってきた！　忌々しい親独派や平和主義者のための戦時の労働を。ああ、それも何年もやってきた。それをするのは好きではなかった。というのも、それは目上の者の態度であり、人の上に立つことは彼女の好みでなかったからだ。自分はイーディス・エセルとは違うのだ！

だが、今は！　明らかではないか。トム、ディック、ハリー、誰とでも心から握手することができる。そして幸運を祈ることができる！　心から！　その人とその事業の幸運を！　自分は戻ってきたのだ。檻のなかに、国家のなかにさえ。彼女は口を開くことができた！　生まれながらの権利である下町言葉の叫びを上げることができた！　彼女は自由で誰にも頼らずにいることができた。

愛しい、神の加護を受けた、頭の混乱した、ものすごく有名になった母親にさえ、今では、憂鬱そうな顔つきの秘書がついていた。ヴァレンタインは一日中運動場で完全な呼吸の仕方を命じた後で、一晩中タイプを打つために起きている必要はなくなった。神かけて、自分たちは皆で出かけることができるだろう。弟と不精な黒と藤色の服を着た母と藤色抜きの不精な黒服を着た秘書とガールスカウトを真似たユニフォームを脱いで白いモスリンかハリスツイードの服を着た自分は、アマルフィ海岸の笠松の下で、下町言葉のわめき声をあげながら料理について議論することができるだろう。地中海のそばで。…そうなれば、誰もわたしがペネロペイアーの海、グラックス兄弟、デリア、レズビア、ナウシカア、サッポーの母を見たことがないとは言えないだろう。

「Saepe te in somnis vidi!（わたしはしばしばお前のことを夢のなかで見た！）」

ヴァレンタインは言った。

「何という…ことです！」

少しも下町言葉の抑揚ではなく、英国の立派なトーリー党員の紳士がとんでもない提案に直面したときのように。実際、それはとんでもない提案だった。というのも、電話からの声はマクマスター家の財政状況について際限のない詳細を語った後で、上の空のヴァレンタインに這い寄るかのように言っていた。

「それでね、愛しいヴァルちゃん、昔のよしみで…要するに、わたしがあなたがたを再び結び合わせる手段になれば…だって、あなたたちは文通もしていないんでしょ…あなたはその見返りを差し出すことができるじゃない。…今この瞬間、総額がどんなに桁外れになっているかあなたにもわかるでしょ…。」

Ⅱ章

　十分後、ヴァレンタインは、獰猛にとは言わないまでも断固としてミス・ワノストロフトに詰問していた。

「いいですか、校長先生。あの女はあなたに何を言ったのです。わたしはあの女が好きではありません。賛同もしませんし、実のところ話を聞きませんでした。でも、先生にお聞きしたいのです！」

　ミス・ワノストロフトは、彼女の小さな私室のニスが塗られたヤニ松のドアの後ろの掛け釘から黒く薄い上着を取っているところだったが、顔を赤らめ、再びその衣服を掛け釘に吊るすと、くるりと後ろを向いてドアから離れた。立っている彼女は痩せ、体を少し強ばらし、顔を少し赤らめ、色褪せた、いわば少し追い詰められたような感じだった。

「あなたは忘れてはなりません」と校長は言い始めた。「わたしが女校長であることを」

　ミス・ワノストロフトは、いつもの動作で、灰褐色の髪のなかでも顕著に金色の房を、薄い左手の手の平で押さえた。この学校の教養ある女性たちの誰もが、十分な食事を摂っていなかった。――もう何年も。「どんな手段であれ」と校長は言った。「知識を得るための手段を受け入れることは本能です。わたしはあなたのことがとても好きなのよ、ヴァレンタイン――二人切りのときにそう呼んでも構わなければ。それにわたしはあなたが巻き込まれているように思ったのです…」

「いったい何に、ですか？」とヴァレンタインが訊ねた。「危険に？…トラブルに？」

「お分かりでしょ」とミス・ワノストロフトが答えた。「あの…人はあなた自身について様々な事実をわたしに伝えたいと望んでいるように思えました。――電話をかけてきた表向きの理由は――あなたに新しい知らせを伝えたいということでしたが。べ…べつの人物についてね。その人とあなたはかつて…関係を持っていました。…そしてその人が再び姿を現したのです」

「まあ」ヴァレンタインは、自分が大声をあげるのを聞いた。「彼が再び姿を現したんですか。そんなことだと思っていました」彼女はその程度までは自分を押さえておくことができて嬉しく思った。


多分、心配する必要はなかったのだ。ヴァレンタインは、もう忘れたものと思っていた男が、たった十分前に、再び現れたことによって――自分が前と変わったと感じているとは言えなかった。それは自分を「侮辱」した男だった。多かれ少なかれ自分を侮辱した男だ。

しかし、一変したのは、おそらく自分の状況全般だった。イーディス・エセルが電話機からあり得ない言葉を発する前は、自分の前途のすべては、並外れて青い海の傍のイチジクの木の下で家族のピクニックをすることだけから成り立っていた。そしてその前途は自分の指にキスするのと同じくらい身近なことのように思えていた。母は黒と紫の服を着て、母の秘書は装飾品なしに黒い服を着て。弟は？　ああ、何てロマンチックな姿なのかしら。白いフランネルのシャツを着て、麦わら帽を被り――自分の弟についてロマンチックになっていけない理由などあるかしら――幅広の真紅のたすきをかけた出で立ちで。片足は岸の上に、もう一方の足は打ち寄せる潮で緩やかに上下する軽量の小舟のなかにある。いい青年だ。いい弟だ。最近、船員として雇われ、軽量の小舟の操作に携わっている。皆で明日出発するつもりだ。…いや、今日の午後、四時二十分までに出かけていけない理由がどこにあろうか。

「船があり、船員もおり、
　金《かね》もある！」

有難いことに、彼女たちには金があった。
チャリングクロスからヴァロンブローザ(1)へ行く船は、明らかに二週間かけて航行することになるだろう。男たち――ポーターたち――はその間解放されるだろう。母と母の秘書と弟と一緒だということは――全世界とその荷物を運んでいるようなもので――たくさんのポーターなしでは安楽に旅することはできない。配給のバターの話なんて！　ポーターなしでやっていくのに比べたら何ということもない。
いったんそのことが思い浮かぶと、彼女の頭は一八五〇年代か七〇年代の古い歌を奏で続けた。近頃、彼女の若い仲間たちが発掘したイギリスの反ロシア的愛国歌で、同邦人の凶暴さを証明するものだった。

以前、熊と戦いし我ら。

いまも再び戦わん！

ロシアに渡してなるものぞ、コンスタンチノ…


ヴァレンタインは突然大声を上げた。「おお！」

彼女は「おお、畜生！」というところだったが、戦争が終わって十五分経つことを突然思い出して、「おお！」と言うだけに止《とど》めた。戦時の言い回しは止《や》めなければならない！　再び若いレディーになったのだから。平和時にも国土防衛法はある。それにもかかわらず、彼女はかつて熊の獰猛さで彼女を侮辱した男のことを考えていた。自分はその男と再び戦わなければならないのだ！　それでも、温かく寛大に彼女は言った。

「彼を熊と呼ぶのは恥ずべきことだわ！」それでも、その男は――再び現れたと言われた男は――問題を、何か破壊的なものを抱えていた…耐えがたい問題を抱く灰色の肩を回して、圧倒するかのように、他の人たちや、その人たちが抱える問題を道路脇を押し出そうとしていた…。


ヴァレンタインは、校長に会いに行く前、まだ学校の講堂にいた間に、このことすべてを考えていた。つまり、マクマスター令夫人のイーディス・エセルがあの耐え難い発言をした直後に。

彼女はその講堂で長いこと考え続けた。…十分間！

彼女は、もうほとんど忘れたものといい気になっていた時代の、不快な心配の一時期の第一項を自分自身のためにまとめてみた。何年も前、イーディス・エセルは、出し抜けに、あの男の子供を産んだでしょうと言って自分のことを非難した。しかし、自分は彼のことをほとんど男性として考えてはいなかった。今ではおそらく、明らかに気がふれて、尻を丸出しにして人を驚かせる、大きくて重い、灰色の知的塊《かたまり》になってしまっている。リンカーン法曹院の鎧戸が閉められた空き家でポーターを識別することさえできないでいる。…確かに呆《ほう》けてしまって！　彼女はその家に行ったことはなかったが、鎧戸の隙間から漏れる光のなか、戸口で訪問者を肩越しに振り返る、灰色の、この上なく熊に似た彼を想像することはできた。…息詰まる不安をもって人を包んでしまいそうな彼を！

イーディス・エセルがあのとんでもない言葉を発してからどのぐらいの時間が経っただろうかとヴァレンタインは考えた。イーディス・エセルは、あの男の奥さんのために、当然、いかにも憤慨した様子で、同様に当然、あの奥さんに「味方して」いた。（ところが今、彼女は再び自分たちを結び付けようとしているのだ。…あの奥さんがおそらくイーディス・エセルのお茶の会にそれほど頻繁に行かないのか、出席するとあまりに華やかで目立ち過ぎるのだろう。おそらく後者のほうだ！）…何年前のことだっただろう。二年前か。そんなには経たないだろう！　それでは十八ヵ月か？　きっと、もっとだ！　きっと、きっと、もっとになる！　当時のことを考えると、あまりにも小さな活字を読んで目が疲れたときのように、頭が力なくぐらつく。…彼は確か秋に出征した。何年のか…？　いや、そうじゃない。彼が秋に出征したのは最初のときだった。一九一六年に出征したのは、自分の弟の友人テッドだった。あるいは、もう一人の友人の…マラカイだった。とても多くの出征者と帰還者がいた。それに出征したが、おそらく戻らない人たちが。あるいは、ボロボロになった人たちが。鼻がもげたり、両眼をなくしたり！　それに――それに、忌まわしい！　ああ、何とも忌まわしい！　そう言って彼女は両拳を握り、爪を掌に突きつけた。正気を失ったりと！

イーディス・エセルの話からは、そうに違いないと思えた。彼はポーターを認識できなかった。家には家具など何もなかったという話だ。それから…彼女は思い出した…。

ミス・ワノストロフトとの面談の十分前――電話口から吹き飛ばされてから十秒後――ヴァレンタインは非国教徒の集会所のようなトーピードグレーの水性塗料が塗られた壁に黒い鉄製の脚を固定され、ワニスが塗られたヤニ松のベンチに腰掛けていた。そして十分間でそのすべてを考えたのだった。…それがまさに起きたことだった。

イーディス・エセルがその言葉を言い終わるや否や、

「総額は本当に驚くような額になるでしょう」という言葉を言い終わるや否や、ヴァレンタインは、イーディスが話しているのは、彼女が考えるのも我慢ならない一人の人間に彼女の惨めな夫が負った借金のことだと気づかされたのだった。当然のこと同時にヴァレンタインの頭に閃いたのは、イーディス・エセルが自分に彼の近況を伝えているということだった。彼は新たな困難に巻き込まれているのだった。木っ端微塵にされたか、打ちのめされたか、文無しになったかして。…飼いならされたこと以外は何でもありえた。…だが、負傷し…たった一人で…わたしを呼び求めているのだ！

ヴァレンタインには、彼の名を思い出す余裕がなかった――思い出すのは耐えられなかった。思い浮かべることさえできなかった。彼女の頭には絶えず侵入してきた――彼の灰色がかった白い顔、無様な、ずんぐりした、だが頼りになる足、山のような巨体、計算された虚ろな表情、完全に人を圧倒するような、しかし確実な全知…男らしさ…彼のものすごさ、が！

今、イーディス・エセルを通して——こんな男であっても、もっと適切な誰かを見つけられたのではないかと人は思うだろうが——彼はまた、自分の置かれた複雑な状況の息苦しい罠のなかに君も入るようにとヴァレンタインに大声で呼びかけていた。イーディス・エセルでさえ、もし彼が最初の一歩を踏み出さなかったなら、あえて自分に再び彼のことを話しはしなかっただろう…。

考えられなかった。耐えられなかった。体が宙に持ち上げられ、提案の音だけで壁際のベンチに下ろされたかのような気持ちだった。…何の提案だっただろう。

「もしもわたしがあなたたちを一緒にする手段となれば、あなたはできるかもしれないって考えたの…」自分に何が…できるというのか？

あの男、グレーの塊に嘆願し、サー・ヴィンセント・マクマスターに対してもつ金銭の請求権を行使させないことか！　明らかに、彼女と…グレーの塊とは！…そうすれば、マクマスターの応接間に通され、そのなかで当節の倫理について議論することを許されると言うのだ。

ヴァレンタインはまだ息もつけなかった。電話からはまだぺちゃくちゃとしゃべる声が続いていた。彼女はその音に止んで欲しいと願ったが、立ち上がって受話器をフックにかけて電話を切るにはあまりにも体が弱っているように感じた。彼女は話し声に止んで欲しいと願った。その声は、いわばイーディス・エセルの髪がトーピードグレーの回廊に突き刺さるかのように聞こえ、吐き気を催させた。まさに、そんな感じだった！

あのグレーの塊は決して金銭的な要求をしないだろう。…この人たちは自分たちがたかった相手の性質を知らずに何年も何年もの間、無慈悲に彼にたかってきたのだ。そのために彼らはさらに哀れになっていた。返還を要求されることのない負債を支払うために売春の斡旋業者にならせてくれと声高に要求するのは、まったく哀れなことだった。

今、あの男はリンカーン法曹院のガランとした部屋で、グレーの靄の球になっているだろう。鎧戸を閉じたガランとした部屋のなかを陰気に転げ回るグレーの態に。——おそらくそうなっていそうだった！　グレーな問題が！　自分を求めている！

十秒で考えるには、どえらい量の…いや失礼、彼女は「著しくたくさんの」と言いたかったのだ。…著しくたくさんのことがあった。おそらく、もう十一秒は経った。後に、彼女はそれが思考というものだと認識した。十分経つと、大きな冷静な力が電話口から自分を引き離し、妙に冷たいトーピードグレーの漆喰の壁に鎹《かすがい》で留められたベンチの上に座らせた。大きな公立の女学校では喜ばれる調度だ。…自分はこの十分の間に、この二年間に考えてきた以上のことを考えた。あるいは、そんなに前からではなかったかもしれない。

おそらく、それはそれほど驚くべきことではなかった。例えば洗える水性塗料のことを二年間考えず、その後、十分間考えるとすれば、その十分間でどえらくそのことを考えることになるだろう。おそらく、考えるべきすべてのことを。だが、洗える水性塗料は、自分にとって絶えず存在する、例えば、貧民とは違っている[2]。水性塗料は、この回廊に少なくともいつも存在してきたけれども、精神的なものではなかった。一方、自分はいつでも自分とともにある。

でも、たぶん、人は精神的にいつも自分であるわけにはいかない。自分の送る人生がいつも自分の何かに…何と言うか、不滅の魂か？　オーラか？　人格か？…何かそういったものに影響を与えているとは考えずに、人は息の仕方を説明し続ける。

　そう、二年間。…ああ、神様、それを有り難き二年間と呼び、乗り越えましょう！…自分は…何というか「活動の休止状態」のようなもののなかにあり、今は、それを乗り越えたのだ！　皆が「抑圧状態」と呼ぶような状態を。自分は自分について考えることを抑圧――禁止――してきた。自分は正しかったのだろうか。敵に包囲され、狂喜に駆り立てられ、騒ぎ立てていた国家のなかで、ドイツ親派はどう考えたらよかったのか。特に同胞の親独派の人たちを自分があまり好きでない場合には。発煙筒によって…分断された孤独な国家について！　宙吊りにされた国家について！

　だが…自分自身に誠実でありなさい、良き娘よ！　電話がその通話口からおまえを弾き飛ばしたとき、おまえは自分が侮辱されたわけでなかったか考えるのを二年間避けてきたことを実際知っていたのだ！　それを考えるのを避けてきたのだ。ほかの何物でもなく！　考えられる資格がある、他のどんなことでもなく！

　もちろん、ヴァレンタインは宙吊りの状態にあったのでなく、不安の状態にあったのだった。もちろん、彼が合図をするならば。――「わたしにはわかるわ」とイーディス・エセルは言っていた。「あなたたちが文通していなかったことは」…あるいは、「通信し合っていなかったことは」と言ったのか。…ええ、二人ともそのどちらもしていなかった。

　いずれにせよ、毛糸で編まれたもつれた球である、あのグレーの厄介者が合図をしていたなら、彼女は自分が侮辱されたわけではないと分かっただろう。それに何か意味があるというのか。

同種の男女が二人きりで同じ部屋にいて、男が何もしなかったとしたら、…それは、侮辱だろうか。これは誰かが吹き込まなければ、娘の頭にはなかった考えだが、いったんそこへ入ると、光輝く真実となった。それは、当然イーディス・エセルによって彼女、ヴァレンタイン・ワノップにもたらされ、イーディス・エセルは、自分も当然そんなことは信じていないが、ああ、それはあの男の妻の…信条なのよ、と言ったのだ。百合よりもソロモンよりも怠惰[3]で、驚くほどスラリとした背が高く敏捷な女性、写真入り新聞の光沢紙の上で、ロウ[4]の柵に沿って、某卿の次男の某閣下と一緒に、絶えずあり得ない足取りで自分のほうに向かってくる女性の信条なのだと。イーディス・エセルはもっと洗練されていた。彼女には爵位があった。もう一人にはなかった。だが、エセルには憂いに沈んだところがあった。ウォルター・サヴェッジ・ランドー[5]を読んだことを明かし、後期ラファエル前派[6]に影響されて不透明な琥珀のネックレス[7]を身につけていたのを、ごく最近止めたばかりだった。彼女は実際、写真入り新聞に載ったことはなかったが、それ以上に洗練された見解をもっていた。彼女は何もしない男もいると考え、そうした者たちには、誰であれ、自分の主催する午後の会に入る権利を与えていた。彼女は彼らの女性相談役だった！　洗練をもたらす影響だった！

　では、妻の夫のほうは？　かつて彼はイーディス・エセルの応接間への出入りを許されていた。今は許されていない。…堕落したに違いなかった！

　ヴァレンタインは「その点でナンセンスは許さない」気分で、厳しく自分に言い聞かせた。

「およしなさい！　あなたは社交界に出入りする妻をもつ既婚者に恋していて、爵位をもった貴婦人からあなたがたは『再び一緒になる』ことができるかもしれないという考えを吹き込まれうろたえている。十年後にか！」

　そこで、彼女はすぐに抗議した。

「違う。絶対に違う。違う。そうじゃない。正確にものを見る習慣は大いに結構だけれど、あまりに露骨な見方は人を誤らせるわ」

　自分に提供された一緒になる機会が何だというのだ。それは、表面上は何でもないが、不幸な機械工がベルトによって歯車のなかに引き込まれ――骨から全部の肉を引き剝がされるように、あの男の耐え難い不安のなかに再び引き摺り込まれることなのだ。確かに、それが彼女の最初に思ったことだった。彼女は怖くて、怖くて、怖くて仕方なかった！　尼僧のような隠遁の有り難味が分かった。その上、停戦の祝いに、浮き袋で警官を殴りつけたい気分だった。

　あの男には――家具がなかった。彼には法曹院の荷物運搬人が認識できないようだった。…気が触れていた。気が触れ、あまりに堕落していた。爵位をもつ貴婦人の応接間への出入りが許されるためには。そうした応接間に頻繁に出入りする男なら、二人きりになった場合であれ、十分な刺激がなければ言い寄ってこないと信頼することができただろうけれど…。

　彼女の寛大な精神は苦しげに反応した。

「ああ、それは公平ではないわ」と彼女は言った。

　公平にはあらゆる側面があった。この戦争以前には、そしてもちろん彼が持っている資金をすべてヴィンセント・マクマスターに貸してしまう前までは、あの灰色熊はイーディス・エセル・ドゥーシュマンの田舎の牧師館の応接間に完全にふさわしい存在だった。感極まった言葉をもって、彼はそこに迎えられた。戦後、彼の資金は底を突き――おそらく、彼の頭脳も枯渇した。彼には家具もなく、ポーターの見分けもつかなかった。…それで、戦後、彼は――ロンドンで唯一サロンを開く貴婦人たる――マクマスター令夫人のサロンにふさわしい存在ではなくなったのだった。

それは言わば「恩恵を受けた友を捨てる」行為だった！

だが、明らかに、それがなされなければならなかった。こうした煩わしい戦争の英雄たちがこんなにもたくさんいて、もしサロンにそれをみな招待するとしたら、サロンはもうサロンではなくなってしまうだろう。特に、彼らに恩を受けている場合には！…それは、すでに喫緊の国家的問題になっていた。それは、今や抗し難い問題になろうとしていた――二十分以内に。この発煙筒の後では。困窮した戦争の英雄たちが皆、戻ってくるだろう。おびただしく。小間使いに門前払いするよう命じるわけにもいかないだろう…七百万ほどもいる人たちを！

でも、ちょっと待って！…いったい彼らをどこに置いたらいいのだろう。

彼を。…だが、好きな俳優について…少女の幼い思いのなかで…考える十八歳の女学生のように、彼のことを単に『彼』と呼び続けるわけにはいかないだろう。彼を何と呼ぶべきか。彼女は知り合って以来ずっと、彼をミスター何々としか呼んでこなかった。…彼のファーストネームを思い切って口にすることは考えられなかった。…母の書斎で馴染みであり、お茶の会でも頻繁に出会ったこの灰色の存在に対して苗字以外の名前を使ったことがなかった。…一度、彼女は馬車のなかでまる一晩この存在と一緒だったことがあった。それを考えると！…そして二人は月に照らされた靄のなかで高らかにティブルスを論じ合った。そして彼女は確かにこの存在にキスして欲しかった。――月に照らされた靄のなかで。実質的に、本当に完全に見知らぬ熊に！

もちろん、そんなことにはならなかったが、彼女は自分がどんなに震えていたか覚えていた。プル…プル…プルッ…と震えていた。

彼女は身震いした。

その後、彼らは将軍キャンピオン卿の車に衝突された。副知事だか、部隊長たる将官だか知らないが、何らかの肩書を持った男にだ。社交界に出入りし、その後ドイツで湯治をした妻の名付け親だったか…いや、たぶん彼女の名付け親ではなかった。そうではなく男のほうのだ。だが、輝く鎧をまとい、奥方のほうの擁護者ではあった。当時は、将校たちは外側に太く赤い縦縞が入ったズボンを履いていた。何という変化だろう！　何と時代をあらわしていたことか！

あれは一九一二年だった。…七月一日だったか。正確には覚えていなかった。とにかく、干し草作りや何やらが始まる前の夏の気候だった。二人で婦人参政権について論じながら通っていったとき、沼地の四十エーカーの土地には長い草が茂っていた。彼女は両手で重い草の穂の先を払いのけながら歩いた。…そう、十二年の七月一日としよう。

今は？　十一月十一日。…ええ、もちろん十八年の。六年前のことだった。何と世の中は変化したことか！　何という大変動だろう！　何という革命か！　彼女はあらゆる新聞、作成中のあらゆる扇情的な新聞記事の記者たちが、声を揃えて喚いているのを聞いた！

でも、忌々しい。その通りだわ！　もし六年前、自分が馬車の隣の席に座っていた自分の心の灰色っぽい空白に…キスしていたならば、それは女学生のいたずらっぽい衝動だと言えただろう。でも、もし今日、――もちろん、それは遠くから文通なしに、いや意思疎通なしに行われるわけにはいかないから、例えば、おそらくはマクマスター令夫人の二人を引き合わす招きによって――自分がそれをするならば。…そしてもし自分が今日…今日…今日――十一月十一日にそれをするならば、今日という日は何という日になることだろうか！…これは自分自身の感情ではなく、クリスティーナからの引用だ。マクマスター令夫人が好きな詩人の妹の。…あるいはもう称号があるのだから、彼女はもっとたくさんの、上品な詩人たちを見つけていることだろう。ガリポリで殺された詩人は…オズボーン将軍だったたか。名前を覚えていなかった。

だが、それから六年間、彼女はその…三角の…当事者だった。彼らは一緒に暮らしていなかったとしても、三角関係と呼ぶことはできなかった。彼らは一緒に暮らしていなかった。…将軍の車が彼らの馬車にぶつかったとき、二人は忌々しくも、もう少しで命を落とすところだった。忌々しくも、もう少しで！（そうした戦時の慣用句は使うべきでない。それは止めるべきだ！　発煙筒を思い出して！）

馬鹿なことだ！　女学生を連れ出すなんて。…結婚の承諾年齢をわずかに…ああ、本当にわずかに越えただけの女学生を一晩中馬車で連れまわし、嫡出子の赤い縦縞ズボンをはいた副知事だか、部隊長たる将官だかの車にぶつけられるとは！　本当に男らしい男ならそんなことは避けられただろう。

ほとんどの男は女が償うことを十分に知っていた。…女学生でも、だ。

だが、二人はあいまいな態度に終始した。…それに、イーディス・エセル・ドゥーシュマンは、あのときは、単に――あるいはまだ、マクマスター令夫人ではなかった。少なくとも彼女の夫は亡くなり、あの惨めな小男…（この言葉は使ってはならない）…と結婚したばかりだった。自分、ヴァレンタイン・ワノップが、唯一の結婚の立会人だった。――以前の、慎重な、賞賛に値する姦淫の目撃者であったのと同様に！…それからイーディス・エセルが結婚した。…それはまさにマクマスターのナイト爵叙勲の日だったに違いない。というのも、イーディス・エセルは彼女のことを結婚パーティーに彼女を呼ばない口実にしたからだった。…イーディス・エセルは彼女のことを…ああ、何某の子供を産んだといって責めた。何某は母のいつもながらの助言者であったけれども、彼女自身がまだ彼のことを苗字で呼ぶ間柄であることは、天が彼女の証人だった。…マクマスター令夫人が、ラマと呼ばれる南米の荷役用の動物のように唾を吐いて敵意を見せ、ヴァレンタインが母親の助言者の子を孕んだと言って責めたとき——当然のことヴァレンタインは驚愕した。しかし、それはもちろん、将軍と、将軍の妹のポーリーン何とか令夫人——いや、確かクローディーン令夫人——が乗った自動車がクリストファーとヴァレンタインの乗った馬車に衝突したせいだった。そう、レディー・クローディーンが車に乗っていた。ロウの柵に沿っていつも大股で歩く社交界の夫人だった。…青天の霹靂のように責められたとき、ヴァレンタインの最初の考えは——そして、忌々しくも、彼女の永続的な考えは——彼女自身の評判に関するものではなく、彼の評判に関するものだった。

それが彼の縺《もつ》れの性質であり、縺れのまさに真髄だった。彼はおぞましい、終わることのない、解けることのない混乱に陥っていた。馬車に衝突する将軍が彼を象徴した。彼は完全に正しい側にいたが、将軍を運ぶ凶暴な車が狂ったように暴れたときに馬車に乗っていたのは、いかにも彼らしかった！　それから、女が支払った。…実際、今回は彼女が実際支払った。…二人が駆っていたのは母の馬で、彼らは将軍から賠償金を得たけれども、被害額はその倍だった。…それに夜明けに男と二人だけで馬車のなかにいたことで、ヴァレンタインの評判が傷ついた。その間、男が彼女のことを辱めたのか否かは、まったくどうでもよいことだった。——ああ、とても気持ちの良い狂乱の夜だった。…彼女は彼の子を産んだと言われねばならず、それからは哀れな過去の評判をひどく心配しなければならなくなった。もちろん、かなり悪く言われたのは男のほうであり——彼女は若く無垢だった。たとえひどく貧乏になったとはいえ、途方もなく高名であり、かつ彼の父親の一番の親友である男の娘だった。「彼はあんなことはすべきでなかった」本当に彼はあんなことをすべきではなかったのだ。…彼女は未だに皆がそう言っているのを聞いた！

ええ、確かに彼は！…でも、自分はどうなのか？

あの魔法の夜。ちょうど夜明け前だった。馬車を駆る二人はほとんど首元まで靄に浸かっていた。一種の薄明かりのなかで空の色が淡くなった。そして、とても大きな星が一つあった。歴史的には荒廃した月も出ていたはずだったが、彼女は一個のとても大きな星だけを覚えていた。その星は彼女の照明係だった。それは彼女が目指すものであった。…二人が引用し——言い合いをしたことを彼女は覚えていた。

そして、お前は焼かれる担架に置かれている私に泣いてくれよう、

…口づけ(8)を…

彼女は突然、大声をあげた。

「たそがれと宵の星

そして我を呼ぶ澄し声
砂州に呻き声はなかるべし
われが[9]…」

ヴァレンタインは言った。

「ねえ、でも、あなたは吟ずるべきではなかったわ！　それはテニソンよ！」

それは一味違ったテニソンだった。

彼女は言った。

「それでも、あれは未熟な女学生の悪ふざけだった。…でも、もしわたしが今、彼にキスさせるとしたら、わたしは、何というか…姦婦になるのかしら。…女！　ふしだらな女と言ったほうがましかしら。はるかにましだわ。なら、浮気女はどうかしら？　あり得ない。やはり『冷血な姦婦』でなければならず、そうでなければ、道徳に背いたことにはならない」

ああ、でも、確かに冷血ではない。それでは、計画的な、か！…それもまた経緯にふさわしい言葉ではなかった。接吻の経緯に！…感情の起伏を表すために適応するとき、言葉は滑稽なものとなる！

だが、今、リンカーン法曹院[10]に行って、問題を掘り下げてみるならば…それは「計画的」なものとなるだろう。法曹院はその言葉の十全な意味を求めるだろう。

ヴァレンタインは素早く心のなかで言った。

「何ともバカバカしくて口にも出せないわ！」

自分は二年前一人の男と恋愛沙汰を起こしました、と彼女は頭に言わせせた。二十四、五にもなって、まあ、恋愛沙汰の一つも起こしたことのない学校の女教師なんているもんですか。たとえ相手が一週間の間、毎日午後、喫茶店のなかで無礼にもプラムケーキ越しに自分のことをじっと見つめ…その後に姿を消した…紳士であるにすぎなかったにしても。少なくとも、それなくしては尊敬される学校の女教師にも女聖職者にもタイピストにもなれなかった可能性を経験したことにはなるでしょう。それを心の底に仕舞い、全く不十分な日曜日の夕食をとる前の、日曜日の朝に取り出して、スペインに城を建て、カスタネットを叩きながら素晴らしい腰つきで踊り、背後に火のように燃える視線を投げかけるヒロインになる。…何かそういうことだ。

ああ、わたしは正直で単純なこの男と恋愛沙汰を起こした！　とても善良な！　口では言い表せないくらい善良な男と。…女王の夫君、故アルバートのような！　誘惑すべきではない、とても無防備な、不動の人！　飼い馴らされた鳩を鉄砲で撃つようなものだった。というのも、彼には写真入り新聞にいつも載っている社交界に出入りする妻がいた。一方、彼は家にいて統計学の知識を深め、わたしのいとしい、素晴らしい、取り乱した母のところへお茶に来ては、母の雑誌記事を正確なものにする手助けをしてくれた。そこでわたしは彼を誘惑し、彼はそれに食いついた。…いや、すっかり食いついたわけではなかった！

でも、なぜ？…彼が善良だからだろうか？

いかにもありそうなことだ。

本当にそうだったか――それは彼女が砂上の楼閣を立てるために素材と一緒に自分の内部に仕舞い込んだ耐え難い考えだった。――彼が無関心だったからではなかったか。

二人はお茶の会で互いのまわりを回った。――というか彼が彼女のまわりを回った。というのも、イーディス・エセルの会では、彼女はいつも固定された小さな星として、紅茶沸かしと紅茶茶碗の後ろに座っていたからだった。一方、彼は本の背表紙を見つめながら、部屋のなかを所在なげに歩き回った。時折お客さんの誰かに権威者のように自分の意見をまくし立て、最後には決まって自分のところに漂って来て、ささいな一言二言を言っていった。…そして、何とか伯爵の次男と並んでロウを大股で歩いていく、とても美しい――激しい苦痛を与えるほどに美しい妻が…お茶を所望した…。

一九一二年七月一日から一九一四年八月四日までは、そうした状態にあった。

その後、瓦礫が覆う事態になった。――空襲警報と相俟って。彼のほうは戦場へと出征した。そして困難に、極めてひどい困難に巻き込まれた。上官たちとの困難に、まったく不必要にもドイツ軍の砲弾や鉄条網や泥による困難に、また、お金に関する困難に。そして、誰からもまともな忠告を受けることなくぼんやりと歩き回った。…解くことのできない混乱は決して解かれることなく、何らかの方法でそのなかに人を捕らえるものだ…。

というのも、彼は彼女の道徳的支えを必要としたのだ！　先の大戦の間、そこに赴いていなかったとき、彼は午後のかなり早い時間に茶卓のところにふらふらとやって来て、その傍らにいつもよりかなり長く留まった。ついに他の皆が帰ってしまうと、二人は暖炉の前の高い炉格子のところに行って座り、論じ合った。…戦争の是非について！

というのも、彼女は彼が話すことのできるこの世でただ一人の人間だった。…二人とも優秀で実際的な頭脳をもっていた。ロマンチックなところはあまりなかった。…男には明らかに、少しそうしたところがあったけれども。彼は自分の持ち物をそれを望む誰にでも与えた。それはそれで構わなかった。ただ、彼にたかる人たちが彼を耐え難い面倒に巻き込むのはどうだろう。…それは正当なことではなかった。そういうことに対しては自衛すべきだった！

なぜなら…もし自衛しなければ、自分のもっとも近くにいる愛しい人たちを――すなわち、自分がぼんやりとしたまま、ますます多くのものを手放し、より多くの面倒に巻き込まれている間、自分の忌々しい面倒に対して自分に同情してくれる人たちを――いかに困難に巻き込むことになることか！　この場合、もっとも近くにいる愛しい人とはわたしなのだ…あるいは、以前はそうだった、とヴァレンタインは思った。

そこで、彼女は突然いらだちに圧倒され、頭がおかしくなった。二年間たよりがなかったあの男が、いま自分に連絡してきたのではないとしたら。…自分は阿呆みたいに、彼が「二人を引き合わせてくれるように」と令夫人に…忌々しくも…頼んだのだと思い込んでいた！　もし彼が頼んだのではないとすれば、たとえイーディス・エセルでも、おこがましくも電話をかけて来はしないだろうと！

しかし、何の証拠もなかった。…精神薄弱で性欲過剰な阿呆なので、自分の頭はそうした結論にたちまち飛びついたのだ。彼の名が口にされただけでたちまち好い気にさせられて――彼が再び自分にやって来て愛人になって欲しいと望んでいるという結論に飛びついたのだ。…あるいは現在の混乱を切り抜け健康を取り戻すまで看護して欲しいと望んでいるという結論に…。

いいこと！　自分は屈するとは言わなかった。でも、もしイーディス・エセルを通してしゃべっているのが実際は彼だという考えに飛びつかなかったら、自分は自分の頭に深く考えさせたりはしなかっただろう…彼の忌々しい悦に入った自己満足について！

もし彼がイーディス・エセルに電話をかけさせたのだとすれば、彼は自分に手紙を出さなかった二年の間、他の女の子たちと遊びまわっていたのではなかっただろうか。…でも、本当にそうかしら？

いいこと、それって理にかなったことかしら。二年ほど前、フランスに出かける直前のある夜に、わたしをたぶらかそうとした男がいた。…実際にたぶらかしはしなかったが。…その後、彼からは一言も言ってこなかった。彼のことは、驚異的で、気味の悪い、わかりやすく言えば、気の触れた変人と言って構わないのだ。灰色の上着を着たジョン・ピール[11]だ。生粋の英国の素封家というだけでなく、聖人のよう、神のよう、イエス・キリストのようだ。…そのすべてなのだ。でも、もう少しで誘惑しそうになったところで、女を一人残して地獄へ行き、女に地獄の苦しみを味わわせ、二年近くMIZPAH[12]の文字が刻まれた絵葉書一枚寄越さない。ありえない。ありえないわ！

そうあり得るには、性格が変わらなければならない。ちょっと彼女にちょっかいを出しただけでなく、ルーアンやその他の基地でも、WAACS（志願陸軍婦人部隊[13]）の女性たちにちょっかいを出してきたと思わなければならない…。

もちろん、戻ってきて若い女に電話をかけるなら…あるいは爵位をもつ令夫人に頼んでその若い女に電話をかけてもらうなら、…再び世間の注目を浴びることになるかもしれないし、もしその若い女が軟弱な人間だったならば、少なくともその女の注目も浴びることになるだろう。

でも、彼が、本当に彼が頼んだのかしら。イーディス・エセルが頼まれもしないのにずうずうしく電話をかけてきたと考えるのは不合理だった。利子は措くとして——ヴィンセントが彼に借りている——三千二百ポンドのお金を救うためならば、できる限りにこやかな笑みを浮かべたイーディス・エセルが、瀕死の者でいっぱいの病棟全体に枕の納入をしないように頼みさえするだろう。それはまったく正しいことだった。彼女は夫を救わなければならない。夫を救うためならば、人はどんな屈辱の深みにでも沈んでいくものだ。

　でも、それは自分、ヴァレンタインを救うものではない！

　彼女はベンチから跳ねるように立ち上がった。手のひらに爪を突き立てた。底の薄い靴で妙に弾力性のないコークスの粉が撒かれた床を踏みつけた。そして大声をあげた。

「忌々しい、彼はわたしに電話をかけて欲しいと令夫人に頼まなかった。彼は令夫人に頼まなかった！」と床を踏み続けながら大声をあげた。

　彼女は、長く耳障りな夜鷹の鳴き声のような音を発する電話のところに何のためらいもなく颯爽と歩いていき、ねじれた青緑色のコードから受話器を外して…壊した。満足が伴った。

　それから言った。

「落ち着け、東ケント連隊[14]！」と。学校の所有物を壊したことへの後悔からではなく、概して実際的で無粋な性格から自分の考えを東ケント連隊と呼ぶ習慣になっていたためだった。…立派な連隊だ、東ケント連隊は！

　もちろん、電話を壊さなかったなら、イーディス・エセルに電話して、…再び引き合わせることを…彼に頼まれたのかどうか聞くこともできただろう。拷問の苦しみを与える疑問を解消するための唯一の手段を打ち壊すとは、いかにも彼女、ヴァレンタイン・ワノップらしかった…。

いや、実際は少しも彼女らしくなかった。彼女は十分、現実的だった。「宿命論厳禁」とはまったくかかわりないものだった。彼女が電話を打ち壊したのは、それがイーディス・エセルとの関係を打ち壊すようなものだったからだ。あるいは夜鷹の鳴き声を嫌っていたためだった。あるいはすでにイーディスとの関係を打ち壊してしまっていたからだった。というのも、絶対に、絶対に彼女はイーディス・エセルに電話して彼女に訊ねたいとは思わなかったからである。

「彼があなたを唆してわたしに電話を入れさせたの」とは。

そんなことをすれば、二人の親密さの間にイーディス・エセルを割り込ませることになる。

潜在的な意志の力は彼女の足をホールの端の大きなドアの方へと向かわせた。ゴシック様式の建物の、ニスと松脂が塗られたドアだ。そのドアは革紐やスズ製の蓋が付いているかのように見せかけるために、黒色のワニスが塗られた鋳鉄が割安な値段で取り付けられていた。

「もちろん、彼が問い合わせたいと思っている理由であろう家具は、彼の奥さんが取り除いたのでしょう。彼らは別れたのだわ。でも、彼は妻を離縁することに賛成でなく、奥さんも離婚しようとはしないでしょうね」

ヴァレンタインはネバネバする裏口から出ていくとき――そこでは、すべての木製品がニスのためにネバネバしているように見えた！――大きなドアの傍らで言った。

「誰が構うもんですか！」

大事なことは…しかし彼女は大事なことが何であるのかはっきりとは言わなかった。あなたが下準備をしておくべきよ！

Ⅲ章

テーブル上の二本のピンクのカーネーション越しに座るミス・ワノストロフトに向かってヴァレンタインがついに言った。

「わたしは意識的に先生を煩わせたいわけではなく、わたしの足の精霊がどうやったのかわたしを連れてきたのです……これはシェリー⑴ではないでしょうか」

そして実際、まだ学校の講堂のなかにいて、電話を毀す前でさえ、彼女のまったく無意識の、だが鋭敏な精神が、ミス・ワノストロフト校長に聞けば知りたいことを知ることができ、女学生たちが帰ってしまった今、校長もおそらく帰宅するだろうから、急がないと彼女を捕らえ損なうだろうとはっきりと教えたのだった。そこで彼女は、どこか寒々しいけれど、ピンクのガラス片がそここここに入った格子が好ましい効果をもたらす廊下を急いで通っていった。それにもかかわらず、ほとんど人気《ひとけ》がない、薄暗い、ロッカーが並んだ更衣室は普段通らない抜け道だったので、彼女は、そこで足を止めた。スツールに座ってもう一方の脚の太腿に足首を載せ、くすんだ黒い色の長靴の紐を漫然と結んでいる、野暮ったい、そばかすのある、黒い服を着た女学生の姿が目に入ったからだった。彼女は「さよなら、かわいい子ちゃん」と言いたい衝動に駆られた。何故かは分からなかったが。

ぎこちない、十五歳っぽい、骨ばった顔の女の子はこの場所の象徴だった。健康っぽくはあるが健康すぎはしない。どちらかというと誠実っぽいが、知的誠実さを求めてはいない。思わぬ場所が骨ばっていて…無作法に泣き喚き、顔が汚らしっぽく見える。この学校では実際、すべてが「何々っぽい」。彼女たちは皆、健康っぽく、誠実っぽく、不格好っぽく、十二歳から十八歳っぽく、最近の不十分な食事のせいで思わぬ場所が骨ばっている。…感情的っぽくもあり、ヒステリーに陥るというのではないが泣き喚きがちである。

女の子に「さよなら」を言うかわりに、ヴァレンタインは言った。

「あら！」とぞんざいに。女の子があまりにも脚を露出していたので、短めのスカートを引っぱって下ろすと、ヴァレンタインは女の子の向こう脛の硬い骨の上の硬い長靴の紐を結ぶ仕事にとりかかった。…明らかに来て明らかに去る青春の花盛りのひと時の後で、この少女も、型どおり、ヨーロッパの母になるのだろう。結婚は青春の花盛りに由来するのだから。今日取り戻されるかもしれない正常さに則っての通常どおりということではあるのだが。もちろん、そうはならないかもしれない！

生暖かい雫が、ヴァレンタインの右手の指関節の上に落ちた。

「従兄のボブが一昨日戦死したんです」ヴァレンタインの頭越しに少女が言った。ヴァレンタインは、長靴の上にさらに低く頭を屈めた。教育機関において事務的で的確であるためには、異常な精神的動揺を前にして習得し顕示しなければならないのは…この娘には従兄のボブなどという親戚は存在しないということだった。かわい子ちゃんと妹二人、かわい子ちゃん二番とかわい子ちゃん三番は、まさに未亡人の母親以外見つけられる親戚がいないため、かなりの割引料金でこの学校に入っていた。半給支給の少佐だった父親は戦争の初期に戦死していた。このかわい子ちゃんたちの徳性についてはすべての教師たちが報告書を提出しなければならないことになっていた。それで、どの教師もこの女の子の情報を知っていたのだった。

「従兄は出征する前に、自分に代わって飼ってほしいと言って、わたしに子犬をくれたんです」と娘は言った。「正しいこととは思えません！」

ヴァレンタインは姿勢を正して言った。

「もしわたしがあなたなら、出ていく前に顔を洗うわ。さもないと、ドイツ人と間違われるわよ！」彼女は少女の野暮ったいブラウスの肩を引っぱってシワを伸ばした。

ヴァレンタインは付け加えて言った。「たった今、誰かが帰って来たところを想像してご覧なさい！　とても簡単なことだし、あなたはもっと魅力的にみえるわよ」

廊下を小走りに駆けていきながら、ヴァレンタインは心のなかで思った。

「まあ、嫌だ。そうしたら、わたしももっと魅力的にみえるかしら」

ヴァレンタインは校長を捕まえた。思ったように、校長は、魅力のない郊外だが、それでも主教宮殿(2)があるフラムの自宅にちょうど帰る間際だった。それは何故か適切なことに思えた。女校長は監督教会派だったが、郊外の子供たちの移り変わりを熟知していた。ひと塊《かたまり》として見るのでなければ、なかには驚くべき子たちもいた。

女校長は最初の三つの質問に対する受け答えの間、少し追い詰められた者の態度でテーブルの後ろに立っていたが、ヴァレンタインが彼女に向けてシェリーを引用する直前に椅子に腰を下ろし、今では歓楽の一夜を過ごすつもりの態度をとっていた。ヴァレンタインは立ったままでいた。

「今日は」とミス・ワノストロフトはとても穏やかに言った。「人が…対策を講じることになるかもしれない日です。…全生涯に影響を及ぼすかもしれないような」

「それで」とヴァレンタインは言った。「わたしはまさに校長先生のところに来たのです。対策を講じるのに自分の立ち位置がわかるように、あの女が言ったことを知りたいのです」

女校長が言った。

「わたしは女生徒たちを帰さなければなりませんでした。あなたのことはとても頼りにしていると言っていいでしょう。わたしはブルノア卿から速達を受け取りました――理事たちが明日生徒たちに休暇を与えるように命じたという速達を。とても矛盾した命令です。でも、それにもかかわらず、それは…」

女校長は言葉を切った。ヴァレンタインは心のなかで思った。

「本当に、わたしはあの男のことがまったくわからない。けれど女のほうのことも何とわずかしかわからないことか。彼女はいったい何を企んでいるのだろう」

さらに加えて――

「校長は苛立っている。わたしが好まないことを何か言いたいに違いないわ!」

ヴァレンタインは騎士のように勇ましく言った。

「誰かが、今日の日を迎えた上で、この娘たちを押さえつけておくことができるなんて、わたしには信じられません。誰も経験したことのないことです。こんな日はこれまでありませんでしたから」

向こうのピカデリーでは熱狂した群衆が肩を組んでいるだろう。彼女はネルソン記念柱が立方体の塊から突き立っているところを見たことがなかった。ストランド街では牛を丸焼きにしているかもしれなかった。ホワイトチャペルは沸き立ち、琺瑯鉄器の広告板が何百もの山高帽を見下ろしているだろう。むさ苦しく巨大なロンドンが彼女の眼下に広がっていた。彼女はライチョウがヒースの野に属すように自分はロンドンに属していると感じた。今は人気《ひとけ》のないこの郊外にあって、彼女は二本のピンクのカーネーションを見つめていた。おそらく染められて、ブルノア卿からミス・ワノストロフトに捧げられたものだろう。自然に育てられたカーネーションでこんな色彩のものをヴァレンタインは見たことがなかった。

ヴァレンタインは言った。

「あの女——マクマスター令夫人——が先生に言ったことを教えて頂けませんか」

ワノストロフト先生は目を伏せ、自分の両手を見た。小指を絡めて甲と甲を向き合わせた両手を。それは時代遅れの仕草だった。一八九七年のガートン[3]だとヴァレンタインは思った。思索好きの金髪女性たちの仕草。…当時の同情的な漫画雑誌は金髪の女子卒業生たちと呼んでいた。それは長時間座っていることを示す仕草だった。ヴァレンタインは問題をお座なりに済まそうとは思わなかった。…お座なりはその場限りの取り繕った言動が行われる御座敷に由来する言葉だ。だが、それ以外にどう表現できるというのか?

ワノストロフト先生が言った。

「わたしはあなたのお父様の足元に座っていました」

「まあ」とヴァレンタインは心のなかで言った。「それじゃあ、彼女はニューナムではなくオックスフォードに通っていたんだわ！」彼女は一八九五年か一八九七年にはもうそこに女子カレッジがあったのかどうか思い出すことができなかった。あったには違いなかったが。

「最も偉大な教師…世界で最も大きな影響力でした」とワノストロフト先生が言った。

「奇妙だわ」とヴァレンタインは思った。「この女はわたしのことをすべて知っていたんだ。──少なくとも、わたしの秀でた血筋を。自分がこの大きな（女子）パブリックスクールの体育教師であった間ずっと」将軍が下士官に示すかもしれないと想像し得る一定の礼儀正しさを除いて、これまでワノストロフト先生が、高位の小間使いが受けるかもしれない配慮以上のものをヴァレンタインに示したことはなかった。その一方で、ワノストロフト先生はヴァレンタインに体育の授業を好きなように組み立てることを許してくれていた。何も干渉することなく。

「わたしたちは以前よく聞いたものでした」とミス・ワノストロフトが言った。「お父様は、あなたや下の男の子さんが生まれた日から、あなたがたとエスペラント語で話していたと言っていました！…彼は以前は変人だと見做されていましたけれど、何と正しかったことでしょう。…ホール先生はあなたほど偉大なラテン語学者が他にいようとは想像もつかないと言っていますわ…。」

「それは真実ではありません」とヴァレンタインが言った。「わたしはラテン語で考えることはできませんもの。それができなければ、本物のラテン語学者とは言えません。父はもちろんラテン語で考えていました」

「そんなお父様は思い出したくもないわ」校長が青春の淡いきらめきを込めて答えた。「彼は徹底的な世間通でした。覚醒した…」

「わたしたちが変種であるのももっともなのです、弟とわたしは」とヴァレンタインが言った。

「ああした父を持って。…そしてもちろん母を！」

「ああ…お母様ね…。」

そこで即座にヴァレンタインは、ワノストロフトがまだ若かった頃に女性崇拝者の小集団が、日曜日のオックスフォードの木々の下を散歩する颯爽として抜け目のない父とのろのろと歩く大柄で寛大で不注意な母とを密かに見張っているところを思い浮かべた。その小集団の者たち皆が「もしあのかたがわたしたちにお世話をさせてくださるなら」と言っているところを。…ヴァレンタインは少し悪意を込めて言った。

「先生はわたしの母の小説などお読みにならないでしょうけれど…父に代わってその著作を執筆したのは母なのです。父はものを書くことができませんでした。あまりにもせっかちでしたから」

ワノストロフト先生が大声をあげた。

「そんなことを言ってはいけません！」それには自分個人の評判を守る者の心痛と言っても良いようなものがこもっていた。

「どうしてそう言ってはいけないのかわかりません」とヴァレンタインは言った。「父がそれを言った最初の人でしたもの！」

「お父様もそんなことは言うべきではありませんでした」とワノストロフト先生は柔らかだが熱のこもった口調で答えた。「ご自分の業績のことを考えて、もっとご自分の評判に注意を払うべきだったのです」

ヴァレンタインはこの痩せて恍惚となった老嬢のことを皮肉な好奇心をもって考えた。「もちろん先生が父の足元に座っておいでだったのなら…今でも座っておいでならば」とヴァレンタインはしぶしぶ認めた。「先生には父の評判を気にするある種の権利がおありでしょう。…それでもやはり、わたしはあの婦人が電話で言ったことを先生が伝えてくださることを望みます！」

ワノストロフト先生の胸部が突然、熱を込めてテーブルの端のほうに迫った。

「まさにそのために」と女校長は言った。「わたしは最初にあなたに話したいのです。…あなたに考えてほしいのです…。」

「父の評判を思って、ということですね。…それで、あの人は——マクマスター令夫人は——先生をわたしだと勘違いして話したというのですか。そんなことがあり得るくらいわたしたちの名前は似ていますもの」

「あなたは」とミス・ワノストロフトが言った。「女性の教育に関するお父様の見解のとても見事な所産だわ。それにもし、あなた…あなたの、こんなに健全で明晰な頭を…ああ、あなたにもお分かりのとおり、あなたの健全な肉体の上に観察できることは、わたしにとってこの上なく満足なことです。…それから、その収益力。商品価値を。お父様は口を慎みませんでした…。」

ミス・ワノストロフトはさらに言葉を続けた。

「わたしは言わなければなりません。マクマスター令夫人との対談は…夫人はあなたもきっと非難し得ないご婦人なのではないかしら。わたしは彼女のご主人の作品を読みました。それは確かに——あなたもそう言えるのではなくて？——古代の炎を幾分か保っています」

「彼は」とヴァレンタインは言った。「ラテン語のラの字も分かっていません。ラテン語の引用を使うにしても、学校のカンニングペーパーから引用を作り出しているのです。…わたしは彼の仕事の仕方を知っています」

イーディスが最初ミス・ワノストロフトのことをわたしだと思ったのだとしたら、若い女性たちの熱心な指導者としての父への心配がミス・ワノストロフトに生じたのではないかという考えがヴァレンタインの頭に浮かんだ。ヴァレンタインはイーディス・エセルが家具もなくポーターのことも認識できないらしい男の状況を突然説明し始めたところを思い浮かべた。令夫人が、自分、ヴァレンタインと、男との間にあったと説明したかもしれない関係が、中産階級の女生徒たちを預かる大きなパブリックスクールの校長を不安にさせたであろうことは、大いにあり得ることだった。自分は子供を産んだときっと説明されたのだ。不快な激流が彼女の感情に侵入した…。

講堂でまったく偶然に頭に浮かんだ考えが再び蘇ったことで、その不快さが和らいだ。今、その考えは、暖かい液体の波のように、尋常ならざる鮮明さで彼女のもとに押し寄せてきていた。…もし家具を取り除いたのがあの男の妻だったならば、それを阻止すべき何が存在しようか。…英国海外派遣軍とともに北海沿岸平地帯に行っている間に、彼に家具を質に入れたり、売ったり、焼いたりできたはずがなかった。尋常ならざる困難なしにそんなことはできなかっただろう。…何のために家具を持ち去ったのか。中産階級の道徳か。この四年間は血なまぐさいカーニヴァルだった。それでは、それでは、これは農神祭のすぐ後に続く四旬節(4)なのか。たしかに、すぐ後というわけではないけれど。それでも、もし急ぐなら。…自分は何を望んでいるのだろう。自分自身でも分からない。

ヴァレンタインは自分がほとんどすすり泣きながら言っているのを聞いた。明らかに興奮状態で。

「いいですか。わたしはすべてに反対です。父がわたしにもたらしたものすべてに。あの人たちに。……聡明はヴィクトリア朝の人たちはいつも大法螺を吹いていました。彼らは至るところから議論を展開させ、それに熱狂しました。完全に無鉄砲に。……先生はかわい子ちゃん一番に気づきましたか。激しい運動と知的活動を同時にすることはできないということをお考えになったことがありますか。わたしはこの学校にいるべきではなく、今のわたしであるべきではないのです！」

ミス・ワノストロフトの動揺した表情を見て、ヴァレンタインは心に思った。

「いったい何のためにわたしはこんなことを言っているのだろう。この学校と縁を切ろうとしていると思われるわ。本当にわたしはそう望んでいるのかしら」

それにもかかわらず、ヴァレンタインは言葉を続けた。

「ここには肺への酸素供給がありすぎます。それは不自然です。脳に有害な影響を与えます。かわい子ちゃん一番がその例です。彼女はわたしに対して真剣であり、読む本に対しても真剣です。今では、気がおかしくなるほどに。大抵の生徒たちは、感覚を麻痺させられてしまいますが」

あの男の妻が彼のもとを離れたと想像するだけで、自分がこんなことをとうとうと述べられようとは、信じられないことだった。自分の父親が巧妙な理論をとうとうと述べたように、全世界に向けて！　人はある種の危険を伴うことなしには肉体と知性の二重存在ではいられないという考えが、これまでにも一度か二度、彼女の頭に浮かぶことがあった。この四年間の軍事的、物質的発展こそが、肉体的価値の実質的過大視の原因だった。彼女はこの学校で、四年間、自分は医師と聖職者の実質的代理とは言えないまでも、それを補うものとみなされてきたことに気づいた。しかし、そこから、かわいい子ちゃん一番の嘘が酸素を供給されすぎた脳の産物だとする完全な理論を展開するのは…あまりにも行き過ぎだった。

それでもヴァレンタインは、国家的歓喜に加わることができなかった。イーディスが彼女についての醜聞をミス・ワノストロフトに話したのはおそらく間違いなかった。自分には、ある種大げさな雄弁を振るって醜聞を取り除く権利があった。

「そうみたいですわね」とミス・ワノストロフトが言った。「でも、学校の履修課程全体の問題をいま詳細に論じることはできません。あなたに同意したい気はしますが。それにしても、かわい子ちゃん一番のどこが問題なのでしょう。どちらかといえば、しっかりした女の子だと思っていましたが。とにかく、あなたのご友人の…ひょっとしたら、あなたの以前のご友人というだけにすぎないのかもしれませんが…奥さんが私立病院に入院しているようなのです」

ヴァレンタインが声をあげた。

「彼は…でも、あまりにも恐ろしいことですわ」

「聞いたところ」とミス・ワノストロフトが言った。「かなりの混乱状態にあるみたいです」さらに続けて「それが使うことのできる唯一の表現のようね」

ヴァレンタインにとって、その知らせは目も眩むような光を自分に投げかけた。あの女が私立病院に入院しているということに彼女は愕然とした。というのも、その場合、その夫に会いに行くのは公正なこととは言えないだろうからだった。

ミス・ワノストロフトは続けた。

「マクマスター令夫人はあなたの助言を強く求めていました。あなたのご友人の…利益を図ることのできるただひとりの人である、彼のお兄様は…」

ヴァレンタインはその文言のなかの何かを聞き漏らした。ミス・ワノストロフトはあまりにも流暢に話しすぎた。もし相手に大槌を打ちつけるような知らせの細目を理解させたいならば、人々は長い文を使うべきではない。人々は言うべきだ――

「彼は気が触れていて文無しだ。彼の兄は死にかけている。彼の妻はちょうど手術を受けたところだ」そんなふうに！　そうすれば、相手はすべてを飲み込むことができる。たとえ樽のなかの猫のように心が荒れ狂っているにしても。

「お兄様には…女友達がいるみたいです」ミス・ワノストロフトは譫言《ざんげん》を言うかのように続けた。「従って、仮にこの人にあなたのご友人の利益を図る気があったとしてもダメでしょうね。…問題は本人が―彼自身が――戦争での経験によってかなり混乱しているということなのです。それを踏まえて…あなたは誰が彼の利益を図る責任を負うべきだとお考えでしょう」

ヴァレンタインは自分がこう言うのを聞いた。

「わたしです！」

そして付け加えた。

「彼の！　彼の利益を図る。彼に何ら…利益などあるのかしら！」

彼には家具がないようにみえた。従って、他のものも持っているはずがなかった。ヴァレンタインはミス・ワノストロフトが「みたい」という言葉を使うのを止めて欲しかった。それは彼女を苛立たせた。…それに人に伝染するものだった。校長先生には直接的な言及ができないのかしら。でも、誰にもはっきりした陳述ができるはずもなかったし、この貧血のオールドミスにとって、明らかに、このことは奇妙にも憂鬱な事柄にみえたのだった。

明らかな発言があれば…この憂鬱な混乱のなかにその通りの何かがあったならば、自分、ヴァレンタインは、自分とこの男の妻との立ち位置を知ることになるだろう。というのも、彼女自身と彼女のすべての友人たちがまだはっきりと発言していないことが自分たちの不合理な行動様式を招いている原因の一部だったからだ。――女行商人の性質を持ち、はっきりとものを言うが、真実を言えないイーディスは別にしても。しかし、イーディス・エセルでさえ、この件で妻が夫をどう扱ってきたかについては、これまで何も言っていなかった。わたしは奥さんに「味方する」とイーディスはヴァレンタインに理解できるようにとてもはっきりと伝えていた。――だが、その奥さんがよい妻であるとまでは言っていなかった。もし自分、ヴァレンタインにそれを知ることができたならば。

ミス・ワノストロフトが訊ねていた。

「あなたが『わたしです！』と言うのは、あなた自身が彼の利益を図る仕事に携わるつもりだということなの？　信じられないわ」

…というのも、明らかに、もし彼女が良い妻だったなら、自分、ヴァレンタインが口を差し挟む余地はなかった。たっぷりとは。…彼女の父親の、さらには彼女の母親の娘として。…表面上、ロウの柵に沿って、あるいはその他のファッショナブルな行楽地の小道をいつも颯爽と歩いている妻が、統計学者の良い妻、家庭的な妻でないということはあり得るだろう。他方、男はかなりの粋人だ。官僚クラスで、田舎の素封家である等々、妻が社交界と関わりをもつことを好んでいるのかもしれなかった。それを要求さえしているのかもしれなかった。彼にはすっかりそれを受け入れる素地があった。まあ、彼女が知る限り、彼の妻は彼が押し込んだ厳しい世界から引退しつつある内気な人なのかもしれなかった。それはありそうにないことだったが、他のどんなこととも同様にあり得ることではあった。

ミス・ワノストロフトが訊ねていた。

「施設はないのでしょうか。…軍人療養所のような？…このティージェンス大尉みたいな、まさに、そうしたケースのための？　彼を破滅させたのは単なる放縦な生活ではなく、戦争のせいであるように思えますもの…」

「まさにそのために」とヴァレンタインが言った。「必要なのでは…必要なのではありませんか。…だって戦争が理由なのですから…」

言葉は完結しようとしなかった。

ミス・ワノストロフトが言った。

「わたしは思っていました。…あなたはまわりの人たちに見られていると…平和主義者だと。極端なタイプの！」

「ティージェンス大尉」と、冷たく名が言われるのを聞いて…ヴァレンタインはショックを覚えた。熱病の場合に汗が噴き出すように。というのも、それは救出のようだったからだ。彼女はその名を最初に口にすべきは自分ではないと不合理にも心に決めていた。

ところが、ミス・ワノストロフトは、その口調から察すると、そのティージェンス大尉という人物を忌み嫌う心の準備ができているようだった。おそらく、もう彼女は彼を嫌っていたのだった。

ヴァレンタインは言い始めていた。

「もし人々の苦しみを考えることに耐えられないという理由で、人が極端な平和主義者になるのだとしたら、それは哀れな兵が破滅することを人が願う理由になるでしょうか」

しかし、ミス・ワノストロフトは、自分自身の長い異論を唱え始めていた。二人の声はバラストに沿って走る列車のように絡まり合った――不快に。しかしながら、ミス・ワノストロフトの機関が勝利を収めた。

「…実際ひどい振る舞いをした」

ヴァレンタインがカッとなって言った。

「そんなことを信じてはいけません。マクマスター令夫人のような女によって言われたことを根拠にして」

ミス・ワノストロフトは完全停止させられたように見えた。椅子のなかで体が前に傾いた。口を少し開いて。そこでヴァレンタインは言った。「よかった」と自分に向かって。

ヴァレンタインはイーディス・エセルの卑しさの新たな証拠のような雰囲気を咀嚼するための一瞬を自分に与えなければならなかった。彼女は自分でもほとんど分かっていない自らの領域のなかで、自分が激怒しているのを感じた。それは彼女には自分のなかにある卑小さであるように思えた。彼女は自分がそんな小さな人間だと思っていなかった。人々が自分のことを何と言おうが問題にすべきではないのだ。イーディス・エセルが全群衆に、彼女、ヴァレンタイン・ワノップに対する悪口を述べていると考えることに、彼女は完全に慣れていた。しかし、今の件には、ほとんど信じられない無謀さがあった。たまたま電話に出てきただけの見知らぬ人に、二、三分すれば代わって電話に出てくることが期待される、それればかりか、すぐ後で、最初に電話に出た人から話の内容を聞くであろう人間の人格を傷つけるようなことを言うとは…確かに、ほとんど常軌を逸した無謀な悪口だった。…あるいは、それは、自分、ヴァレンタイン・ワノップへの軽蔑を吐露するものだった。あるいは、極度に耐えがたい報復手段としてその女が行い得ることだった！

ヴァレンタインは、唐突にミス・ワノストロフトに言った。

「よろしいでしょうか。先生は父の友人としてわたしに話しているのでしょうか、それとも校長として体育の教員に対して話しているのでしょうか」

一定量の血が校長のピンク色の顔を染めた。校長はヴァレンタインが自分と同じだけ長く声を響かせたことに確かに眉をひそめていた。ヴァレンタインには校長の好き嫌いがほとんど分からなかったが、校長が、公式の演説で言葉を遮られるや、明らかな嫌悪を示すのを一度か二度見たことがあった。

ミス・ワノストロフトが、ある種の冷たさを込めて言った。

「今はわたしが話しているところです。…ずっと年配の女性として――勝手ながらわたしはあなたのお父様の友人としての資格で語らせていただきます。要するに、わたしはあなたに、お父様の薫陶の成果として身につけたものすべてを思い出してもらおうと話しているのです」

無意識に、ヴァレンタインの唇はすぼんで、低い不信の口笛を鳴らした。彼女はひとりごちた。

「本当に。わたしは不快な事柄の只中にいるのだわ。…これは一種、専門家の反対尋問よ」

「わたしはある意味嬉しいのです」と校長がさらに言葉を続けていた。「あなたがそうした方針を取られることは。…つまり、あなたがマクマスター令夫人にひどく逆らってティージェンス夫人を弁護することは。マクマスター令夫人はティージェンス夫人を嫌っているように見えるけれど、令夫人にはその権利がおありのようだとわたしは言わなければならないわ。つまり、嫌悪する権利をお持ちだと。マクマスター令夫人は世間の評価でも真面目な人物で、ティージェンス夫人はまさにその逆みたいですものね。きっと、あなたは願っているのでしょう…お友達に忠実でありたいと。でも…」

「わたしたちは」とヴァレンタインは言った。「極度の混沌に陥っているみたいですわ」

さらに加えて、

「先生は、わたしがティージェンス夫人を擁護しているとお考えのようですが、そうではありません。そうしたいところですが。いつ何時も。わたしは常にティージェンス夫人のことを美しく親切なかただと考えてきました。でも、わたしはいま先生が『とてもひどい振る舞いをしてきた』とおっしゃるのを聞きました。そこでわたしはティージェンス大尉がそうした振る舞いをしたと先生がおっしゃっているのだと判断したのです。わたしはその言葉を否定します。彼の妻がひどい振る舞いをしたと先生がおっしゃるのなら、わたしはそれも否定します。彼女は賞賛すべき妻です。…そして母親です。…わたしの知る限り、そうしたかたなのです…。」

ヴァレンタインはひとりごちた。

「まあ、何でわたしはこんなことを言うのだろう。ヘカベー[5]がわたしに何の関係があるというのか?」さらにひとりごちた。

「もちろん、彼の名誉を守るためだわ。…わたしはティージェンス大尉を見事に整えられた家屋敷、厩、犬小屋、配偶者、子孫をお持ちのイングランドの素封家として紹介しようとしているのだ。…そんなことをしたいと思うだなんて、奇妙なことだけれど!」

深呼吸をしたミス・ワノストロフトがついに言った。

「それを聞いてとても嬉しいわ。ティージェンス夫人は——何と言ったらいいかしら——少なくとも不注意な妻だとマクマスター令夫人は確か言っていたけれど。…虚栄心が強く、怠慢で、めかし過ぎている、と。…それでも…あなたはティージェンス夫人を擁護したいみたいね」

「夫人は社交界の花形ですもの」とヴァレンタインは言った。「でも、夫の同意を得てのことですわ。彼女にはその権利があるのです。…」

「わたしたちは」とミス・ワノストロフトが言った。「もしあなたがこんなにも続けてわたしの邪魔をしなければ、あなたが言う極度の混沌に陥らずに済んだはずよ。わたしは言うつもりだったの。あなたのような保護された家のなかで育った世間知らずのお嬢さんにとって、自分の義務を無視する妻を持つ男ほど危険な落とし穴はないということをね!」

ヴァレンタインは言った。

「先生のお言葉を遮って申し訳ありません。でも、それは先生に関係あるというよりはわたしに関係することですわ」

ミス・ワノストロフトが急いで言った。

「そんなことを言ってはいけません。あなたにはわかっていないのです。どんなにか熱烈に…」

　ヴァレンタインが言った。

「ええ。ええ。…父の記憶に対する先生の偶像視といったら。でも、父はわたしに保護された生活が送れるようにしてはくれませんでした。…わたしはもっと下層の階級の娘たちと同様に経験豊富なのです。確かに、それは父のせいでしたが、誤解しないでくださいね」

　ヴァレンタインは付け加えた。

「それでもわたしは死体なのです。検死を行っているのは先生です。だから、楽しんでいるのは先生なのですわ」

　ミス・ワノストロフトがわずかに青ざめた。

「わたしが、もし…」彼女は少しどもった。「『経験』という言葉であなたが意味するのが…」

「いいえ、わたしはそんなことは意味していません」とヴァレンタインが声をあげた。「先生には、ロンドンでもっとも口汚い言葉を使う人との、交わすべきでなかった会話を根拠に、推測する権利はありませんわ。…わたしが言っているのは、父の死後、そのせいでわたしが女中になって、わたしと母の生計を立てなければならなかったということです。それがわたしの父の訓練の結果だったということです。でも、わたしは自分で自分の面倒を見られます。…その結果…」

　ミス・ワノストロフトは椅子に仰け反った。

「でも…」彼女は大きな声をあげた。彼女は完全に青い顔になっていた。――色褪せた蠟のように。「購読の予約をしました。…わたしたちは…」彼女は再び言った。「わたしたちは知っていました。彼がしていなかったことを…」

「あなたは購読の予約をして」とヴァレンタインが言った。「父の蔵書を買い…それを父の妻に贈ったのです。見習い女中としてのわたしの賃金でしか食べるものが買えなかった母に」それでも、目の前の青ざめた女性に対して、ヴァレンタインはわずかな寛大さを示そうと努めた。「もちろん購読予約者たちは、まったく当然のこと、父の人格をできるだけ保つことを望んだのです。男の書いた本は、まさにその男そのものですから。それは当然です」と彼女は付け加えた。「それでもなお、わたしは女中としての訓練を受けました。郊外の地下室で。ですから、先生がわたしに人生の影の部分について多くのことを教えることはできないのです。わたしはミドルセックスの郡評議員の家庭にいました。イーリングの」

ミス・ワノストロフトが力なく言った。

「本当に痛ましい！」

「実際はそうでもありません」ヴァレンタインは言った。「わたしは見習い女中としてひどい扱いを受けたわけではありません。女主人が寝たきりの病人でなく、料理人が慢性のアル中でなかったなら、もっとよかったのでしょうけれど。…わたしはその後、少し事務の仕事をやりました。婦人参政権論者として。それは老ティージェンス氏が海外から戻ってきて、母に彼が所有する新聞の仕事を与えてくださった後のことです。それからは、わたしたちはどうにか暮らしを立てていくことができました。老ティージェンス氏は父の一番の親友で、父の側に付いていたと先生がおっしゃるような人たちは、予想以上に株をあげることができたのです。それが先生の慰めになるとしたらですが…」

ミス・ワノストロフトは、テーブルに顔を伏せようとしていた。おそらくは、ヴァレンタインからちょっと顔を隠すためか、この若い娘の視線を避けるために。

ヴァレンタインが言葉を継いだ。

「男の私的義務と公的業績との対立についてはよく分かっています。でも、父の人生の派手な部分がもっと少なければ、わたしたちの暮らし向きは、はるかに良いものになっていたでしょう。陸軍の軍曹と侍女を足して二で割ったようなものになることは、わたしの望みではありません。見習い女中になることがわたしの望みでなかったように」

ミス・ワノストロフトが苦しげに「まあ！」という言葉を発した。そして急に大声をあげた。

「わたしがあなたをここに置いたのは、単にあなたの運動能力を買ったためではなく、道徳的影響力のためだったのですよ。…あなたがあまり高い価値を見出しているとは思えませんでしたからね、肉体的な側面には…」

「ええ、先生はわたしをもう長くはここに置いておかないでしょう」とヴァレンタインが言った。

「良識の点で役立たなくなったなら一瞬たりとも。わたしは出ていきます…」

ヴァレンタインはひとりごちた。

「いったい、わたしはどうするつもりなのだろう。わたしは何を望んでいるのだろう」

ヴァレンタインは、青い、潮の干満のない海の傍らで、ハンモックに横たわり、ティブルス(6)についてて考えたかった。…彼女には意味をなさない言葉はなかった。彼女自身、知的探究に関わりたいわけではなかった。その訓練は受けてなかった。しかし、他の人たちのもっと贅沢な形態の知的作品を楽しむつもりはあった。それが時代の道徳であるように思えた！

ミス・ワノストロフトの俯いた顔をかなり細かく観察して、ヴァレンタインは世界の歴史のなかでこうした日が他に存在しただろうかと訝った。例えば、ミス・ワノストロフトは男が帰ってくるということがどんなことか知っているだろうか。ああ、さらに百万人の兵士たちが帰ってくる混乱のなかでは！　集団的衝動は緩む！　大規模に！　そして軟弱化する！

ミス・ワノストロフトはおそらく父を愛していたのだろう。きっと五十人の乙女たちと一緒に。そのことで彼女たちは集団的快感を得ていたのだろうか。彼女には、正当な理由があって、あのような話をした可能性もあった。不出来な妻を持つ男と関係を持つことの有害な結果をヴァレンタインに警告するという。…というのも、五十人の乙女達は皆、義務として、彼女の母親を、青年のような姿をした、聡明な、灰色がかった黒髪の名士だった父の、不満足な妻だとみなしていたのだから。彼女たちは、ワノップ夫人の不精な姿が彼を縛る重石にならなければ、ヴァレンタインの父はなれただろうと…彼女たちの一人と一緒になれただろうと！…おそらく考えていたのだろう。何にでもなれただろうと！　国のどんな審議会の委員にでも！　首相にでも！　というのも、彼は教育上の理論とともに、政治上の仕事もしていたのだから。彼は確かにディズレーリ[7]と親しくしていた。歴史的な――永遠に残る見掛け倒しの――演説の材料も提供した。もしベイリオル[8]の別の男が先に入り込まなかったならば、帝国の植民地総督たちの指導者になっていただろう。…実際は、彼は女性の教育に専念しなければならなかった。プリムローズ・デームズ[9]を組織化した…。」

そこで、ミス・ワノストフトは無視された妻たちが、若い、特定の相手がいる乙女たちに及ぼす悪影響をヴァレンタインに警告したのだ。それは恐らく有害なものだった。もしシルヴィア・ティージェンスが本当に悪い女だと考えたなら、今頃ヴァレンタイン・ワノップはどこにいただろう。ミス・ワノストロフトが突然心配したかのように言った。

「あなたはこれからどうするつもりなの？　何をすることを考えているの？」

　ヴァレンタインが言った。

「イーディス・エセルと話した後では、きっと、先生はわたしをここに喜んで置いてはくださらないでしょう。わたしの道徳的影響は栄光を添える種類のものとはなりませんもの」憤慨の波が彼女を圧倒した。

「よろしいですか」とヴァレンタインは言った。「もしわたしに準備ができているとお考えなら……」

　しかし、ヴァレンタインは話すのをやめた。「いいえ」と彼女は言った。「わたしは女中の口調を持ち込むことはいたしません。でも、先生にはこれがどんなに腹の立つことかお分かりのはずです」そして付け加えた。「もしわたしが校長先生なら、かわい子ちゃん一番のケースを調査させますわ。こうした大きな学校では、流行になってしまうかもしれませんから。それにわたしたちは最近自分たちがどういう立場にあるのかまったく分かっていませんもの」

第二部

I章

　何ヵ月も何ヵ月も前のこと、クリストファー・ティージェンスは、自分の頭が無意味に跳ね散った白漆喰の染みの跡と同じ高さにあることを極度に願いながら立っていた。彼の頭の背後にある何かが彼に確信させた。もし自分の頭が――そしてもちろん自分の胴体と下肢の残りの部分が――空中浮揚によって、今、自分の足が載っている渡り板の上方にそれだけの距離吊るされるなら、自分は侵されざる領域に入ることになるだろうと。そうした確信の波が何度も何度も彼の頭に打ち寄せた。彼はたえずその染みの跡を脇に見、見上げた。それは健康な雄鶏のトサカの形だった。砂利の斜面を流れる、細い、蓋のない水路に沿って差し始めた光が、五つの鋸歯状の刻み目を輝かせた。湿っぽい薄明かりが漏れてきて、まわりの荒涼とした景色よりもその場所を一層鮮やかに照らした。というのも、その深く狭い水路は、東部の湿地帯の、いま日に照らされ始めたばかりの裂け目を縁どるものだったからだ。

　彼は、まわりを見回すために、牛肉缶詰の箱によって強化された射撃台の上に二回立った。――数分間にわたって。二回とも、台から降りると、彼はある現象に捉われた。塹壕から見る光のほうが、より明るくではないにせよ、よりはっきりしているように見える現象に。こうした原理で、真っ昼間に立坑の底から、星々が見えることにもなるのだ。凪は微風だったが、北西からの風だった。ここの兵たちには敗軍の倦怠感があった。常にまた新たな日を始めなければならない倦怠感が。

彼は脇を向き、上を向いた。燐光のトサカを見た。…視線をその方向に向かわせるX力の波を感じた。前夜、自分はそれをコンクリートの補強によるものだと、従って、もっと抵抗力をもったからだと思わなかっただろうか。もちろん、それを観察し、その後、忘れてしまったのかもしれなかった。いや、違う！　従って、それは不合理な考えだった。

銃火のもとで身を伏せ――それもかなり精神的苦痛を与える銃火のもとで身を伏せ――防護のための用具は頭の前のビニール袋しかないとしても、人は何も身につけていない場合よりも計り知れないほど安全に感じるものだ。心を落ち着かせておけるからだ。これもまた同じことに違いなかった。

暗く静かなままだった。四十五分あった。それが四十四分となり、四十三分となり、四十二分三十秒になった。決定的な瞬間までに。なのに小型の手榴弾を詰めた濃青灰色のケースは未だ悩みの種の場所からやって来ない。その場所に担当の者がいるのかは誰も知らなかった。

その夜、二度、彼は伝令兵を送り返した。まだ何の成果もなかった。あの厄介者が代わりの者を残すのを忘れたということも十分あり得た。いや、それはあり得なかった。注意深い男だ。だが、強迫観念に取り憑かれた男は忘れるのかもしれない。それでも、それは有り得ないことだった…。

雲が山頂を脅かすように、様々な考えが彼を脅かしたが、今のところ、それはまだ遠いところにあった。あたりは静かで、湿った冷たい空気が心地よかった。ヨークシャーにはこんなふうに感じられる秋の日があった。彼の体の歯車は、滑らかに動いた。この何ヵ月かの間で胸の調子も一番良かった。

はるか彼方で、一発の強烈な大砲の音が響いた。何とも陰鬱な音だった。眠りから起こされて抗議の声をあげているような。だが、それは何かを始めるための単なる合図ではなかった。あまりにも重々しかった。はるか彼方の何かをめがけて発砲されたようだった。パリかもしれないし、北極かもしれない。月に向かってかもしれなかった！　彼らにはそれが可能だった。あの連中には！

月を撃つとは、途轍もなく恐ろしい行為だ。大きな尊敬を得られる。それでも、役には立たない。愚かで役に立たない行為である限り、彼らが何を企んでいるのかを知ることはできない。そして、もちろん、そうした行為は人をうんざりさせる。…そして、人をうんざりさせることは間違いだ。人はそうしたうんざりさせるものを排除するために戦い続けるのだ。——クラブからうんざりさせる人間を排除するのと同じように。

いま言ったシロモノは大砲というより銃と呼ぶほうが実態に合っていた。——だが、それは地元の社交界での慣わしではなかった。七五ミリ砲や騎馬砲兵の用具を「銃」と呼ぶのは問題なかった。それらは持ち運びでき、玩具のようだった。しかし、こうした巨大なものは大砲だった。陰気な銃口は常に上に向けられていた。大聖堂の要人や執事のように陰気なやつだ。銃の口径に比べると分厚い胴部は、月かパリかノバスコシア[1]に向けられているかのように巨大に見えた。

そう、あの大砲はそれ以外の何も宣言していなかった！　それは弾幕砲火の始まりではなかった。我々の兵たちがそれを黙らすために屁を放《ひ》ることはなかった。それは単に名乗り、「キャン…ノン」と抗議の声をあげ、途方もない高さにまで飛翔する砲弾は、まだ基地の上に昇っていない太陽の明かりを捉えた。輝く円盤だ。飛翔する光輪のように。…可愛らしい！　装飾のための可愛らしいモチーフ。いくつもの輝き飛翔する光輪の合間の青空の上の可愛い飛行機の群れ。聖人たちの間のトンボたち。…いや、天使たちや大天使たちも一緒だ！…そう、自分はそれを見たことがあった。

大砲…まさにそう呼ぶのが正しかった。自分が子供の頃に見た、行進の隊列からはみ出した、逆さになった錆びた品と同じように。

いや、弾幕砲火の合図ではなかった！　良いことだ！「ありがたや！　始まるのが遅くなれば、継続時間がより長くなくなる」と言えるかもしれなかった。より長くなくなるとは、醜い頭韻だ。より早く終わると言ったほうがいい。明らかに八時半頃に、いや八時半ちょうどに、このうんざりさせる連中は彼らのいつもの奉納品をおそらくズドンと、まさにその場の天辺に発射させるのだった。予想し得るところでは、十二発の砲弾の一斉射撃が三十秒おきに行われる。多分、一斉射撃というのは正しい言葉ではないのかもしれない。いずれにせよ、砲兵隊なんぞ、糞くらえだ！

何故、連中はこんなことをするのだろう。毎朝八時半、午後は二時半に。おそらく自分たちがまだ生きていて、まだ退屈していることを示すためだけだろう。彼らは几帳面なのだ。それが彼らの極意だ。彼らの退屈の奥にあるものなのだ。彼らを殺そうとすることは、非政治的なクラブで政党の政策を語ろうとする自由党員の口を封じようとするようなものだ。…しかし、為さなければならないことだ。そうしなければ、この世の中がふさわしい場所でなくなってしまう。…そう、食後の昼寝をするためには！…単純な試合の論理だ！…四〇分！　そこで彼は脇を向き、上を向き、燐光のトサカをちらっと見た！　頭のなかで何かが言った。もし自分があそこの上に吊るされるとすれば…

ティージェンスはもう一度射撃台の上に上り、牛肉缶詰の箱の上に上った。彼は注意深く頭をあげた。灰色の荒地が低くなって消えていった。フルルルル！　穏やかにゴロゴロと喉を鳴らす音だ！

彼は自動的に渡り板の上に後戻りした。朝食がつかえて胸部が痛んだ。彼は言った。

「本当に。恐怖で命が縮んだって感じだ！」笑いが求められた。彼は何とかそれができた。胃全体が震えていた。それに寒かった！

プディング作り用の金属製のボウルを被った頭、サフォーク種の羊のブロンドの頭が、後ろ脇の砂利の壁に引かれたズックのカーテン越しに現れた。心配そうな声がした。

「あそこには忌々しい狙撃兵はいないでしょうね、大尉殿。あそこに忌々しい狙撃兵がいないことを願いますよ。兵たちに警告すべき忌まわしい特務がたくさん増えますからね」

口の中に入りそうになったのは忌々しいヒバリだったとティージェンスが言った。そこで特務曹長代理の軍曹は熱心に言った。あのヒバリたちは本当に勇気を萎えさせますよ。彼は暗闇のなかの急襲を思い出していた。四つん這いに這って行って、巣の上のヒバリに手が触れた瞬間を。手が触れるまでヒバリは巣を離れませんでした。それからヒバリは舞い上がって、ひどくわたしを怯えさせたんです。いや、あれは忘れられません。

彼は小荷物運搬車から荷物を注意深く引き出すかのように、粗布の後ろの穴蔵から管状の軍服に包まれた二人の体を、手足をとって引き出した。それらは揺れて真っ直ぐになり、二つのピンク色のチーズのような顔が、長いライフル銃と銃剣の傍らに置かれた。

軍曹が言った。

「前進するときには頭は下げたままにしておくんだ。実際どうなるか分かったもんじゃないのだからな」

ティージェンスはこの二人組の一人である兵長に、ガスマスクのノズルが壊れていると言った。自分で分からないのか。バラバラになった物体が胸の上で上下していた。兵長はもう一人の男から別のものを借り、もう一方の男は即座に新しいガスマスクのノズルを取り出した。

ティージェンスの目は、脇へ、上へと、引き寄せられた。膝はまだがくがくしていた。もしあの物体の高さにまで浮遊したならば、支えに自分の脚を使う必要はなくなる。

初老の軍曹はヒバリについて熱心に話し続けた。ヒバリが我々人類に示す信頼は素晴らしいものだと。巣を踏みつけるまでそこから離れようとしない。彼らのまわりでは地獄のような戦火が広がっているというのに。胸墻《きょうしょう》の上や前にいるまっとうなヒバリは甲高い冷酷な鳴き声を聞かせた。きっとティージェンスを脅かしたヒバリが——軍曹をも脅かしたに違いなかった。

このように軍曹は騒音の方向を手で示しながら、さらに熱心に話し続けた。あらゆる機銃掃射が行われている朝に、ヒバリの鳴き声が聞こえてきた、と。何と素晴らしく人間を信頼していることか！　羽に覆われた胸のなかに何と素晴らしい本能が神によって据えられていることか！　戦場では誰もヒバリになど構ってはいられないのだから！

ひとり身の男は、台尻から銃剣の留め具に至るまで泥だらけの銃剣付きライフル銃の脇に身を屈めた。ティージェンスは穏やかに言った。軍曹は博物誌[2]を読み違えていると思う、と。オスとメスを区別しなければならない。メスは卵に固執して巣に座っている。オスは近辺のオスのヒバリに嫌がらせをするために頑固に巣の上を空高く舞うのだ、と。

　ティージェンスは医師に臭化カリを出してもらわなければならないとひとりごちた。知らぬ間に神経が陥ったひどい状態のために。あの鳥によって伝えられた動揺のため、未だ彼の胃はむかついていた…。

「セルボーンのギルバート・ホワイトが書いた『博物誌』は」と彼は軍曹に言った。「メス鳥の行動を親の愛情と呼んでいる。適切な言葉ではないかね」だが、人間への信頼について、ヒバリは我々のことなど一顧だにしないと軍曹は考えるかもしれなかった。我々は風景の一部であり、巣の上に座っている間にそれを破壊するものが高性能爆弾だろうが鋤の刃だろうが、ヒバリにとっては一緒なのだ、と。

　今やボックスを泥で汚れた胸の上に正しく取り付けて再び一緒になった兵長に、軍曹が言った。

「さて、君が待っていなければならない場所はＡの部署である！」塹壕に沿って歩いていき、別の塹壕がそれとぶつかるところで待つのだ。すると半ば埋もれた波型鉄板の一片に水漆喰で大きなＡが書いてある。「君は大きなＡを牡牛の足やその他のものと区別することができるだろうな、そうだろう、兵長」と我慢強く。

「卵型手榴弾が手に入ったなら、部下をＡ中隊の待避壕に送って、それをここに持ってこさせる雑役をさせるのだ。だが、一部はＡ中隊が自分たちのために持っていてもよい」

「また、卵型手榴弾が手に入らない場合には、A中隊の者たちにそれを作らせてもよい。抜かりがないように！」

兵長は「はい、軍曹殿、承知しました、軍曹殿」と言った。そして二人は湿っぽい光の筋に灰色の影を落とし、塹壕の壁に両手をついて体の平衡を保ちながら、体を左右に揺らして渡り板の上を歩いていった。

「おい、士官の言ったことを聞いたか、兵長」と軍曹が言った。「いったい次は何を言い出すことやら！　ヒバリが戦闘で人間を一顧だにしていないだ、と！　やれやれ」もう一方もブツブツと不平を言い、二人の声は陰気に消えていった。

雄鶏のトサカの形をした染みが、ほんの束の間、ティージェンスの圧倒的関心事になった。同時に、彼の脳は、可能性の難解な計算を始めた！　自分の可能性の！　脳がこれをし始めるのは悪い兆候だった。砲弾、ライフル銃弾、手榴弾、それに砲弾や手榴弾の破片に直接当たる可能性の計算だ。どんな金属片であれ、それが柔らかい肉に衝突する可能性の。鎖骨の後ろの弱いところを撃たれるだろうことを彼は意識した。彼はその場所を意識した――右側のほうだ。体の他の部分は少しも意識しなかった。脳がそんなふうに暴走するのは良くないことだった。臭化カリが必要だった。医師は彼に臭化カリを出してくれるに違いない。彼の脳は軍医のことを思って喜びを感じた。職種が分かる認識番号をつけずにいる愉快な小男だった。陽気に酒を持ち運ぶ。何とも陽気に、だ！

彼は医師を見た――はっきりと。それは彼が見ることのできるあらゆるもののなかでもっとも明白なものの一つだった。痩せた体つきの医師は障害物を飛び越す馬のように胸墻を飛び越し、早朝の陽が射すなかに立った。泥酔し、「オフリン牧師」を口ずさんだ。そして、よりによって短いステッキを脇の下に抱えて、ドイツ軍の塹壕までまっすぐに、日光のなかを歩いていった。…そして、ドイツ軍の塹壕に縁なし帽を投げ捨てた。そして、歩いて戻った。通り抜けなければならない柵の切られた針金の先を巧妙に避けながら。

医師はドイツ人を見たと言った。――おそらく将校の従者だった。ドイツ人は靴磨きの刷毛を彼に向かって投げ、彼は縁なし帽をドイツ人に向かって投げた。忌々しいドイツ人め、と彼はドイツ兵に言った。明らかに、ドイツ兵は忌まわしかった！

明らかに、人は罰を受けずに考えられないことをすることができる。疑問の余地はない。ひどく酔っている場合には。…そして、どんなに緊張していようと、軍隊ではすべてがマンネリ化してしまう。静かな朝に、酔った医師たちが胸墻越しに歩き回るなどとは思いもしない。確かに、ドイツ軍の前線は兵の配置が疎らだが。驚くほどに！　その靴墨野郎から半マイル以内には銃を持ったドイツ兵など一人もいなかったのかもしれない。

もし頭を雄鶏のトサカと同じ高さにして、空中に立ったなら、彼、ティージェンスは侵されざる真空のなかにいることになるだろう。――発射体に関する限りは。

ティージェンスが軍曹に、自分は自分の発言によって部下たちにショックを与えているかと無頓着に訊ねると、軍曹は赤面して答えた。はい、大尉殿はいろんなことをおっしゃいます。例えば、ヒバリのことは信じられません。兵たちに信じられることが一つあるとすれば、それはこの小さな生き物の本能ということでしょう！」

「それで」とティージェンスが言った。「彼らはわたしのことを一種の無神論者だとみなしているんだな」

　彼は重い足取りで観察地点まで上り、再び胸墻越しにあたりを見渡した。それは完全なる焦りであり、戦略的には純粋に咎められるべき事柄だった。しかし、彼は一〇一八名の組織である連隊を指揮していた。かつては三三三名の兵数の大隊だった。中隊単位では七五名の兵数になる。二つの中隊が少尉に指揮され、一つがちょうど外に出ているところだった。…この四日間。…まあ、彼が見渡すつもりのものを見渡すには八〇対の目があるべきだ。とりあえず、十五対の目があれば所期の目的は達せられよう。…数字がはっきりしていると心が慰められる。その日、ドイツ軍が大挙して押し寄せてきたら、砲弾の破片に当たらない確率は十五人に一人となるだろう。それよりも不運な大隊はいくらでもあった。例えば、第六大隊で生き残った兵は、全体の一割一分六厘のみだった。

　荒らされた地面が、下り坂になって靄のなかに消えていた。およそ四分の一マイル離れたところで。ドイツ軍の前線は、月の写真の波型の畝のように、単なる影になっていた。二晩前の我が軍の塹壕の背墻《はいしょう》のように。ドイツ軍は、胸墻が邪魔になって、多くを破壊できずにいるように見えた。実際、破壊していなかった。彼らは突撃して来ようとしていた。いずれにせよ、連中の前線はいつもとても閑散としている。…それは適切な表現と言えるだろうか。自国語とさえ言えようか。

　影の上で、靄が傍若無人に振る舞った。影の上に乗って傘の形をとった。雪を被った笠松のような。

　その靄を調べるのに目を凝らすのは不快だった。胃がむかついた。…それは、半ば右、二百ヤード（約一八〇メートル）のところにズダ袋が置かれていたせいだった。平たい、少し散乱した、濡れたズダ袋の山だった。塹壕を作るためにズダ袋を載せて来た軍の荷馬車に明らかに砲弾が当たったのだ。あるいは運び手たちがズダ袋を放り出して逃走したのだ。彼の目はその朝すでに四度、散乱したズダ袋の山を見ていた。その度に彼の胃はむかついた。腹這いになった兵たちの記憶はおぞましかった。敵はじわじわと近寄っていた。…ああ、イエス様！　二百ヤード以内に近寄っている。そう彼の胃は言った。心構えにもかかわらず、毎回。

それがなければ、地面は叩きつぶされたかのように平らだった。つぶれて穴になってはいたが、盛り上がって山になってはいなかった。それで穏やかに見えた。それは下に向かって傾斜していた。だらしなく。兵たちは大概、俯きになって倒れているようだった。何故か？　おそらくは、ほとんどが直前の反撃によって押し戻されたドイツ兵だったからだ。いずれにせよ、たいていズボンの尻の部分が見えた。それが見えなければ、彼らの休息はどんなにか深いものだっただろう！　人はちょっとそんなふうに言い表さねばならない——修辞学的に。その慣れ親しんだ効果を手に入れる他の方法などなかった。その深みを、と言うべきか！

それは眠りとは違っていた。ならし槌だ！　明らかに、慄く魂が疲れた体を去るときに喘ぐ肺の音だ。…そのとき、人はちゃんとした文言を言い続けることはできない。…心が折れて苦悶の呻きになる。街で盆に載せて売られている「瀕死のブタ」の玩具のように。戦場を描く絵描きたちはその慣れ親しまれた効果を出すことができない。戦場にいる者たちが慣れ親しんだ効果…ホワイトホール(3)の廊下では知られていない効果を。…おそらく、それは、彼ら——絵描きたち——が、人間のかたちを現実のモデルから引き出すからか、あるいはすでにその観念を持っているからなのだ。…しかし、戦場にいる者たちは四肢や筋肉や胴ではない。彼らは畑の灰色や泥の色の、筒状のかたちの集合体なのだ。万能の神によって投げ捨てられた！　あたかも地に当たってペシャンコになるように、高いところから投げ落としたかのように。傾斜した、比較的乾燥した、よい砂利の土壌。言うほどの露の雫はなかった。夜を覆うほどの雫は…。

戦場の夜明け…畜生、なぜ嘲るのか。戦場の夜明けを。…問題はこの戦闘が終わっていないことだ。まったく終わっていない。百十一年九ヵ月と二十七日続いている。…いや、数によってこの果てしない努力の単調さを捉えることはできないだろう。「果てしない努力の単調さ」といった言葉によってもなお。…身を屈めて暗い色のカーテンが引かれた廊下の暗がりを覗き込むようなものだ。雲の下の…靄は…

そこで、嫌々ながらも、彼の視線は、写真に写った影の上の幽霊みたいな靄へと引き戻された。彼は無理やり自分の双眼鏡を靄のほうに向けた。靄は、顔をしかめているかのようにみえた。黒い影のある灰色が、乱れた死体の覆いであるかのように覆いかぶさっていた。靄どうしが大規模に死体の配列に携わり、合同して想像もつかない仕事をしていた。靄はドイツ兵だった。それは、恐怖だった。真っ暗な静かな夜には、お馴染みの恐怖だった。鉱夫のつるはしの不快な音が下に聞こえる待避壕のなかで過ごす真っ暗な静かな夜に馴染みの恐怖だった。穏やかだが熱がこもった。無限に強迫的な。…しかし、それでもそれは恐怖ではなかった。

それは、実際、プライバシーへの欲望だった。昼食時に恐怖が彼を襲うとき、兵士たちが風呂に入っているのを見ているとき、塹壕で、人助けのために、銀行の頭取に手紙を書いているとき、そういった平常なときに、彼を恐れさせたのは、自分たちの仕事に不安を持つこともなく、彼に目を留めることもほとんどない、ミゼリコルディア兄弟会(4)の会員のような人物たちに囲まれて、自分が無事でいるということだった。…丘の中腹全体、領土の広がり全体が、目の部分に切れ目を入れた白っぽい灰色の長い、無数のカグールを身に纏って息づいている。時折、目のところが開いているフードの切れ目から彼を見る者がいた。…そうだ、囚人だ！

彼は囚人みたいだった。体によく触られた。手を触れられて質問された。プライバシーの侵害だ！

実際問題、そう現実離れしたことではなかった。そう風変わりなことでもなかった。もしドイツ兵たちが彼を捕らえるなら――一昨夜はもう少しのところで彼らに捕らえられそうになった――彼らのガスマスクはさまざまな形をしている――実際、彼らは、さまざまな形のガスマスクをしていた。彼らにはこうしたものが不足しているに違いないが、彼らは、確かに目を痛めた醜い豚みたいだった。目の穴と口の穴が付いた歪んだ日除けのような頭巾を被り、鼻に付けたガスマスクは、驚くほど豚の鼻に似て、管がボックスへと下がっていた！…顔をしかめている――きっとマスクを通して叫んでいるのだ！

ドイツ兵たちは驚くほど突然に、もはや気に留めることさえなくなった圧倒的な騒音のなか、超自然の沈黙のうちに姿をあらわした。彼らは、いわば、陰気な騒音を遮断するための防音用ガラスの円屋根の下にいるかのようだった。灯り続けるベリー式信号(5)の白い照明に包まれたかのように。彼ら、すでに穴から出てきた者たちは、驚くほど機敏な、頭巾を身につけた者たちで、どちらかというとアマチュア用にみえる長いライフル銃を持っていた。――だが、何ということだ、それらはアマチュア用どころではなかった。頭巾と白光が彼らに、雪のなかにいるカナダの罠猟師のような様相を与えていた。そのため彼らは我が軍の哀れなネズミみたいな徴集兵に比べると、はるかにがっしりとした連中であるように見えた。醜い豚どもの頭が、砲弾の破裂によって作られた窪みからも、裂かれた地面の裂け目からも、古い塹壕からも現れた。…地面は何度も何度も奪い合われた。…その後、逆流がティージェンス自身の群れを引き裂いていった。無秩序な暴徒と思われる一団が、その通過を途轍もなく喜んでいる様子の混乱した群れのなかを貫いていった。何が起きようとしているのか軍司令官でさえ分からないなかで、連中が交代要員であるということが次第に認識された。自分が命令によって「下がってよし」とする満足を得る間もなく、彼らはどこだか皆目分からないところからくるスパンコールが散りばめられた暗闇のなかをぎこちなく駆け抜けていき、前方に消えていくように見えた。疑問の雰囲気のなかで。何が起こっているのか。何が起ころうとしているのか。…いったい何が？…何が？…

かなりの大きさの砲弾が「ウィー…リ…ウワック」と不気味な音を立てながら彼らの間に落ち始めた。誰かがティージェンスに飛び散る針金の山を通り抜けるための道筋を示した。彼、ティージェンスは忌々しいほどたくさんの紙挟みや本を抱えていた。彼らは一時間前に避難すべきだったのだ。あるいはドイツ兵が一時間、穴のなかから出てくるべきでなかったのだ。…しかし、大佐はあまりにも…あまりにも得意になっていた。それは得意になっていたと呼ぶべき状態だった。彼は集団を撤退させようとはしなかった。…忌々しい命令だからだ！…ついにマッケクニーの奴が、ティージェンスに命令を出すように懇願した。…その命令が出たところで大差はなかっただろうが。兵たちは十分も持ちこたえられなかっただろう。幽霊のようなドイツ兵たちが塹壕に侵入してきただろう。しかし、中隊長たちは退却の師団命令が出ることを知っていて、死ぬ前に明らかに下位の士官たちにそれを伝えていた。たとえそれを中隊に伝える者がいなかったとしても、万一大隊本部がその命令を出していたならば、状況はもっと良いほうに変わっていただろう。それは実質的駆逐を公的戦略的退却に変えただろう。…その上、師団参謀の立派な仕事ということにもなっただろう。兵たちは、箱のなかに収まるチェスの駒のように、彼らのために用意された、美しく、清潔で、新しい塹壕にはめ込まれただろう。地球の表面から無理やり消されていく破れた軍隊にとっては何とも素晴らしいことではないか。英仏海峡のなかに入っていくことは。何が彼らに苦情を言わせるか。いったい何が兵に苦情を言わせるのか。そんな苦情が言われる筋合いなどない。

彼は脚を撫でられた。優しいおずおずとした撫で方だったが！　ああ、自分は降りるべきだと言うのだな。これは悪い手本を示すことだと。立派な塹壕には完全に効果的な覗き穴が備えられていた。だが、彼自身は、いつもそれらを嫌っていた。ライフル銃の弾丸がもろにそこに打ち込まれ、望遠鏡を伝って自分の右目に当たることを考えたからだった。あるいはおそらく望遠鏡などないのかもしれない。いずれにせよ、自分には分からなかった…。

未だに、歪んだ車軸には三つの斜めになった車輪が付いていた。針金は靄のようにバラバラになり、窓に付いた霜のように様々な型を形成していた。露に濡れた自分たちの鉄条網があり――完全な村だ！――その向こうを彼は見渡した。ほとんど元のままだった。失われた塹壕の胸墻から四百メートル離れた、乱雑に物が置かれた場所の向こうで、ドイツ軍が彼らの塹壕を作っていた。その中途には、完全なる混乱があった。我が軍の一昨日の混乱が。直前のドイツ軍の弾幕砲火で、いったいどうやって全部ズタズタに壊されずに済んだのだろう。二つの前線の間には、霜のように白い三つの建物があった——妖精の小屋のような。そして、その間には、ぼろを纏《まと》めた三つのものと、とても大きな押しつぶされた鴉《からす》のようなものとが、あるべくして吊るされていた。いったいどうしてあれは、あんな形にされてしまったのだろう。あり得ないことだ。メロドラマに出てくるような背の高い人物も、頭をのけぞらせてぶら下げられていた。ウォルター・スコットの小説に出てくる、手を振って部下たちに合図するスコットランド高地人の将校のような格好で片手をあげている。持っていない剣を振りながら。…それは針金の効果だった。グロテスクな姿勢を補助してくれているのは。死んでさえも！　ひどい代物だ！　あれはコンスタンティン中尉だ、と兵たちは言っていた。そうかもしれなかった。一昨夜、ティージェンスは本部の待避壕で行われた最終会議で、来ていた将校たちを見回した。そのなかの誰が殺されることになるかを推測した。青ざめた顔で。ああ、彼らはみな殺され、それ以上の惨劇となった。しかし、彼の予感はコンスタンティンが針金に捕らわれるところまでは及ばなかった。だが、たぶん、あれはコンスタンティンではなかったのかもしれない。おそらく自分たちには分かるまい。昼時までにドイツ兵たちが彼の今立っている場所にやって来るだろう。旅団司令部が自分たちに警告した攻撃が行われるならば。だが、そうはならないかもしれなかった…。

心躍らぬ風景全体への最後の挨拶として、彼は人差し指を口に含んで濡らし、空中にかざした。背中側の表面に心地よい寒さを感じた。微風が他の男たちの顔にまさに当たっていた。夜明けの風にすぎなかったのかもしれない。しかし、その風が少しでも強くなったり続いたりすれば、神聖なヴュルテンベルク軍も塹壕から出ては来られないだろう。出てくるにはガスが必要だからだ。おそらく彼らもひどく弱っているのだろう。…伝統的にヴュルテンベルク軍は重視されてこなかったようにみえる。可笑しな帽子を被った、穏やかで退屈な人々だと思われていた。まったくもって！　伝統は廃される！

彼は塹壕のなかに飛び降りた。火打ち石の薄片や小石のピンクがかった小さな塊が混じるかなり赤っぽい土壌は、友好的に向き合える代物だった。

軍曹が話していた。

「あんなことはすべきでありません、大尉殿。ゾッとします」彼は涙を誘うような調子で、自分たちはまったく上官たちなしに済ますわけにはいきませんと付け加えた。ダービー計画(6)で入隊した下士官たちは妙な連中だ！　年季が入った臨機応変の下士官の口調で話そうとする。が、そうはいかない。それでも、彼らに称えるべき功績がないとは言えないのだ。

そう、塹壕の正面は友好的だった。並外れて非好戦的だった。それを見ると、この戦争の一部だとはほとんど信じられない。…友好的だ！　薄片や小石を見ると心が安らぐ。荒野に建つグロービー邸の上方の射的場に上り、ライチョウがやって来るのを待つときのような感じだ。この土壌は。芝でできたあの射的場のようではもちろんないけれども…。

彼は情報を得るためというよりは、この男の口調を聞くために訊ねた。

「何故だね。上官がいようがいまいが何の違いがある。十八歳以上の者なら、誰でもよいではないか。彼らはやり続けるだろう。これは若者の戦争だ！」

「そんな安易な気持ちにはなれません、大尉殿！」と軍曹は言い張った。若い将校たちは大尉殿が鉄条網や一斉射撃を切り抜けるのには大きな助けになるでしょう。ですが、こう申しても差し支えなければ、彼らを見ていると、大尉殿が何のためにそれをしているのかよく分かっていないようです」

ティージェンスが言った。

「何故だ？　君は何のためにそれをやっている？」

決定的瞬間まで三十二分だった。彼は言った。「忌々しい爆弾はどこだ？」

砂礫層に刻まれた塹壕は、友好的な赤みがかったオレンジの色合いにもかかわらず、理想的な塹壕ではなかった。特にライフル銃の射撃に対しては。思うに、火打ち石の薄片に沿って、ライフルの銃弾が貫通するだろう裂け目があった。それでも、こうした深い砂礫層の塹壕でライフルの銃弾に当たる確率は八万分の一にすぎなかった。だが、彼はそうした銃弾により可哀想なジミー・ジョンズを傍で殺されていた。だから、自分が銃弾に当たる確率は、例えば、十四万分の一に下がるだろう。彼は自分の頭が次々と計算し続けることがないようにと願った。気をつけないと頭は計算を続けた。よく躾けられた犬が、部屋のある部分にいるように言われると別の部分を好きになるのと同じように、彼の頭は計算し続けるほうを好んだ。素知らぬ顔の主人を見やりながら、犬はドアのそばの敷物から炉端の敷物のところまでこそこそと歩いていく。彼の頭がやっていることは、まさにそれに似ていた。まるで犬のようだ。

軍曹が言った。

「最初に送られた砲弾は奪われて粉砕されたそうです。前線よりはるか後方の深い溝のなかでです。別のものがこちらに配送されます」

「それなら口笛を吹いたほうがいい」とティージェンスは言った。「力の限り口笛を吹くんだ」

軍曹が言った。

「風を呼ぶためですか、大尉殿。ドイツ軍を差し招くためですか、大尉殿」

白漆喰の鶏のトサカを見上げながら、ティージェンスはガスについて軍曹に講演した。ドイツ軍は自軍のガスで自軍を滅ぼしたというのが、ティージェンスがこれまでも常に言ってきたことだったし、今も言ったことだった…。

ティージェンスは軍曹にガスについて話し続けた…。

彼は自分の脳について考えた。それは彼を脅かすものだった。戦争全体を通して、彼は一つの恐れを持っていた。――それは一つの負傷が、一つの負傷の肉体的衝撃が、自分の脳をダメにしてしまうのではないかという恐怖だった。鎖骨の後ろを撃たれるのではないか。彼はその場所を感じることができた。痒みではなく、血液が他のところより熱く脈打っているのをそこに感じることができた。もし鼻の頭について考えたなら、それを意識できるのと同じことだった。

軍曹はドイツ軍が自滅すると感じられたら嬉しいと言った。ドイツ軍は我々を英仏海峡へ追い込もうとしているようだ、とも。ティージェンスはその理由をあげた。彼らは我々を追い詰めている。だが、十分な速さでではない。十分な速さでではない。これは我々の消滅と彼らの忍耐との競争だ。彼らは昨日、風によって足止めを食った。彼らはおそらく今日も立ち往生するだろう。…十分な速さでは進まないだろう。頑張り続けることはできないだろう。

兵士たちにそう言ってくれるようお願いしますよ、大尉殿、と軍曹は言った。それは兵たちに語られるべきことです。師団の報告書や本国の新聞に書かれるべきことではなく…。

並外れて甘美なキー付きラッパが鳴った。――少なくともティージェンスにはキー付きラッパだと思えた。実質的に管楽器の種類について知識がなかったからだが、それは騎兵隊のラッパではなかった。近くには、騎兵隊も陸軍輜重隊さえも全くいなかったのだから。——そのとき、驚くほどに甘美なラッパが冷たく湿っぽい夜明けに向かって何かを告げた。それは驚くほどに感傷的な気分を誘発した。ティージェンスは言った。

「君は、君の兵たちが、実際に途轍もない英雄だと言いたいのかね、軍曹。おそらく彼らは途轍もない英雄なのだろう！」

ティージェンスは「我々の」とか「自軍の」とさえ言わず、「君の兵たち」と言った。というのも、一昨日まで彼は単に副司令官に過ぎなかったからだ。——それに明日には再び、驚くほどに排他的な小集団であり、彼を部外者とみなすために互いに結束する、いい加減な寄せ集めとでも呼び得るものの、まったく機能しない副司令官になりそうだったからだ。そこで、彼は自分のことをむしろ傍観者だとみなした。運転士が酒を飲みに行っている間、乗客が機関車の管理を請け負ったかのように。

軍曹は嬉しそうに顔を紅潮させた。常任将校からお褒めをいただくのは光栄です、と軍曹は言った。ティージェンスは自分は常任ではないと言った。軍曹はどもりながら言った。

「大尉殿はたたき上げの将校ではないのですか。兵たちは皆、大尉殿を下士官上がりの将校だと思っていますよ」

いや、とティージェンスは言った。自分は下士官上がりの将校ではない。さらに熟考の上、付け加えて、自分は民兵だと言った。兵たちは、偶然の意思によって、少なくとも今日の間は、彼の指揮に耐えなければならないのだと。兵たちは、それをできるだけよいことと感じたほうがよい——胃袋に収まるように！　兵たちは将校のことを信じているかどうかで確かに影響が出る。

どんな影響かは知る由もない。この群衆は「紳士」によって率いられることに満足しないだろう。彼らには紳士がどういうものか分からないのだ。まったく封建的でない群衆には。ほとんどがダービー計画で入隊した兵たちだった。小規模の服地屋とか集金人とかガス検査員とかいった男たちだ。ミュージックホールの役者が三名、大道具が二名、牛乳配達人さえ数名いた。

それもまた消えた伝統だった。それでも、兵たちは、ある種の知識を持った年上のがっしりした体格の兵たちがいることを望んだ。おそらく民兵はその条件に叶った！　彼は職務上、民兵だった。

彼は、脇に、上に視線を向け、白漆喰の雄鶏のトサカをちらっと見た。彼は、それを注意深く凝視した。さらには愉快げに。彼は、いったい何が自分の注意をこれまでもしつこく向けさせてきた方向に、今も向けさせたのかを知っていた。「クルミ割り」地区の司令本部の待避壕で暗闇のなか行われる採鉱。人々はそれをクルミ割りと呼んでいた。

彼は生まれてこのかた、採鉱が暗い地下で行われることを知っていた。それを知らない北国の人間はいない。その地域全体を通して、夜、目を覚ますと、人はその音を聞き、その音はいつも超自然的に思える。何百フィートも下の炭鉱の切羽にいるのは鉱夫たちだとわかる。

しかし、その音はまさに馴染みであるが故に、染み付くようななかなりの怖さがある。取り憑かれるかのような。そして静けさが悪い瞬間にやって来る。まさに地獄のような騒音の後に。そんな騒音の後で、彼は待避壕の滑りやすい粘土の階段を上っていかざるをえなかった。…ゼーゼーいう胸のために彼が嫌うものがあるとすれば、それは滑りやすい粘土の階段を、息を切らして上がっていくことだということは、天も知っていた。…当時、彼の胸は今よりもはるかにひどい状態だった。…二ヵ月前には！

好奇心が彼に上にあがることを強いた。それに、疑いなく、恐怖が。それは大きな闘いへの恐怖だった。頭にこびり付く絶え間のない小さな不安ではなく。神のみが知っていた！　好奇心か恐怖だ。恐ろしい騒音のなかで、大地がきしみ、揺れ、振動し、抗議の声をあげるなかで、他に遅れまじと決心したおびただしい数の物音が湧き立つような騒音を立てるなかで、理路整然と考え続けることはあまり望めない。それ故、彼の頭にあったものは、冷静な好奇心だったかもしれなければ、出入り口が閉ざされた待避壕で生き埋めにされることを考えての完全なパニックだったかもしれない。いずれにせよ、彼は、待避壕から上にあがった。待避壕のなかでは、彼は、司令官によって邪魔者として嫌われる副司令官の立場にあり、司令官だけが与える権限をもつ仕事を何も与えられないまま、不名誉にも座っていたのだった。司令官が急死するまで、そこに座っている運命にあった。だが、司令官がどんなに彼を嫌っていようとも、司令官が死ねば、その後を継ぐはずの者は彼だった。司令官にそれを阻止する策はまったくなかった。一方、司令官が生存する限りは、副司令官は無為でいなければならなかった。何もすべき仕事を与えられなかった。副司令官が名声を得ることを司令官が恐れるからだ！

自分は名声を得ることには興味がないとティージェンスは自負していた。今でもグロービー邸のティージェンスなのだから。誰も彼に何かを与えることはできなかった。彼は死、苦痛、不名誉、死後をまったく恐れることなく、病気も――息が苦しくなるのを除いては――ほんの少ししか恐れないと自負していた！…大佐もまたティージェンスの分け前に与っていた。

ティージェンスは大佐のことを考えても不快にはならなかった。大佐は若者としては立派な若者だった。司令官が副司令官を嫌うのは完全に分かりきったことだった。…それは立場の問題だった！…だが、大佐はその立場に付け込んだ。彼はティージェンスをぐらつく地下室に閉じ込めた。自分の思考が聞こえない、ぐらつく地下室では、自分の精神をコントロールできなくなるのも、もっともだった。自分の考えを聞くことができないのに、いったいどうやって自分の思考の働きが分かるというのだ。

何も聞こえないのに。敷物の山の上で、高熱を出したか砲弾ショックを受けたか何かで、眠っている当番兵がいた。――大隊事務室でかなり人気者の当番兵だった。その夜、もっと早い時間に、大隊事務室がこの若者をここに放り出す許可を求めたのだった。というのも彼は眠りながらとても大きな音を立てるので、事務室にいる者たちが自分たちの声を聞き取れず、また、彼らにはたくさんの文書を作成する仕事があったからだった。彼らには彼らが好ましく思うその若者に何が起きたのか皆目分からなかった。特務曹長代理の考えは、若者が変性アルコール[7]を飲んだに違いないというものだった。

たちまちのうちに、あの機銃掃射が始まった。若者は顔をランプの明かりに向けて、敷物――すなわち、軍用毛布――の山の上に横たわっていた。強烈な光の下、若者はとても白い色の顔を歪め金切り声をあげていた。――炎に向かってはっきりと卑猥な言葉を叫んでいた。だが、目は閉じられていた。そして、機銃掃射が始まった二分後には、彼の唇が動くのが見えるだけになった。

そう、ティージェンスは上にのぼっていた。好奇心によってか恐怖によってか？　塹壕のなかでは何も見えず、騒音が狂った黒天使たち[8]のように猛進した。固体音が人の足をさらった。…人の脳をさらった。他の誰かがその脳を支配した。人は自分の魂《たましい》の副司令官に成り下がる。再び指揮権を握るには、四・二インチ追撃砲の直撃によって司令官が押し潰されるのを待つしかなかった。

見えるものは何もなかった。狂った明かりが黒い天空全体に渦巻いていた。彼は塹壕の泥に沿って進んだ。驚いたことに雨が降っているのが分かった。土砂降りだった。良識ある天上の神々はこうした瞬間、自らの活動を一時中止するものと想像された。だが、はっきりと稲光があった。神々は活動を中止してはいなかった！　ベリー式信号か何かがそれを消した。実際、たいして効果的な稲光ではなかった。ちょうどそのとき、彼は、補強させた覚えがある胸墻があった場所の押しつぶされた地面にぶつかり四十五度の角度で突っ伏して倒れた。塹壕は押しつぶされていた。外の地面と同じ高さになっていた。泥の山から一対の長靴が現れた。いったいどんなふうに長靴はそこに置かれたのだろう。

進行中の戦闘に向けられた舷側砲！…しかし、その代物が彼を埋めたとき、彼は当然、塹壕に沿って走っていた。とにかく、すっかり埋もれてしまった塹壕に沿って。ベリー式信号が、親切にもティージェンスに対し、彼の左手とちょうど同じ高さにあるいくつかの小さな煙る破片を示した。白煙が激しい風のなか、地面と同じ高さで舞っていた。その流れに、また別の小さな煙の流れがいくつも急いで付け加わった。ベリー式信号が消えた。さまざまなものが漂ってきた。何かが彼の足に当たった。長靴の踵に。不快ではなかった。脚の底をぴしゃりと打たれたようなヒリヒリする感じがした。

あらゆる騒音のもと、それはそこに胸墻がないことを彼に教えた。…彼は、べとつく泥のなかを滑りながら、待避壕へ向けて塹壕のなかに引き返した。渡り板は泥のなかに完全に沈んでいた。すべての事柄のなかで彼がもっとも嫌ったのは、べとつく泥だった。またもやベリー式信号が役に立ってくれたが、塹壕は深かったので、一兵卒の後ろ姿を除いては何も見えなかった。ティージェンスは言った。

「もし彼が負傷しているならば……いや、死んでいるとしても、引きずり下ろさなければなるまい。……そうすればヴィクトリア十字勲章[9]が得られる！」

人影は塹壕の奥へと滑るように降りていった。それから素早く精神を集中し、訓練の基本動作で、正しい装塡角度に構えられたライフル銃に二つの挿弾子を詰めた。家の壁のひび割れのような騒音の切れ目に、その人影が声を発した。

「この上で臥せっていたのでは再充塡できません、大尉殿。泥が弾倉に入ってしまいます」兵卒は再び、泥がこびりついていない部分だけが見える、座った姿勢の男というだけになった。ベリー式信号光は色褪せていった。もう一つのベリー式信号が目も眩む効果を補った。ちょうど真上から。

待避壕の入口の後ろの防弾壁のあたりで、塹壕の凹凸のある場所に肘を載せ、前腕を上に突き立てた小柄な少尉の顔が、ベリー式信号の照明を見上げていた。――その恍惚とした顔は魂の覚醒を表していた。また別の音の切れ目に、小柄な少尉の声がして、自分はベリー式信号の弾薬筒を節約しなければならないと言った。この大隊はとても物資が不足していた。だが、同時に、明かりを切らさないように時間を調整するのは難しいことだった。……これは何とも途方のないことに思えた。ドイツ軍がまさに押し寄せようとしていた。

上方をさす手の指で、小柄な少尉が上に向けてピストルの引き金を引いた。一秒後、もっと鮮明な照明が上から降り注いだ。少尉はぎこちなくそのピストルを地面に向けた――大きな道具に再び弾を込めるためにはかなりの体力を使うのだろう――こんなに小さな体をしているのに。とても勇敢な子だ――アランジュエは。出身は――マルタ島かポルトガルかレヴァント地方だった。

ピストルを下に向けると、彼の小さな足のまわりに、管状の、枯れたカーキ色の大枝がグルグルと巻かれているのがわかった。充塡式の銃に彼を殺傷する能力がないことを理解するのに、音の切れ目は必要なかった。ティージェンスはさまざまな身振りをしてピストルを手渡させることで、少尉に酒を持って来るようにということを、また、まだ死んでいないかもしれない男を担いでくれる者たちを連れてくるように、ということを理解させた。――少尉はイングランドを出て二日しか経っていなかった。

ところが、男は死んでいた。担ぎに来た者たちがティージェンスの非常に大きな長靴が入る余地を作るため死人を移動したとき、死人の両腕は泥のなかでぱたぱたと揺れ、顔を覆っていたヘルメットは空に向かって揺れた。まるで人体模型のようだったが、それほどには硬直していなかった。まだ冷たくはなかった。

ティージェンスは、かなり低い棚に肘を載せるエイボンの詩人シェイクスピアの一体の彫像のようだった。騒音が増した。オーケストラはあらゆる金管楽器、あらゆる弦楽器、あらゆる木管楽器、あらゆる打楽器を持ち込んでいた。演奏者たちは馬蹄が詰まったビスケットの缶を振り、割れた銅鑼の上に袋から石炭を注ぎ、四十階建ての鉄の家をなぎ倒さんばかりだった。オペラのオーケストラのクレッシェンドがコミックであるのと同程度にそれはコミックだった。クレッシェンドだ！…クレッシェンド！　クレーッシュ。…ヒーローが登場しなければならない。だが、ヒーローは来なかった。

　例えば、コーディリアを創造することを考えているシェイクスピアのように、ティージェンスは未だ棚にもたれていた。時に大型ピストルの引き金を引き、時に棚の上に台尻を載せて充填した。一つを詰めると、また別のものを手にとった。彼には自分がかなり安定的に照明を維持していることが分かった。

　ヒーローが到着した。もちろん、それはドイツ兵だった。オオヤマネコのように全部の脚や腕を動かしながらやって来た。背墻の正面にぶつかって、塹壕のなかの死体の上に倒れ、両手を目に当てて、再び跳ね上がってダンスした。しっかりと熟慮して、ティージェンスは、回転式拳銃ではなく大きな戦闘用ナイフを引き抜いた。何故か？　肉屋の本能か？　エクスムーアの牡鹿狩りの猟犬と一緒にいる自分を考えようとしていたからか？　男が背墻の正面から跳ね返ったとき、男の両肩が彼の上に重くのしかかった。その舞台を演じるドイツ兵をじっと見て、ティージェンスは、尖ったナイフを握り、「手をあげろ」を意味するドイツ語を考えた。"Hoch die Haende!"がそれだと彼は想像した。彼はドイツ兵に便宜を図った。

　だが、彼の外国語の使用は余計であることが分かった。ドイツ人は両腕を広げ、顔を――それはかなり押しつぶされていたが――空に向けた。

　いつでも劇的だ、従兄のフリッツ[10]は！　実際、劇的にすぎた。

ドイツ兵は汚い長靴を履いたまま崩れるように倒れ込んだ。しわくちゃな長靴がふくらはぎを包んでいた。だが、彼は皇帝陛下万歳！　とも、何よりもドイツのために！　とも、その他、何の告別の辞も言わなかった。

　ティージェンスは、もう一つの明かりを上方に発砲すると、再び火薬を充填して、それから泥のなかに手をつくと、ドイツ兵の頭の上に屈み込み、両手の指をその頭の下に置いた。大きなうめき声が出て指が震えるのが感じられた。彼は思いを断ち切り、とりあえずブランデーの壜を手探りした。

　だが、横断路のはずれに泥だらけのグループがいた。騒音は半分に減少していた。集まっているのは死体の担ぎ手だった。それに馬鹿げたことに小さなアランジュエと照明弾の新たな装填者がいた。…当時は、男達の数は不足していなかった！　叫び声が塹壕に沿ってやって来た。明らかに、別のドイツ兵がなかに入っていた。

　騒音は三分の一に減少していた。激しく浮き沈みしながらだんだんと弱まっていった。ガタつきながら！　石炭の袋がいつもの律動的なリズミで階段を下り続けた。それがだんだんと律動的でなくなっていった。塹壕の裏にちょうど置いてあったブラッディ・メアリー砲(11)は家全体を揺るがすものと言ってよかったし、他の海軍の榴散弾や何かもどこかにあった。

　ティージェンスは担ぎ手たちに言った。

「ドイツ兵をまず連れて行くんだ。こいつは生きている。わが軍の兵は死んでいる」英国軍の兵は確かに死んでいた。ティージェンスは、ドイツ兵の上に屈《かが》んだとき、英兵が頭部を失っていることに気づいた。その場所には何かがあったけれども。いったい何がこんな事態を招いたのか？

　塹壕正面脇の位置についたアランジュエが言った。

「何とも冷静ですね、大尉殿。何とも冷静です。あんなにゆっくりとナイフが引き出されるのを、わたしは見たことがありません！」彼らはドイツ兵がベリーダンスを踊るのをじっと見ていたのだ！　哀れなドイツ兵は、その間ずっと、いくつものライフル銃やこの若者の弾倉回転式連発拳銃を向けられていた。もしティージェンスに当たることを恐れなければ、彼らは恐らくこの男のことをもっと撃っただろう。五、六名のドイツ兵がさまざまな場所の塹壕の区域に飛び込んできていた。三月兎のように荒っぽく！　男は両目を射抜かれていた。その事実が小柄なアランジュエの心を異様な恐怖で満たしたようだった。アランジュエは、目を潰されることを考えたら、自分は気が狂ってしまうと言った。なぜなら、バイユールで喫茶店をやっている恋人がいて、もし自分の美貌が損なわれたなら、ウィルトシャー軍のスポッフォースという奴が彼女を手に入れることになるだろうというのだった。彼はそう考えると気が滅入るとはっきり言ったが、実際に攻撃が行われることになる別の場所から部隊を撤収させるため、偽の攻撃を仕掛けているかのように聞こえた。それでは、別のところで、もっとひどいことが起きているのだ。

そのようだった。ほとんどすぐに、一つか二つのドンという音やブツブツという音を除いては、すべての銃声が鎮まった。…だとすると、すべてが戯れにすぎないのかもしれない。

さて、今、彼らはバイユールに迫っていた。一日か二日すれば、そこを通り抜けられそうだった。英仏海峡への途上で。アランジュエは恋人に会うために急がなければならないようだった。小悪魔め！　彼はほんのわずかしかない貯金を恋人のせいで借り越していて、ティージェンスがその借り越しを保証しなければならなかった。――彼にはそんな余裕はなかった。今にあの小僧はおそらくもっとたくさんの金をせびるだろう。——そしてティージェンスはさらに多くの借り越しの保証をしなければならなくなるだろう。

しかし、この夜、ティージェンスが地下の自分自身の部署の暗黒の沈黙のなかに降りて行ったとき、穴倉は——彼らは当時、本当に酒蔵のなかにいた——白亜の下で泥が特にベタついて扱いにくいものとなった土の層ででき、何百ヤードにも渡って延びていたが——彼には、寝袋の下方に聞こえる鶴嘴の音がほとんど耐え難かった。掘っているのは、明らかに味方の兵士たちだった。しかし、敵だろうが味方だろうが、たいして違いはなかった。というのも、もし味方の兵士がそこにいれば、もちろん敵軍をひきつけることになり、ドイツ軍が同様にその坑道の下に坑道を掘って、こちらの坑道を破壊するかもしれなかったからだ。単に愉快さを増すための不愉快な機銃掃射によって、彼の神経は緊張を強いられていた。神経に緊張を強いられていることが分かったのは、頭を粉砕された状態で自分の両手に抱かれた男、０９モーガンの亡霊の訪問を受けたからだった。０９モーガンが頭を打ち砕かれたのは、ちょうどティージェンスが彼に帰省休暇の取得を拒み、その妻と親しくなったプロボクシング選手に殺されないようにしてやった直後だった。それは込み入った話だったが、ティージェンスは、何かをやめようとするときに上官である自分が責任をとるよう望む者たちには、彼らの頭以外の何物かによってそれがやめられるようにしてやれたらと願った。哀れなドイツ兵が彼の肩の上に落ちてきて、彼、ティージェンスに未だに体を震えさせる衝撃を与えたのは、彼が戦争の規則によって自分の戦線に走って戻らなければならないときのことだった。それにもちろん精神的ショックが加わった。その男は白人特有のグレーの四肢を広げ、なぜかはっきりと黙示録的だった。…そしてそれは真の戦闘に基づかない、愚かな出来事だった。

十二名を超えない白っぽいグレーの敵兵の波が前線に到達していた。――ティージェンスがそれを知ったのは、メロドラマ風に引き金が引かれた回転式拳銃と、注意が払われるまで結果として三〇分待たなければならなかった不幸なドイツ兵を運び出すのに従事したほうが良かっただろう連中――梨を運ぶ人たちのように卵型手榴弾を装着したあの男たち――と一緒に、残ったガスがかなり充満するなかを、拳銃を前に構え、身をかわして五、六個の柵を避けて通ったからだった。…スパイごっこをやっている子供のようだった。まさにそれみたいだった。…しかし、結果は、恐れと湿気と汗で震えているか、ちょっとした小走りで息を切らしている不幸な敵兵を取り囲んで立つ何組かの英兵に出くわしただけだった。

楽しみのために犠牲にされた、そのときの白っぽいグレーの敵兵の波は、意図されたものだった。…最終…最終的な…それから…

キャンプ用ベッドの真下で声がした。

“Bringt dem Hauptmann eine Kerze…”と。まるで「大尉にロウソクを持って来い」と言うかのように。まさにそんなふうだった！ 夢をみていたのだ！

ちょうど寝入ろうとする人間にとってショックであるほどには、たいしたショックではなかった。実際、落下の夢ほどひどくはなかったが、それでも目が覚めるには十分だった。…彼の脳は再びその言葉を取り上げた。

塹壕に辿り着いた少数のドイツ兵たちは、戦略と呼ばれる愚かしい楽しみのための犠牲にされたのだった。おそらくは。愚かしくも！…それはロウソクの明かりによって坑道を掘るドイツの亡霊のようだった。ニーベルンゲンのように退化した、おそらくは小人だ！…彼らはたくさんの弾幕の祝福や何やらのもとで、乏しい兵たちのうねりを送ってよこしていた。全兵士の！　一切合切の！　それはまさに砲兵隊の一斉射撃だった。おそらく千発もの砲弾の。だとすれば、前線のどこかで、彼らはおそらく自分たちの力を誇示していたのだろう。兵たちの大きな集団、巨大な波。それに、二、三万発の砲弾！　海の波に連打される空き地が何マイルにもわたってありそうだった。そして、実力の誇示だけが行われた…。

それは、真の戦闘ではなかった。彼らには春の前進のための用意はできていなかった。

それは、誰か愚かな者に感銘を与えようと企てられたものだった。…ワルシャワやソフィアや小アジアにいる誰か愚かな者に。ホワイトホールに。あるいは、アメリカ大統領官邸に！…おそらく、彼らはたくさんのアメリカ兵を殺したのだろう――大西洋を越えてよく知られるようにと。そのときまでには、明らかに、どこかの戦線にアメリカ陸軍工兵隊の全部がいた。そのときまでには！　可哀想に、際立った地獄にこんなに遅れてやって来るとは。とんでもなく際立った。…こうした小さな楽しみのための物音でさえ、一九一五年の大規模興行のときよりはるかにおぞましかった。そのころ興行に加わって、慣れておいたほうが良かったのだ。…継続によって、肉体的精神的に参ってしまわない限りは。

ひょっとしたら、誰かに感銘を与えようとしているのかもしれない！　だが、誰が感銘を受けるだろう。とろとろ煮た梨のような脳をもち、粉コークスの撒かれた床とマホガニー材のドアが付いた恥ずべき廊下を走りまわる我が国の立法者たち…この連中ならひょっとしたら感銘を受けるかもしれない。…押韻詩を作るつもりはないが！…もちろん、我が国の立法者たちは、どこか他のところで、同じ様に感銘を受けそうにない誰かに感銘を与えるために、同様の愚かしい力を誇示することを試みてきたのかもしれなかった。…それならば、それこそが答えだ！　だが、誰も再び感銘を受けることはないだろう。我々は皆、お互いのやり方を知っている。力の誇示はまさにうんざりさせるだけなのだ…。

濃い暗闇のなかは著しく静かだった。はるか下で、鶴嘴が互いの耳に不吉な内緒話を吹き込んでいた。実際そのように見えた。教室の隅で互いに教師への悪口を呟いている子供たちのようだった。特に女の子たちだ。カチン、カチン、カチンと鶴嘴の囁く音がした。カチンですって？　と別の鶴嘴が小声で訊ねる。最初の鶴嘴がカチンカチンカチンと言う。それからコチンと。…そして不規則な長さの沈黙が入る。…タイプライターの音を聞いているうちに、若いタイピストの女性が別の用紙を差し込むために手を止めなければならなくなったときのように。

ホワイトホールでタイプライターを打つ若い素敵な女性たちは、王室の紋章が浮き彫りにされた四角い熱圧形成紙の上に、一斉射撃の計画をタイプする場合がとても多かった。…なぜなら、それは明らかに、ベルリンのリンデンバウム通り[12]からと同様、ホワイトホールでも直接口述されたからだ。ドイツ軍にフランダースで対抗演習を行わせるために、我々はドウォロログダで軍事演習を行ったのかもしれなかった。哀れなパフルズを痛い目に遭わせることを望んでのことだった。というのも、連中はパフルズ老将軍を粉砕して、単一指揮をやめさせようと未だに努めていた。対抗演習を通して我々の損失が嵩み、我が国が西部戦線からの撤退を叫び出すことを大いに期待しているのかもしれなかった。…相手側が我々のうちの五十万人を殺すなら、我が国がそういう状況になるかもしれないと。…連中はそれをする価値があると思っていた。だが、それはうんざりさせることだった。ホワイトホールの連中は学ばなかった。ドイツ人同様に…。

哀れなパフルズの軍にいることは悪くない。悪くはないが、うんざりさせられる。…よく換気された事務室でタイプライターを打つ素敵な女たち…彼女たちは袖がインクで汚れないように紙の袖口カバーをつけているだろうか。聞いてみてもいい。ヴァレン…ヴァレン…に。ここは暖かく静かだ。…こうした夜には…。

「大尉殿にロウソクを持って来い」という意味のドイツ語。キャンプ用ベッドの下からの声！ドイツ軍大尉の亡霊は近眼であるにちがいない。…タンピングで火薬を詰めた信管を近視眼であるかのように見つめていた。…もし彼らがタンピングで火薬を詰めた信管を使い、また、軍隊のなかでそれがタンピングと呼ばれるとすればだが。

彼にはドイツ軍大尉の顔も眼鏡も見ることができなかった。部下の兵士たちの顔を見ることができなかったのと同様に。キャンプ用ベッドと脛の向こうには。連中はトンネルのなかに詰め込まれていた。白っぽい灰色の管状の塊になって。…大きな！　オーストラリアの原住民が食べる蛆虫のように。…彼は恐怖に取り憑かれた！

彼は、氷のような冷や汗をかきながら、キャンプ用ベッドの上で上体を起こした。

「誓って、賛成だ！」と彼は言った。彼は脳が機能しなくなるところを想像した。頭がおかしくなり、気が狂った自分が見えた。気が狂ったわけではないと自分に証明できるように、彼は何か考えるべき話題を求めて頭のなかを探し回った。

Ⅱ章

キー付きラッパが異様な明瞭さで夜明けに告げた。

人を

わたしは知っている　麗しい　貴婦　美しく　優しい

かつ

その顔ばせ　心を

ほどに

心打つものはなかった

わたし

の

その調べが風景に及ぼす十七世紀的雰囲気への突然の喜びがティージェンスを包み込んだ。…

ヘリックとパーセルだ！…あるいは、現代の模倣作かもしれなかったが。それで十分だ。それから訊ねた。

「いったいこの騒ぎは何なのだ、軍曹」

軍曹は粗製麻布のカーテンの後ろに姿を隠した。そこには守衛室があった。キー付きラッパが言った。

美しく　優しい
かつ
美しく　美しく　美しく　優しい…
そして…　そして…　そして

塹壕沿いに二百ヤード（約一八〇メートル）離れたところからかもしれなかった。その十七世紀の調べに、彼は驚くほどの喜びを覚えた。また、その正確で穏やかな歌詞を思い出したことで。…正しく思い出したわけではなかったかもしれないが。それでも、その歌詞は正確で穏やかだった。暗闇のなかの鉱夫たちの採掘のように魂の底に効果的に働きかけた。

コルネットの練習をしているのは０９グリフィスだという明らかな情報をもって軍曹が戻ってきた。マッケクニー大尉が、朝食後に彼の演奏を聴いて気に入ったら、今夜の音楽会で演奏できるように師団の宴会班に推薦すると約束したのだと。

ティージェンスが言った。

「ああ、マッケクニー大尉は気に入ってくれるだろう」

彼は、狂人の目と厄介な訛りをもつマッケクニーがこの男を気に入るようにと望んだ。この男は、太陽光線が黄色い湿地帯に溢れ始めた風景全体に、十七世紀の雰囲気を広めていた。ならば、趣味がよいということで十七世紀がこの男の命を助けますように！　彼の命はおそらく救われるだろう。自分、ティージェンスはこいつに演奏会の準備をするため師団に戻る許可を与えるだろう。それで、この男は一斉射撃を免れるだろう。…やって来ると旅団が報告した一斉射撃の後では、おそらく自分たちは誰も生き残れまい。…あと二十七分で始まる！　三百二十八人の戦闘員で…そう、一師団規模[2]と向き合うことになる。途方もない数だ。…だが、十七世紀が一人の男を救うことになりそうだった！

十七世紀はどうなったか。ハーバートやダンやシリュール人のヴォーンは？…「とても素晴らしく、とても落ち着き、とても明るい、甘美な時代、地上と空の結婚式[3]」…神にかけて、そうだった！…少将をあらわす緋色と金を身につけて、めかしやのように煌くキャンピオン老将軍が、何年か前に兵站基地でその言葉を引用した。それとも何ヵ月か？　そうでなかったか？「だが、わたしの背後には常に聞こえている、時の翼の生えた戦車が近くを素早く通り過ぎて行くのが」と将軍は引用したのではなかったか？

いずれにせよ、老将軍にしては悪くなかった！

淡黄色と緋色と金メッキとのあの優美な集合はいったいどうなったのかとティージェンスは訝

った。…どういうわけか彼はキャンピオンを黄褐色というよりは淡黄色のいでたちをした人物と考えた。それほどに将軍は光を放射していた。…キャンピオンと自分ティージェンスの妻、シルヴィアは、共に光を放射している。シルヴィアの場合は金色のガウンを着ることによってだったが！

キャンピオンはまもなくこの地域に来ることになっていた。もっと前に姿を見せていないのは驚くべきことだった。しかし、ひどく弱った軍隊を率いる哀れな老パフルズは、非常に見事な働きをしていて、誰かが彼に取って代わることはあり得なかった。彼を嫌う大臣の要求によってであれ、交代はあり得なかった。パフルズにとっては良いことだった！

ティージェンスの頭には浮かんだ…もし自分が今日「銃弾を止めた者」となるならば、キャンピオンがおそらく、自分、ティージェンスの未亡人…クレープ織りを身に着けたシルヴィアと結婚するだろう。少しは白い色も交じえて。

コルネットが意見した——明らかにそれはキー付きラッパではなかった。

—彼女が過ぎ去って　　のを
いく

わたしは見るだけだった

それから鳴り止んで内省した。一瞬後、それは瞑想するかのように付け加えた。

・彼女を・・・
そして　・　・
いま　・　・
わたしは　・　・
愛する　・やがて
死ぬまで！

それはほとんどシルヴィアに言及するものではなかった。…それでも、白が少し交じったクレープ織りを身に着けた、とても背が高い姿が、過ぎ去っていく…例えば、十七世紀の街路を…。イングランドで唯一の満足いく時代！…だが、今の時代にどれだけの可能性があるだろう。ましてや明日の時代に？　例えば、シェイクスピアの時代に可能性があったという意味で。あるいは、ペリクレス[4]やアウグストゥス[5]の時代に！

天もご存じだ。我々がエリザベス朝の人々が発し――受け取ったような、馬鹿げた太鼓の音を欲しないことは！　博覧会のライオンのような咆哮は。…だが、静かな野畑や英国の聖者たち、思考の正確さ、葉が重く繁る木で作られた生垣、ゆっくりと這うように斜面を上って行く耕作地に、いったいどんな可能性があるというのか。…それでもなお、土地は残っていく。

土地はこれまで通り。…これまで通りだ！　同時に夜明けが向こうのジョージ・ハーバートの教区を湿っぽく映し出す。…あれは何と呼ばれているのだったか。…いったい何という名なのだ。

ああ、くそっ！…ソールズベリーとウィルトンの間の…ちっぽけな教会。…だが、彼は耕作地や鬱蒼と茂った木立や、今、夜明けが湿っぽく映し出す教会の上方の人や車がゆっくりと通っていく幹線道路について考えることを拒んだ。…その名を思い出すまでは。おそらく今日でさえ、この土地が…英国国教会の聖性に達し、聖性の群を生み出していることについて、彼は、考えることを拒んだ。その静けさよ！

だが、その名を思い出すまでは、何も考えないつもりだった。

彼は、言った。

「あの忌々しい卵形手榴弾は手に入るのか」

軍曹が言った。

「十分すれば、到着するでしょう、大尉殿」搬送中だとA中隊がちょうど電話をかけてきたところだった。

それは失望とも言えるものだった。その爆弾がなければ、一時間もすれば、彼らは皆、殺されてしまうだろう。十七世紀のように安らかに。天国では。…その前に、今、忌々しい爆弾を爆発させなければならない。…そうすれば、その結果、彼らは生き残れるかもしれなかった。…そうなったら、自分、

ティージェンスは何をするだろう。命令に従うか！　考えられることだった。

彼は言った。

「あの忌々しいドイツ軍が一時間でこちらにやって来るという報告が旅団から来ている。強烈な爆撃をお見舞いせよ。だが、前進に備え、非常用として十分な量の爆弾を確保しておくように。

…そうだな、三分の一くらいは。C中隊とD中隊のために。副官に伝えるんだ。わたしは全部の塹壕を見回って来る。副官補のアランジュエ君と当番伍長のコリーはわたしと一緒に来てほしい。…爆撃が始まったらすぐにだ！…爆撃なしにドイツ軍の殺到を止めなければならないと兵たちに考えさせたくはない。…敵のやつらは十四分すれば弾幕砲火を仕掛けてくるはずだが、実際、すごくたくさんの周到な用意なしにここまでやっては来まい。…旅団がいったいどうやってこの情報を摑んだのかわたしには分からない」

ベマートンという言葉が彼の口に出かかった。そう、ベマートン、ベマートン、ベマートンはジョージ・ハーバートの牧師館だ。ソールズベリーの外側のベマートン。…考えられる限りにおいて人類発祥の地。ジョージ・ハーバートは、痩せた瞑想的な牧師である自分が、小さな丘の上に立ち、ソールズベリーの尖塔へと緩やかに下って行く土地を眺めているところを想像した。拙い装丁の、大きな、十七世紀の新約聖書を脇に抱えて…丘の上に立つところを想像してみるがいい！　ここでは考えられないことだ！

軍曹は、ドイツ軍がやって来ると、少しうんざりしたように嘆いた。

「失礼ながら、大尉殿。あの忌まわしいドイツ軍はひょっとしたら今朝はやって来ないのではないかと自分は思っておりました。我々に休息とちょっとした片付けをする機会を与えてくれるもんだと…。」彼の声の調子は、校長が女王の誕生日に学校を休みにすることもできただろうにと、あきらめ顔で言っている学童の口調だった。だが、この男は迫り来る滅亡についていったいどう考えているのだろうか。

それは、答えの出ない問題だった。彼、ティージェンスは何度か、死はどんなものかと訊ねられたことがあった。…一度は、家畜運搬車に乗って赤十字の現場救護所の近くの橋の下を通ったときに、ペローンという名の哀れな男に。マッケクニーという名の厄介な精神異常者も同乗していた。異動命令担当将校でさえ、三角形を違った形に整える前線送りを発することもできただろうにと思っていた。ペローンは彼の妻の愛人であったことが知られていた。彼、ティージェンスは、マッケクニーが是非とも就きたいと願っていた大隊の副司令官の仕事を意に反して与えられた。実際には、マッケクニーがその権利をもっていたのだが。彼らは一緒に前線に送られるべきではなかったのだ。

しかし、彼らはそこにいた――ペローンは、主に、自分はもうティージェンスの妻が再び金のガウンを纏う姿を見ることがないだろうと考えて心打ちひしがれていた。…多分、天上で金のハープを抱えているのでもない限りは。というのも、彼は事態をそんなふうに見ていたのだ。…貨車が――それは家畜運搬車ではなく、良く言えば貨車だった――護衛付きの脱走兵と、フランス当局が押しつけた三人の交趾支那人(6)の線路工夫を降ろした。…いったい自分たちはどこに送られるのか。明らかに前線に、だ。もうすでに前線にかなり近づいていた。師団司令部の近くに。だが、どこなのだ?…神のみぞ知るか？　それに、いつなのか？　こちらも、神のみぞ知るだ！　切通しにあまり溶けていない雪がわずかに残り、コマドリが上の雑木林で鳴いている晴れらしき日。そう、二月だ。…そう、聖ヴァレンタインデイ。これを聞いて、ペローンがますます動揺し出した。…そう、貨車がうめきを上げる怪我人や、将校たちの前で脱走兵に丁重にすべきか分からずにいる臆病な護衛兵たちや、護衛兵たちに女たちの性質について挑発的に訊ね、自分の性行為について進んで情報を与え続ける挑戦的な――あるいは二つの間に違いはないのだから、絶望の淵に沈んでいると言ってもいい——脱走兵を車外に降ろすと、すぐにだ。…脱走兵はジプシーのような黒い目をした男で、大きな嘲るような口をしていた。護衛は伍長で、二人の英兵は金髪で赤ら顔の東ケント連隊の兵士たちであり、ボタンと真鍮の識別票は見事に磨き上げられ、脚にはゲートルが美しく小ぎれいに巻かれていた。明らかに後方からやって来た常備兵だった。交趾支那人たちは、見分けのつかない平たい黄色の顔、褐色の詩的な眼をし、毛皮の猟騎用長靴を履き、包帯が巻かれた頭と巻き布が掛けられた顔を青い毛皮の頭巾が覆っていた。彼らは箱型荷台の側面に背をもたせて座り、ときどきうめき声をあげては、始終、体を震わせていた…。

そう、彼らが鉄橋の傍の副鉄道輸送官代理のブリキ小屋のところで降りてしまうとすぐに、肉付きがよい体つきでヒンズー教徒のような顔のペローンの奴が、ティージェンスの考える来世についての質問を、死の本質、直接的な崩壊の過程、死ぬことについての質問を迸らせた。…そしてペローンの質問の合間に、マッケクニーが言い表しようのない抑揚を付け、猫のような狂気の黒目で見つめながら、ティージェンスに、よくあんたが俺、マッケクニーの大隊の副司令官に任命されたものだと、いちゃもんを付けてきた。…「あんたは軍人じゃない」とマッケクニーは怒鳴った。「あんたは自分のことを歩兵隊員だと考えているのか。あんたは小麦粉の袋だ。どうして俺の大隊に仲間入りなどできようか。俺の…俺の大隊だぞ！　俺たち仲間の大隊だ！」

多分、それは二月のことで、多分、今は四月だった。夜の明け方が四月のように見えた。それがいったいどうした。…忌まわしいトラックが、二時間半、橋の下に止まっていた。…永遠の待機である戦争の最中に。ぶらぶらと待つ、ぶらぶらと待つ、目的もなく無駄に待つ、目的もなく無駄に待つ、手榴弾がやって来るのを待つ。あるいはジャムがやって来るのを、将軍たちがやって来るのを、戦車がやって来るのを待つ。輸送手段が整うのや先の道路の障害撤去が行われるのを待つ。眠たげな当番兵の眼がある事務室で待つ。運河の土手の焚き火のもとで待つ。ホテルで、待避壕で、ブリキ小屋で、崩壊した家で待つ。英国陸軍の生き残った者たちのなかで、血なまぐさい戦争の真のイメージとして、時そのものが停止したこうした永遠の時間を覚えていない者は誰一人としていないだろう！…

ああ、それならば、神はティージェンスに、ペローンという不幸な人間に対して死はそれほど恐ろしいことではないと説得するための十分は待機時間を与えたようにみえた。…彼は、膠付けされたような黒髪の男に、死はそれ自体、麻酔薬を供給すると説得するに足るだけの知的権威を持っていた。論拠があった。死が近づくや、すべての体の機能は麻痺し、人は痛みも不安も感じなくなる。…ティージェンスは今でも自分がそのとき用いた重い威厳のある言葉を聞くことができた。

ペローンへの神意だ！　次の夜、塹壕に入った後で生き埋めになり、後で掘り出されたとき、ペローンは顔に赤ん坊のような微笑みを浮かべていたという噂だった。長く待たされることなく、顔に微笑みを浮かべて死んだのだった。彼の人生のなかで、これほどに彼に似つかわしいものはなかった。[6]…ああ、ふさわしい微笑み。生きている間、彼は当惑した神経質な男であるように見えた。

ペローンにはよかったのだ。だが、自分、ティージェンスの場合はどうなのだ。それは神が人間にすべきことか。…それは神にあるまじき行為だ！

ティージェンスの傍らで軍曹が言った。

「それで、男は丘の上に立つことができると…大尉殿は本気で思っておられるのですか。忌々しい丘の上に男は立つことができるのだと」おそらくティージェンスは臨時特務曹長代理となった男に勇気を吹き込もうとしていたのだ。彼は、ペローンのイメージで頭が一杯だったので、この下士官に自分が何を言ったか覚えていなかった。…彼は、こう言ったのだ。

「君はリンカンシャー男児ではないか！　沼沢地帯から来たのだろう。何のために君は丘の上に立ちたいのだ」

男が言った。

「はあ、ですが大尉殿も立ちたいのでしょう！」

さらに加えて、

「立ちたいのですね。あたりを見回してご覧なさい…」彼は、一所懸命に言葉を探した。「長いこと屈んだ姿勢だった後では深呼吸をしたいもんです！」

ティージェンスが言った。

「ああ、ここならそれができる。思慮分別をもってな。たった今、わたしはそれをやった…」

男が言った。

「ええ、大尉殿。…大尉殿は型破りなかたですからね！」

それは、ティージェンスが軍人としての経歴のなかで受けたもっとも大きなショックだった。

そして、もっとも大きな報償だった。

こうした不可解なことばかりがあった。褐色の塊である下士官と兵は、砂利のなかの粘土層のように、地下に、太陽がやがて温めることになるだろうこの波打つ国土の下に広がっていた。彼らは穴のなかに、トンネルのなかに、帆布のカーテンの後ろに存在し、営んでいた…ある種の生活を。会話をし、息をし、強い望みを抱く生活を。それでも、一個の塊《かたまり》としては、完全に不可思議だった。ときには、情熱的な欲望が垣間見られる。「男なら忌々しくも丘の上に立つことができる」といったような。また、ときには、連中が自分のことを「あいつは型破りだ」と見なしている兆候を察知する。皆がいつも自分を見ていて、自分の睡眠中のもっとも小さな身振りさえ知っているということが分かっていた。

それは英雄崇拝に違いなかった。臨時特務曹長代理となった男は、少し前までは、著しく平坦な東国で運送業をやっていて、今は、自分の職務に対する真の知識なしに、その場しのぎの仕事をしているだけだったが、彼が副司令官に対し「あなたは型破りな人だ」と言ったのは賞賛の意味を込めてのことだった。その限りにおいて、これは信頼の証しだった。

彼らは今や這うようにして日の光のなかに出るところだった。…粗麻布の後ろから。彼らは彼が昨夜C中隊からD中隊に移した六縦列の兵士たちだった。D中隊は四十三名の下士官と兵に縮小されていた。彼らは押し出されたのだ。泥だらけの切れ端の寄せ集めであるフォールスタッフの大隊から。そして、塹壕のなかで一直線に並ばされた。こちらにあと一インチ、あちらにあと一インチと移し替えられた。あごひもを上げ下げした。背中を屈め、ぐいと引っぱって荷物を押し上げた。水筒を調整し、直立不動の状態になった。多かれ少なかれ一直線に並べられたライフル銃を前に突き出して。この小さな中隊は、大小さまざま、あらゆる不均衡や肉体的グロテスクさを持った男たちで構成されていた。そのなかの二人はミュージックホールのコメディアンで、隊全体がドタバタ的な雰囲気を持っているように見えた。…寄せ集めの軍隊。使命と生活と呼吸において、だらしのない軍隊。

　軍曹が彼らに気をつけの号令をかけると、彼らは前へ後ろへと揺れ動いた。軍曹が言った。

「司令官がお見えである。着剣…せよ！」

　ブディングの容器の後ろに隠れていた小人が、泥のなかを、四十五センチぐらい足を引きずって前に進み、曲げた膝の間からライフルの銃口を突き出し、分線に沿って目を凝らすためにグイと頭を引いた。それはピンぼけしたお伽噺だった。小人が何故、格好良く軍人らしく振る舞っていたのだろう。絶望によってか。それはあり得なかった。

　男たちは、風が吹き抜けていく高い草が生えた草原の端みたいに、揺れ動いた。女がスカートを使って離れ業をやってのけるように、彼らは体じゅうを手探りして銃剣を摑んだ。…小人は諺にあるように、手をさっと脇に逸らした。男たちは、ライフル銃を一列に並べた。ティージェンスが大声で言った。

「休め。休めの姿勢で立ちなさい」と投げやりに。そして、抑えきれない苛立ちを爆発させて言った。「後生だから、その忌々しい帽子はまっすぐかぶるんだ」と。男たちは不安そうに足を引き摺った。彼らには聞き慣れない命令だからだった。そこで、ティージェンスは説明した。「いや、これは訓練ではない。君たちの帽子が不揃いなことがわたしを苛立たせるのだ」そこで男たちの囁き声が、わずかな列の間を伝っていった。

「将校が言ったことを聞いたか。…将校に一泡吹かせてやろうじゃないか！…娘らを連れて公園に散歩に出かけよう…。」それにもかかわらず、彼らは互いのヘルメットの縁をよそ見したり見上げたりしては言った。「もう少し前に出せよ、オラス。…革ひもをもっときつく締めろ、アーブ！」彼らは陽気に悔み、頑固に罰当たりなことを言った。彼らは三十六時間、義務を免除されていた。一人の男が口ずさむというよりは大きな声で歌った。

「もしおいらがブローニュの森を散歩するなら
颯爽たる気分で⑺…

軍人用の短いステッキを持っていく、仲間たち！」

ティージェンスがその男に話しかけた。

「君はコボーンがその歌を歌うのを聞いたことがあるかね、ラント」するとラントが答えた。

「はい、大尉殿。彼がそれを歌ったとき、わたしは象の後ろ足をやっていました！…」小さな、暗い、悪意で目を煌めかせて！…色が黒く、陰気なロンドン出身者が…ミュージックホールでの思い出を誇って飴玉をしゃぶるように大きな口をもぐもぐと動かした。男たちの声が続いた。

「象の後ろ足！…善良で年取った象さんの…英本国に帰ったなら、いの一番にこの象さんに会いに行こう」

ティージェンスが言った。

「今度のクリスマスの翌日、ボクシングデーには、君たち皆にドルーリー・レーン劇場のチケットを与えよう。次のボクシングデーには皆ロンドンにいるだろう。あるいはベルリンにな！」

皆が、多声部からなる、低く抑えた声をあげた。

「おお、聞いたか？　大尉殿の話を聞いたか？　新しい司令官の？」

姿が見えぬ男が言った。

「ショレディッチ・エンパイア⑻にしてもらえたら、大尉殿、ありがたいんですがね！」

別の男が言った。

「レーンはまったく好きじゃありませんでした。ボクシングデーにはバラム帝国劇場のチケットをいただきたいですね！」軍曹が彼らに退がりなさいと声をあげた。

男たちは足を引きずるように塹壕から上に登っていった。姿の見えない男が言った。

「アル中よりはましだな！」唇は「シーッ」と言っていた。

軍曹がひどく恐慌をきたして大声をあげた。

「黙るんだ、この野郎、さもないと留置場に叩き込むぞ！」それにもかかわらず、軍曹は、一秒後、穏やかな満足の表情を浮かべてティージェンスを見た。

「いい奴らです、大尉殿」と軍曹は言った。「最高です！」直前にしゃべった言葉の記憶を拭い去りたくて仕方なかったのだ。「ちゃんとした将校を付けたなら、あいつらは世界を打ち負かしますよ！」

「どんな将校が付くかで彼らは変わると君は考えているのかね」とティージェンスは訊ねた。「誰が付いていても同じではないのか？」

軍曹が言った。

「それは違います、大尉殿。この数日、彼らは怯えていました。今はそれより良くなっています」

これはまさにティージェンスが聞きたくないことだった。彼にはほとんど何故だか分からなかった。いや、本当は分かっていた。…そこで言った。

「この男たちは——この種の事柄に対して——自分の仕事が何であるかよく分かっていて、ほとんど命令を与える必要はないものだと思っていた。命令を受けようが受けまいが、ほとんど違いはないだろうと」

　軍曹が言った。

「ところが違いがあるのです、大尉殿」と達し得る限りの冷徹な頑固さで軍曹が言った。機銃掃射が近づいているという感覚が彼らには募っていた。その感覚が彼らの上に垂れ込めていた。

　マッケクニーが粗製麻布の後ろから顔を出した。粗製麻布にはＰＸＬ[9]と赤字で、Minn[10]という単語が黒字で書かれていた。マッケクニーの両眼は、狂ったように怒りに燃えていた。怒り狂って頭部で飛び跳ねた。その眼は、彼の頭部で常に狂気に駆られたように飛び跳ねた。彼は、人をうんざりさせる奴だった。将校のヘルメットでなければ、どんな鉄兜もかぶらなかった。金メッキされた龍がヘルメットの上で煌めいていた。太陽が事実上どこかに昇っていた。その円盤が地平線をはっきりさせるや否や、旅団の報せでは、ドイツ軍がうんざりする代物を送って寄こし始めることになっていた。十三分半で。

　マッケクニーがティージェンスの腕をギュッと摑んだ。その馴れ馴れしさをティージェンスは嫌った。マッケクニーはシッと言った。――彼がシッと言ったのは、実際小声で話そうとしていたからだった。

「次の柵の向こうまで来てくれ。話がある」

　英国工兵隊の指揮下で活動する正規大隊の命令で、退却する兵たちを受け入れるために作られ、正しく準備された塹壕のなかでは、何ヤードか塹壕をまっすぐな溝に沿って進むと、胸壁から内に突き出た迂回すべき立方体の土の塊に突き当たる。その後、またまっすぐな部分を進み、また別の土塁に突き当たり、それが終点まで続く。その長さと大きさは地形の特質や土壌の特徴によって異なる。こうした突出部は、それがなければ、人間の体に弾を撃ち込む鉄砲の銃身のように通風筒の働きをする塹壕のなかで、爆発する砲弾の破片が側方に広がるのを避けるために設計されたものだった。心臓がとても不快な鼓動を打ち、かなり前から回転式連発拳銃を突き出し、手榴弾を持った五、六人の何ものも意に介さない男たちを引き連れて、こうした箇所の一つを通り抜けて急にしゃがみこむことは——ティージェンスがまだ太陽が十分に昇る前にそうなることを予期していたのだが——胸躍ることだった。ちょうど角を曲がったところの側面に背をもたせてしゃがみこみ、詳しく調べてみる時間をとれない、青白く危険な物体が見つかるか見つからないか分からずにいることは。

そうした土塁のもっとも近いものの向こうに、マッケクニーはティージェンスを連れて行った。彼は尊大で興奮した様子だった。

塹壕の、次のまっすぐに続く空間の端で、ひどく疲労困憊したように控え壁に凭れていたのは、泥の色をした、非常に痩せた、背の高い男だった。その男の片方の足の傍らの泥のなかでは、もう一人の男がしゃがみ込んでうたた寝をしていた。大隊に残された十人をさほど超えないグラモーガンシャー州軍の兵士だった。立っている男は、未加工の土の控え壁にとても近いところに設えられた銃眼を覗くために、そこに凭れていたのだった。彼は相棒に何かをブツブツと呟き、熱心に監視を続けた。もう一人の男もブツブツと呟いた。

マッケクニーは通路の凹み部分に急いで引っ込んだ。彼らの眼の前にある土の柱が圧迫感を与えたからだった。彼は言った。

「あんたはあの男にそんな汚らわしいことを言わせたのか？……」彼は、繰り返した。「そんなまったくもって汚らわしいことを！」ティージェンスを嫌っていたことに加えて、彼は衝撃を受け、痛みを覚え、女のように涙もろくなっていた。彼は、信じがたい絶望感に苛まれ、今にも殺人を犯しそうな棄てられた女みたいに、ティージェンスの眼をじっと見つめた。

そうしたことにティージェンスは慣れていた。この二ヵ月間、大隊の司令部がどこにあろうとも――司令官の耳に何かを囁いているマッケクニーは、テーブルの上に大きく両腕を広げ、顎の先を、三回の忙しい移動にもかかわらず常に保持してきたテーブルクロスにくっつかんばかりにし、狂気に満ちた目をときどきティージェンスのほうに向けたが、それは、ティージェンスが夜の風景のなかで見慣れた最も馴染み深い光景だった。彼らは、もう一度マッケクニーが仲間たちの副司令官になれるように、ティージェンスがいなくなるのを望んでいた。…それが実際彼らの本音であり…加えて、彼らは彼らの言う「酒盛り」を頻繁すぎるほどに行なうことを願っていた。

ティージェンスは明らかに出て行くことはできなかった。そうできる方法はなかった。彼は老将軍のキャンピオンによってここに置かれたのであり、ここに留まらざるをえなかった。とりわけマッケクニーの比較的牧歌的な仕事を好ましく思っていたティージェンスが、神の快いいたずらによって、マッケクニーの欲する地位に就いたことで、五、六人の腹立たしいが極めてまともな若い部下たち――仲間たちによって嫌われることになった。彼らは司令官自体を除けば、小柄で色が黒い、ロンドンの下町タイプの男たちで、ロンドンの下町っ子の声と身振りと抑揚を示していた。ティージェンスは自分のことを、リリパットのたくさんの褐色の小人たちの間に立ち上がった、ところどころに銀色の髪が混じる金髪のガリバーであるように感じた。…ものものしく、不合理なほどに注目に値した。

ついさっき音を発した砲弾よりも近くで、大きな砲弾が、より大きな、しかし、もっと柔らかい声で「ヒューーーーー」と言った。その音が長い間、周囲の風景のなかをさまよった。その少し後に四両連結の鉄道列車が、雲の間を陽気に音を立てて突進していき、はるか遠くに去って行った。――四両連結だった。おそらく北海に感銘を与えようとしていたのだろう。

それはもちろん、ドイツ軍の集中砲火が始まる合図かもしれなかった。ティージェンスの心臓の鼓動が止まった。彼の襟首の皮膚がちくちく痛み始めた。両手は冷たかった。これは恐怖だった。機銃掃射で経験させられる戦闘恐怖だった。二度と自分が考えていることを聞くことはないかもしれなかった。決して。自分は人生に何を望んでいるのか。…そう、理性を失わないことだ。祈りを捧げる人もあろう。だが、それではない。その他の点では、よい牧師館が役立つかもしれない。それは考えられる。常に波動説で動いている場所だ。…しかし、やはりそれは考えられない…。

彼はマッケクニーに言っていた。

「ヘルメットをかぶらずにここにいてはいけない。ここに留まるつもりなら、ヘルメットをかぶるんだ。集中砲火が始まったのでなければ、四分間時間をとろう。誰が何を言ったんだ」

マッケクニーが言った。

「俺はここには留まらん。あんたに思いの丈をぶつけたら、俺を卑しめようとあんたが俺に与えた忌々しい仕事に戻る」

ティージェンスが言った。

「お願いだ、そこに行くのに、ヘルメットをかぶってくれ。それから、もし馬でここに来たならば、少なくとも百ヤード連絡壕[11]から離れるまでは馬に乗らないように」

マッケクニーはよくも俺に命令できるなとティージェンスに訊ね、ティージェンスは自分の受け持つ前線で朝の五時にパレード帽をかぶって師団輸送部の者が死ぬのを見て大丈夫でいられるかと言った。マッケクニーは激しい非難を込めて輸送部の将校は供給先の司令官と協議する権利があると言った。ティージェンスが言った。

「ここで指揮を執っているのはわたしだ。君はわたしと協議などしていないではないか！」

まあ、言ってみれば、…死の天使の翼の音が聞こえるときに、こんなふうに振る舞うのは、彼には妙なことに思えた。…「天使の羽根のかさかさ鳴る音が聞こえそうな[12]」というのは引用だった。何とも修辞的な。…だが、もちろんそれが軍人の振る舞いかただった。…いついかなるときでも！

彼は、軍人の歯切れのいい声で、半ば気の触れた相手に昔からの芸当を試してみたのだった。それは以前に、マッケクニーをある種の軍人的振る舞いに引き戻したものだった。

今回は、それが彼を感傷的な状態にしてしまった。彼は、苦悶の涙を浮かべ、大声をあげた。

「以前の素晴らしかった隊がこんな地獄落ち、地獄落ちに、地獄落ちになってしまったとは！」すべての呪いの言葉が啜り泣きだった。「俺たちはどんなに見事に大隊の仕事をしたことか！…だが、今は…おまえのものになってしまった」

ティージェンスが言った。

「だが、君はかつて副学長のラテン語賞の受賞者だったのだろう！　それが結局、我々の本分なのだ」さらに加えて言った。「君たち蜜蜂は蜜を作れだ！」

マッケクニーは陰気な嘲りを込めて言った。

「おまえは…おまえは、ラテン語学者じゃない」

大きな砲弾が「ヒューーーーー」と音を立ててから、ティージェンスは二百八十数えていた。すると、あれは集中砲火が始まる合図ではなかったのだ。…もしその合図だとすれば、もう集中砲火が始まっていただろう。「ヒューーーーー」という音に続いて「ドシン、ドシン」という音が聞こえてきただろう。彼の両手と襟首は正常に戻ろうとしていた。

おそらく今日は、機銃掃射は行われないだろう。風があった。どちらかといえば、強まっていた。昨日、彼は、ドイツ軍にはすぐに使える戦車がないのだろうかと訝った。たぶん、醜く無感覚なアルマジロで――おまけに無能だった。あまりに小型のエンジンで、G区の手前の湿地で皆、動けなくなった。たぶん昨日の大半の間続いた我が方の激しい砲撃はその忌々しい戦車をこなごなにすることを目的としていたのだろう。動くとき、これらの戦車は、鼻を下に向けて、残飯の滓を突く、ゆっくりした動きのネズミみたいだった。停止しているときは、物思いに沈んでいるように見えた。

おそらく今日は、機銃掃射は行われないだろう。彼は行われないことを願った。自分が大隊の指揮をして機銃掃射に立ち向かいたくはなかった。やるべきことが分からなかった。規則にやるべしと書いてあることは。彼は自分がやりたいことを知っていた。深い塹壕をブラブラと歩いて行きたかった。ブラブラと歩いて。両手をポケットに突っ込んで。絵画に描かれたゴードン将軍⑬のように。時間がダラダラと長引くにつれ、じっと考えている事柄を口に出したくなる。…実際、かなり忌まわしい種類の時だ。…だが、しかし、それは大隊のなかに最近欠けていた冷静さを導き入れることになる。一昨夜、両手に一本ずつ壜を持った司令官が、その両方を一時間半の間現れなかったドイツ兵たちに投げつけた。仲間たちでさえ笑えなかった。その後、彼、ティージェンスが指揮を受け継いだ。両腕に大隊事務室の書類をたくさん抱えた状態で。書類は急いで仕上げねばならなかった。夜のうちに。兵たちは、淡い灰色のカナダの罠猟師たちが穴から出てくると言っていた。

　彼は猛砲撃のときに指揮をとりたくなかった。その他どんなときであれ。彼は不幸な司令官が宵までに困難を克服してくれることを願った。だが、自分が指揮をとらなければならないとしたら、自分、ティージェンスは無事にそれを切り抜けられるだろうかと考えた。バイオリンを弾いた試しのない男のように！

　マッケクニーが突然、女性のように涙もろくなった。目を大きく見開いて恋人に懇願するかのように、彼の目は裏切りのしるしを探してティージェンスの顔を探った。ティージェンスの言葉が腹のなかと違っているしるしを探して。マッケクニーが言った。

「ビルのことはどうするつもりだ？　あんたとは違って大隊のために汗をかいてきた可哀想なビルを…。」マッケクニーはさらに言い始めた。

「哀れなビルのことを考えてくれ！　ビルに泥を被せようっていうんじゃないだろうな。…だれもそんな卑劣なことができるはずがない！」

　こうした状況が男のなかから女性的なものを引き出すとは、奇妙なことだった。あの馬鹿なドイツ人教授[14]の理論は…公式は何だったか…$M^y + W^x =$人間、だったか。…そう、神が女性を創らなかったなら、男たちが創らねばならなかっただろう。こうした場所では、人は感傷的になる。彼、ティージェンスも感傷的になった。ティージェンスは言った。

「今朝、テレンスは司令官について何と言っていた?」

言って欲しかったのは、こうした言葉だっただろう。

「もちろんだ、親爺さん。秘密にしておくよう最善を尽くしましょう!」テレンスは軍医だった。

──帽子をドイツ軍の当番兵に投げつけた男だった。

マッケクニーが言った。

「忌まわしい言葉だ! テレンスは司令官にいらだっている。薬を飲もうとしないからな」

ティージェンスが言った。

「何だって? どういうことだ?」

マッケクニーは動揺した。慰めへの期待に圧倒された。

マッケクニーは言った。

「いいか! まともなことをしてくれ! 可哀想なビルが俺たちのためにどんなに働いたか分かっているだろう。テレンスがビルのことを旅団に報告しないように善処してくれ」

これにはうんざりしたが、立ち向かわざるをえなかった。

とても小柄な少尉のアランジュエが、まったく有り得ないヘルメットを被って、土手の斜面を眺め回していた。ティージェンスは少しの間彼を追い払った。…こうしたヘルメットでおそらく大丈夫なのだろう。だが、それは軍の呪いだった。それは不信感を生み出した。役立たずのヘルメットが鼻の上にずり下がった男をどうやって信用しろというのか。あるいはヘルメットを頭の後ろにずらして被った、酔っ払った賭博師みたいな風体の男を！　あるいは石鹼皿を被った男を。子供たちを楽しませはするだろうが、真面目な行為ではない。…ドイツ製のほうが優れていた。うなじまで被さり、額の上を覆う。ドイツ兵を横から見ると、なかなかの勇姿だ。真剣な対戦相手。完全な獰猛さ。英国兵と戦うドイツ兵は、ミュージックホールの芸人と戦うホルバインの傭兵のように見えた。それは確かに、兵たちに自分たちは寄せ集め部隊にいるんだと思わせた。そうした感じが兵たちにはすり込まれていた！

司令官が軍医によって命じられた薬を飲むことを拒否したと、マッケクニーは報じていた。不幸なことに、軍医はこの朝、苛立っていた。——ビルが一晩中、あまりにたくさんの酒を飲んでいたからだった！　そこで軍医は、自分は司令官のことを旅団に報告すべきだと言った。これ以上の軍務を行うのが不適切だという報告ではなかった。というのも、実際、不適切になってはいなかったからだ。そうではなく、薬を飲むのを拒んだという報告だ。それは非難に当たることだった。というのも、薬を飲む気がなければ、ビルが軍務を行うことは不適切だったからだ。…軍医はもしビルが薬を飲んで、その日一日休みをとれば——もちろん大酒を飲まずにだが！——翌日にはすっかり元気になるだろうと言った。前にもそういうことがたびたびあったからだ。司令官は以前にも水薬としていつも薬を与えられていた。丸薬では飲まないと宣言していたからだったのだ。まったく矛盾した主張ではあったが！

ティージェンスは司令官のことを若者と考えるのが習慣になっていた。立派な若者だが、未熟であると。二人はそれでも、だいたい同じ年で、その点、大佐は深い皺が寄った額のせいで、しばしば年上に見えた。しかし、元気なときには立派に見えた。鼻は鉤鼻《かぎばな》で、アナグマの毛でできた二本の刷毛《はけ》を鼻の下にくっつけたような力強い灰色の口髭を生やし、ビリヤードの球の表面のように光沢のある肌と、目立って狭いが高い額をもち、淡い色の目からは刺すような視線が注がれた。髪は黒く、僅かにウェーブした部分がもっとも艶やかだった。軍人の典型だった。

すなわち、ビルは下士官上がりの将校だった。英国的な意味での軍務について言えば、だ。平時の真の軍務、行進、社交行事、磨き作業、あくせく働く夏、ゆっくり過ごす冬、インド、バハマ、カイロの四季、等々は、彼が兵舎の窓から、練兵場から、そして彼にとって幸運なことに、大佐の家から眺めて、外側だけ知っているものだった。ビルはその大佐のとても賞賛すべき従卒であり、シムラ(15)で大佐の夫人の侍女と結婚し、大隊事務室勤務、伍長・軍曹食堂勤務へと昇格した後、マスケット銃兵隊軍旗軍曹となり、戦争の二ヵ月前に将校に任命されたのだった。酒を飲みすぎるわずかな――ほんのわずかな――傾向がなかったなら、彼はその地位をもっと早く得ていただろう。そうならなかったのは、飲みすぎの傾向のせいで、そのために、左官級の将校への彼の返答にも、わずかな傲慢な口調が付け加わっていたからだった。閲兵式に出る初老の左官級の将校たちは、隊が自分にとっては右に移動するとしても、手続き上、命令は「左に移動せよ」であるべき演習で、「右に移動せよ」と命じてしまう小さな過ちを犯しがちになる。将校にとっての左は隊にとっては右なので、野外演習日の昼食後、少し錆びついた左官級の将校は混乱しがちになる。そこで、結果として生じた騒動を、できるなら正し、できなければ責任をとるのが、その場に居合わせた准尉の仕事となる。輝かしい軍歴の間に二度、この戦時の司令官は少し有頂天になりすぎてこの軍務を怠り、その結果が後に続いた大隊事務室での猛抗議となった。それが過去の人生を振り返るとき汚点として残り、たえず彼の記憶を苦々しいものにしたのだった。

職業軍人とはそういうものなのだ。

例外的に見事な軍務記録にもかかわらず、彼は苦々しい思いを抱いたまま、時折、無分別に振る舞った。兵たちが――その点では大隊の将校たちも――くそ忌々しくも押しの強い男だと呼ぶ指揮官として、彼は自分の大隊を効率のよい状態に引き上げていた。二重リボンの勲章を贈られ、大隊を極めてきつい立場に追い詰めることによって、それも、塹壕戦の間でさえほとんど生じない困難な軍務を自発的に申し出ることによって、そしてソンムでの最初の戦いの間のある機会に――軍の将軍によってではなく政治的な将軍によって指揮された師団全体が壊滅した、おそらく戦争全体のなかでもっとも嘆かわしい機会に――並外れた技量を発揮し、残った一部の者たちを救い出すことで、彼は飾り紐勲章というフランスの連隊に与えられる以外めったに与えられないフランスの勲章を大隊のために獲得したのだった。こうした功績やそれを命じた精神は、おそらく、この指揮官や彼の忠実な援助者たる腹心のマッケクニーが想像したほどには、指揮下の兵たちに有り難く受け入れられることはなかったようだ。しかし、ある種の親が子供に与えるような感傷的な精神をこの二人が大隊に植えつけたことに対しては、兵たちは、正当なことだと評価したのだった。

しかしながら、軍務への尽力に対して受けた評価にもかかわらず、司令官は苦々しい思いを抱いたままだった。この頃までには、彼は師団とまではいかないにせよ、旅団を与えられるべきだと考えていた。そして、もしそうならないとしたら、それは主として自分に付けられた二つの汚点と自分が低い社会的出自であるという事実によるものだと考えた。そして、少し酒を飲んだときには、こうした妄想が彼の経歴をまさに危険に晒すほどに肥大化していったのだった。彼は浴びるように酒を飲んだわけではなかったが、この戦争の期間、万一荒れた土地を通って進軍を続けるとしたら、一定量のアルコールの消費が不可欠になる場合もあった。そうした場合、十分な酒を携えた人間こそ幸いだった。

不幸なことに司令官はこうした人間ではなかった。絶え間のない書類への集中によって疲れ果て——彼はこの点、たいした才能の持ち主ではなかった——また、何日間も立て続けに続く戦闘によって疲れ果てて、ウイスキーで自分を鼓舞したが、すぐに苦々しい思いが彼の精神を圧倒し、世界の様相が変わり、彼は軍隊の上官たちを激しく罵り、ちょうど数日前の晩、軍団の一斉退却に彼の大隊を参加させることを拒んだときのように、命令に従うことを完全に拒否するようになった。ティージェンスがその面倒を見なければならなかった。

さて今、数日の大きな不安とアルコール漬けの後遺症によってさらにひどい状態に陥った彼は、丸薬を飲むことを拒んだ。これは上官たちへの侮蔑の印であり、彼が苦々しい思いに取り憑かれていることの結果だった。

Ⅲ章

軍隊は――特に平時には――とても複雑で微妙な調整を求められる組織であり、敵軍に対するがむしゃらな活動は――精密なクロノメーター(1)がそうであるように――精確さを鈍らせ、補正を効かなくさせがちになる。英国軍は、それ自体の計算式に従えば、寄せ集めの集合体にすぎないように見えるかもしれないが、それでもこの軍が常備軍であった時代のある種の習慣によって非常に高い生存力を示してきた。

一番苦しい戦闘の期間中に、連隊を指揮する大佐が丸薬を飲むことを拒むのは、喜劇的な出来事のように見えるかもしれない。だが、その拒絶は、精密な時計の仕組みのなかの一粒の砂が特異な混乱を引き起こすように、もっとも特異な混乱を引き起こすかもしれないのだ。このケースがまさにそれだった。

まさにもっとも高位の将校が、軍医官に診てもらう立場になると、たちまちその医師に対して従属者になる。まるで下っ端の兵士のように医師に従わなければならない。体が健康で頭も正常な大佐は、明らかに、軍医官に向かって、ここへ行けあそこに行け、この義務を果たせあの義務を果たせと命じることができるだろう。だが、病気になればたちまちのうちに、彼の体は国王陛下の資産だという事実が否応なく機能し始め、体に関する限り、軍医官が国王の代理となる。これはとても理に叶った適切なことだ。というのも、病んだ体は国王にとって何の役にも立たないからというだけでなく、それを荷車であちこち運ばなければならない軍にとっても極めて大きな弊害になるからだ。

ティージェンスが否応なく心配しなければならなかったこのケースでは、問題はまず司令官がティージェンス自身に強い個人的嫌悪を——但し、左官級の将校の記念碑的な礼儀作法がいつも伴っていたが——はっきりと示した事実によって、さらにはティージェンスがこの司令官の司令官としての能力に極めて大きな尊敬の念を抱いていたという理由によって、たいへん複雑なものになっていた。寄せ集め軍隊のなかの彼の寄せ集め大隊は、たえず人員が変化する可能性のある部隊としては、非の打ちどころのない通常の大隊とほぼ同じ水準にあった。ティージェンスは、この戦争の全過程においてさえ、数日前の夜に見た、不可視の闇に向けて夢中になって発砲する兵士の振る舞いほどに印象深い光景を見たことがなかった。その男は注意深く発砲し、下に降りて正確な訓練の動作で再び弾を込めた。——それが考えられる最速の方法だった。男は難解な問題に熱中する数学者のように完全に仕事に神経を集中していることを示すいくつかの言葉を呟いた。再び胸墻に登ると夢中になって不可視の闇に向けて発砲し続けた。また戻ってきては、再び弾丸を込め、再び胸墻に登った。彼は、射撃場で決着をつけようとしているかのようだった。

こんなにストレスがかかる瞬間に、こんなにすっかり冷静に兵たちに発砲させられることは、とても大きな功績だと言えた。というのも、訓練は二様に働くからだ。第一に、訓練によって、活動中の兵たちは可能な限り短い時間で活動をし終えることができるようになる。さらに、正確な動作への専心は危険を意に介さない状態を生じさせる。さまざまな大きさの金属片があたり一面に飛んでいる状況で、効率的な身の動きを落ち着いてするとき、人は仕事に専心することができるばかりか、正確な行動が刻一刻と自分の危険を減らしていくのを知ることにもなる。それに加えて、人は神の摂理が特に自分を守るはずだ――実際、非常に多くの場合そうなっている――と感じるだろう。国王に、祖国に、愛しい人々に対し正しく良心的に義務を果たしている人間が、特別な神の摂理に守られないとするならば、それは正しいことと言えないだろう。従って、そうした人間は、特別な神の摂理に守られることになる！

この熱中した狙撃兵は二回に一回は前進してくる敵を狙い撃って倒し、こうして自分の危険を減らしたかもしれない――いや、確かに減らしただろう。ところが、こうした規則的で、あたかも機械的な仲間たちが倒された場合、前進する、あるいは停止している軍隊に不釣合いな困惑が広がるのだ。何か巨大なエンジンの爆発でかなりの数の仲間たちが同時に殲滅《せんめつ》させられるのも明らかに恐ろしいことだが、巨大なエンジンは盲目であり、従って偶発的である。一方、自分の隣の兵がゆっくりと規則的に狙い撃ちされることは、盲目でもなければ思いがけなくもない人間の恐ろしさが、冷徹に揺るぎなく、その関心を自分のまさに近くの地点に向けた証拠なのである。その矛先はじきに自分自身に向かうことになるかもしれないのだ。

もちろん、砲兵隊が前線を夾叉《きょうさ》射撃していることは、不快この上ないことだ。一つの爆弾が自分の百ヤード（九十一・四四メートル）前に落ち、もう一つの爆弾が自分の百ヤード後ろに落ちる。次はその中間となり、自分はその中間にいるのだ。待ち時間が魂を締め付ける。だが、魂はパニックを起こすこともなければ、走ろうと望むこともない。――どちらも、ほとんど同程度に。

いずれにせよ、どこに向かって走ることができるというのだ？

しかし、冷たく機械的に前進し発砲する軍隊からは逃れることができる。そこで司令官は、連隊の第二大隊を真似て、兵を攻撃に行かせる前にテープの上に整列させ、とてもゆっくりとした駆け足で進むよう指示し、正確な整列によって損失が師団中の他のどの大隊よりも少なかったばかりか、ほとんど滑稽なほどに無視できるほどだった幾度かの機会に、それを自慢することを慣わしにしたものだった。無慈悲に、完全に冷静に前進してくる軍隊に直面して、立派なヴュルテンベルク軍はとても激しく、またとても高く発砲したので、弾の音は夜の野生のガンの群れのように聞こえたものだった。パニックの影響で兵は高く銃を打つ。兵があまりに激しく引き金を引くためだ。

指揮官のこうした自慢話は当然のこと兵たちにも届いた。そうした自慢話は准将や大隊事務室の人員の前でよく発せられた。兵たちは――こうした件では誰にも負けない熱心な数学者であり――彼らの大隊の損失が、とにかく最近まで、同じような場所で従事した他のどの大隊より著しく少なかったことを即座に理解したのだった。それまで、兵たちは自分たちの大佐に複雑な感情を抱いていたが、この結果、彼はトップに立った。ところが、彼がひどく押しの強い人間であることは兵たちの士気を高めなかった。兵たちは自分たちの大隊が著しい権威を得ることよりも危険でない企てのために取り置かれるほうを好んだのだろう。それでも、絶えず厄介な窮地に追い込まれたにもかかわらず、もっと平穏な立場にある諸部隊より損失が少なくて済んだことは彼らを喜ばせた。それでも彼らは自問した。「もし指揮官が我々を平穏な立場に置くならば、我々の損失はさらに少なくなるのではないか。まったく誰の命も失われずに済むのではないか！」と。

ごく最近までそんな状態だった。一週間かそこら、あるいは一日かそこら前までは。

しかし、二週間以上にわたり、味方の軍隊は敗走に相当するような状態にあった。個人的頑固さとあらかじめ用意された配置とのせいで後退していたのだが、このあらかじめ用意された配置がとられたのは、攻撃してくる巨大な軍勢の速さと手段の巧妙さを想定してであり、戦闘はほとんど移動戦の様相を呈していた。そのせいで、軍隊が奇妙にも上手く構成されず、訓練は塹壕戦として知られる消耗戦にだけ、とにかくも純粋に適するものとなっていた。実際、こちらの軍隊は爆弾の扱いにも銃剣の扱いにも秀でていたし、移動時以外は勇敢で落ち着いていたのだが、両端にいる部隊との連絡をとり続けることでは、また、その点、自分のところの部隊と連絡を取り続けることにおいてさえ能力を欠いており、さらには移動中のライフル銃の使い方について事実上まったく経験をもたなかった。もう終わった冬の比較的不活発な時期に、敵はこの二つの分野にたゆまぬ注意を払い、両項目で、これまでは明らかに能力において劣っていた敵軍が、今や明らかに優勢になっていた。敵軍は、こちらの軍を北海に押し出すには、東風の時期を待ちさえすればよいという結論になったようだった。ガスの使用のためには東風が必要だったのだ。それなくして攻撃することは不可能だというのがドイツ軍の指揮官たちの考えだった。

それにもかかわらず、自軍の配置は破れかぶれなものであり、破れかぶれなものであり続けた。そして、僅かに西から微風が吹く完全に静穏で不活性な四月の朝にそこに立ったティージェンスは、現に飛翔する軍の感情とでもいうべきものを自分が経験していることを認識した。少なくとも、彼は、そう思った。ガスの使用を敵の兵士たちはいつも極度に嫌っており、シリンダーに充塡してのガスの使用は、はるか以前に止めていた。しかし、ドイツ軍の高級参謀は、砲弾の猛爆でガスの濃い煙幕が辺りに広がることによって、攻撃が準備されることに固執した。だが、敵軍は、風が彼らのほうに吹くならば、この幕のなかに入る真似はしなかった。

その後、彼が個人的に特に不快に感じた要因がやって来た。大隊が際立って有能な人間に指揮され、並外れてよく訓練されているという事実は、旅団によっても師団によっても、もちろん無視されてこなかった。それに、旅団もまれに称賛に価する場合があった。こうした――こうしたことが塹壕戦の終焉に先立つ混乱した時期には実際起こったのだが――旅団が、敵の師団の攻撃がもっとも激しいと予期される地点を占領することを目的として選抜され、大隊が、もっとも戦闘が激しい前線の区域の、もっとも攻撃が激しい地点を占領するようにと選抜された。指揮官の効率的な指揮が隊に災いをもたらしたのだった。

それは生身の人間には耐えがたいことだとティージェンスは骨身に沁みて感じた。司令官が兵たちを管理するために何を為し得たにせよ、またその過程でどんな訓練が役に立ったにせよ、その大隊はそこを占領しておくのに――そしてまた放棄するのに――必要とされる兵力の三分の一以下に縮小されてしまう。右側にいるウィルトシャー軍と左側にいるチェシャー軍がはるかにひどい状況下にあるということだけが兵たちにとってはわずかな慰めだった。従って、司令官が何ともひどく押しの強い人間であるという一面は、兵たちが真っ先に頭に入れておく事柄となっていた。

敏感な将校は――この点、優れた将校は皆、敏感だが――兵たちの心理をおびただしい方法で感受することができる。敏感な将校は将校たちの感情には盲目となる余裕がある。というのも、将校たちは上官の世話を受けなければならないので、軍務規程が仕返しの機会を与えるまでは、自分自身の窮境をあしざまに公言するには、余程ひどい大佐を必要とするのだ。将校は司令官の命令にすばやく対応し、司令官の意見を称賛し、司令官の軽口に微笑み、それより品の悪い冗談にバカ笑いしなければならないのだ。それが軍務というものだ。下士官兵に対してはそうはいかない。思慮のある准尉は、昇進を望む軍曹と同様、付いた士官の奇癖やユーモアを思慮深く称賛するだろう。だが、下士官兵にそんなことを強要することはできない。兵卒は将校から話しかけられる際には気を付けの姿勢をとるが、兵卒から期待できるのはそれだけだ。兵卒に将校の機知を理解する義務はなく、ましてやその機知を心から喜んで笑ったり繰り返したりすることは期待できない。兵卒はたいして格好よく気を付けの姿勢をとる必要さえないのだ。

そして、

この数日間、大隊の下士官や兵は感覚を失い、司令官は大隊が麻痺してしまったことを認識した。兵たちへの対応では、司令官は、さまざまなタイプの左官級将校のなかから、「ええ、何だって?……」と言って文を終わらせる、愛想がよい赤ら顔の、少しウイスキーに酔ったタイプの将校を自分の手本として選んだ。彼のなかでは、それは先任下士官や兵に便宜を図るための完全に冷血なゲームだったのだが、次第にそれが無意識的なものに変わっていった。

この数日間、この常套手段は働くのを拒否した。それはまるで、行進中の擲弾兵《てきだんへい》の耳をつねる工夫が突然効果をあげなくなったことを大ナポレオンが発見したかのようだった。ピストルの銃撃のような「ええ、何だって?」という言葉の後で、それを言われた兵士が足を引きずることもほとんどなく、その声が聞こえる範囲の兵たちが仲間たちに呟いたり囁いたりすることもなかった。彼らはただ無作法なままだった。指揮官の前で無作法でいることはかなり度胸がいることのはずだったのだが！

　司令官はこのことを、定石どおりに知っていた。ティージェンスはまた司令官が知っていることを知っていて、自分が知っていることを司令官も知っていると半ば疑っていた。…仲間や下士官兵もまた知っている。実際、誰も彼もが、皆が知っているということを知っていた。それはすべての手札がバレバレで、すべてのプレーヤーが尻のポケットからピストルを取り出す準備をしている、悪夢のなかのブリッジのゲームのようだった…。

　そして、ティージェンスは、何の因果か、今や、切り札を持ってプレーしていた。

　それは忌まわしい立場だった。自分が司令官の運命を決定しなければならないことがひどく嫌だった。兵たちに士気を取り戻させなければならない前途がひどく嫌だったのと同様に――もし彼らが生き延びたならばの話だが。

　そして、彼はいま、自分にはそれができるという確信と向かい合っていた。このいかがわしい十数人の浮浪者たちを手元に置いていなければ、自分にそれができるとは感じなかっただろう。それから、医師に対して自らが持つ道徳的権威を発揮して、大隊が少なくとも次の数日間の退却の終わりまで持ち堪えることができるように、指揮官に応急処置を施し、薬を投与し、元気を出させるようにと命じなければならなかった。他に指揮を執る者が――兵たちをきちんと掌握できることがかなり確実な他の者が――いないとすれば、そうせざるをえないことは明らかだった。だが、もし代わりとなる誰かがいるとすれば、司令官の状態は、彼が権威の座に留まることをあまりにも危険なことと思わせた。そうなのか、そうでないのか？　そうなのか、そうでないのか？

次にどこに拳を打ち込むべきかを確かめるかのように、冷静にマッケクニーを見つめながら、ティージェンスはこのように思案した。そこで、自分の全人生のなかでもっともおぞましい今このとき、諺に言うように、自分に付きまとう罪が自分に復讐していることに彼は気づいた。全身に近づきつつある猛攻撃へのおぞましい恐怖を、額や瞼や激しく痛む胸に懸かる重しを感じながら、彼はとらなければならなかった…責任を。そして自分が責任をとるにふさわしい人間であると認識しなければならなかった。

彼はマッケクニーに言った。

「軍医官は大佐を処分しなければならない人間だ」

マッケクニーが言った。

「クソッ、あの酔っ払った下種《げす》野郎が、もしあえて…」

ティージェンスが言った。

「テリーはわたしの提案に沿って行動するだろう。わたしからの命令を受ける必要はない。だが、わたしの提案に沿って行動すると言っていた。道義的責任はわたしがとる」

彼は喘ぎたい欲望を感じた。ちょうど、あまりにも多量の酒を一息に飲み干したかのように。彼は喘がなかった。腕時計を見た。マッケクニーに与えると決めていた時間は、残り三十秒になっていた。

マッケクニーはその時間を見事に使った。ドイツ軍が数発の砲弾を送ってきた。それほど長距離の砲弾ではなかった。十秒間、マッケクニーは狂気に陥った。彼は常に狂気に陥っていた。人をうんざりさせる奴だ。もしあれが、ドイツ軍のいつものような屁《ひ》を放る音だとすれば…だが、今回はいつもより激しかった。異常に卑猥な言葉がマッケクニーの唇からこぼれ出た。ドイツ軍の発射体はどこに行くか知れたものでなかった。あるいはどこを狙っているか。たぶんバイユールにあるクリーニング店だ。マッケクニーが言った。

「そうだ！　そうだ！　アランジュエだ！」

小柄な少尉が、ピンクがかった砂利の控え壁の角から、滑稽な帽子をかぶって再び覗き見ていた。…善良で神経質な少年だ。自分が報告した事実が通知されていないと想像したのだろう。今では太陽が昇ったので、砂利は確かにさらにピンク色に見えた。太陽はベマートンの上に昇っているだろう。いや、それほど西には行っていないか。「かくも涼しく、かくも穏やかで、かくも明るい、素晴らしい日、地と空との結婚式」の作者であるジョージ・ハーバートの牧師館がある。

未だに叫んでいるマッケクニーが不自然な憎まれ口をどこで仕入れたのかは不思議だった。彼は、ラテン語賞の受賞者だった。だが、彼は、おそらく極めて純真なのだ。彼は、きっと悪態に何の意味も込めていないないのだろう。…英兵たちは、どうだ！…一体どうして彼らは、憎まれ口を叩くのだ。

ドイツ軍の砲兵隊がドーンと砲弾を撃ち続けた！　それは夜明けに敬意を表すのに機械的に行われるいつもの一斉射撃より激しかった。だが、近くに砲弾が落ちることはなかった。従って、それは猛砲撃の口火を切る集中砲火ではないのかもしれなかった！　ドイツ軍はどこかの小さなドイツ王子の訪問を受け、王子に砲撃がどんなものかを見せようとしているという可能性がとても高かった。あるいは伯爵であるブルンケルスドルフ元帥の訪問を受けて！　いったい誰がバイユールにあるクリーニング店を砲撃する命令を出したのだろう。あるいはあらゆる砲手に顕著なように、単なる無責任のせいだったのだろうか。無責任になるほど想像にふけりがちなドイツ人はほとんどいないが、ドイツ人の砲手は明らかに他のドイツ人たちより空想にふけりがちのようだった。

彼は、ベクールの手前の砲兵隊ＯＰ(2)――いったい何たる名前なのだ――に上がったときのことを覚えていた。アルベール‐ベクール‐ベコルデル道路にある。いったい何たる名前だ。砲手が双眼鏡で見ていた。砲手はティージェンスに「見てごらんなさい、あの太った…！」貸してくれた双眼鏡を通して、ティージェンスはマルタンピュイの方角の丘の中腹に、ワイシャツとズボンを身につけ、右手で食事の缶を持ち、左手で食べている太ったドイツ兵を見た。穏やかな日の釣り人を思わせるような、太った汚れた人物だった。砲手はティージェンスに言った。

「双眼鏡であの男の跡を追い続けてご覧なさい」

そして彼らはむき出しの丘の中腹にいたその惨めなドイツ兵を炸裂弾で十分間追い回した。ドイツ兵がどちらの方向に逃げ出しても、彼らは彼の前に炸裂弾を置いた。その後、彼らはその男を逃がした。彼らが本当に自分を狙っていると気づいたときの男の動きは、刈り入れ人たちがちょうど手を伸ばした小麦から身をかわすウサギの動きそのものだった。ついに彼は、横たわった。死んではいなかった。彼らは後に彼が起き上がり歩き去るのを見た。未だに食事の缶を手に持っていた！

男のおどけた仕草は、砲手たちに無上の喜びを与えた。この前線のドイツ軍の砲兵隊全体が、いったい何があったか分からずに、想像し得るあらゆる発射体を使い、十五分間、天と地とその間にあるすべてのものを目覚めさせ、ぶちのめしたとき、それは砲手たちにそれ以上といってもいい喜びを与えた。そしてその後で突然、彼らは沈黙した。…そう…無責任な人々たる砲手たちは！

実際その出来事が起きたのは、ティージェンスがたまたまその砲手にバーゼンティン・ル・プチとマメの森との間に広がる約二十エーカーの野原を表現できないほど粉々に粉砕するための砲弾を手に入れるにはどれほど金が必要なのかと訊ねたからだった。その野原は想像できないほどに木っ端微塵となり、ぶっ潰され、粉々になっていた。…砲手は粉砕のため全軍で使われた砲弾は三百万ポンドになるかもしれないと答えた。どのくらいの数の兵がそこで命を落としたと想像するかと、ティージェンスが砲手に訊ねた。砲手はまだ分からないと言った。おそらく誰も死んではいないでしょう！　誰も喜んであの辺を歩き回っていそうにはないですし、あそこには塹壕も出来ていませんからね。ただの野原です、と。それにもかかわらず、ティージェンスが、それならば蒸気鋤を持った二人のイタリア人労働者でも、例えば三十シリングであの野原を同様に粉々にすることができただろうと意見すると、砲手は気を悪くした。そこで砲手は、単に砲兵隊に何ができるかを示すためだけに、部下たちに食事の缶を持った害のないドイツ兵に向けて砲弾を浴びせたのだった。

…その時点でティージェンスはマッケクニーに言った。

「わたしとしては、大佐を二ヵ月間病気療養のために送り返すべきだと軍医官に助言するつもりだ。そうするのは軍医官の権限の範囲内だ」

マッケクニーは卑猥なののしり言葉のすべてを使い尽くしていた。こうして彼は正気に戻っていた。驚いて口をあんぐりと開けた。

そして「司令官を送り返すだって！」と嘆かわしげに大声をあげた。「まさにこの時期に！…」

ティージェンスも大声をあげた。

「馬鹿を言うな。わたしが馬鹿なことを言っているとも思うな。誰も栄光を享受できはしない。この軍では。今この場では！」

マッケクニーが言った。

「だが、その金はいくらになる？　司令官の給与は！　一日に四ポンド近くになる。二ヵ月の終わりにはおまえさんが二五〇ポンド得ることになるだろう！」

ごく最近までは、他人が彼に向かって彼の個人的資産の問題や彼の内密の動機について詮索することなどあり得ないように思っていた。

ティージェンスが言った。

「わたしには明らかな責任がある…。」

「ある人たちは」とマッケクニーが話を続けた。「あんたが忌々しいほどの百万長者だと言う。イングランドでもっとも金持ちの一人だと。炭鉱を公爵夫人たちにただであげていると言う。そういう噂だ。ある人たちは、あんたは貧乏人で自分の妻を将軍たちに貸し出していると言う。…どこの将軍にも、だ。そうやってあんたは職を得ているのだと」

そうした話をティージェンスは前にも聞かなければならないことがあった。

マックス要塞…その言葉が突然口を衝いて出た。――ちょうど、以前に、ベマートンの名が遅まきながら浮かんできたように。マックス要塞はアルベールとベクール‐ベコルデルの間の砲兵隊の監視所の名前だった。半ば忘れられていた七月と八月の耐えがたい待機の間に、その名は唇にとって馴染みのものとなっていた。…例えば、ベマートンと同様に。…おお汝、ベマートンをわたしが忘れるとき、あるいは、おお、我がマックス要塞をわたしが忘れるならば…わたしの右手がその器用さを忘れますように(3)！…忘れられないものたちよ！…それでも彼はそれらのことを忘れていたのだった！

もし自分がたったひと時でもそれらの名を忘れたら、右手がその器用さを忘れますように！もしたったひと時でも。…しかし、それでさえ悲惨であるかもしれない。悲惨なときにやってくるかもしれないのだ。ドイツ軍は自らを抑制していた。たぶん彼らが洗濯屋の煙突を叩き毀したのだ。あるいは石炭を積んだ軍用荷物車を打ち毀したのだ。…とにかく、それは普通の朝の猛攻撃ではなかった。それは来るべき運命を表すものだった。とても涼しい心地よい日が――再び始まった。

マッケクニーは自らを抑制しなかった。抑制されたがっているようではあったけれども。もし貴様が、司令官は酔っ払っていて慢性のアルコール中毒かもしれないと考えながら、それを本人に通告しなかったとしたら、それは騎士道精神を示さなかったことになる。彼はティージェンスにちょうどそう断言したところだった。貴様はまったく騎士道精神がない奴だと…。

これはまったく悪夢のようだった！…いや、そうではなかった。事物がコチコチになって非現実に見える…熱病のようだった。…それに誇張された現実に見えた！　立体視的というのかもしれない！

マッケクニーはティージェンスに、もし司令官のことを酔っ払いだと思うなら、彼を逮捕させるべきではなかったかと言い、皮肉な憎悪の口調で諫めようとした。軍規律規則がそれを要求しているではないか、と。それにしても、あんたは狡猾すぎる。二百五十ポンドを自らせしめる積もりだろう。あんたは貧しく、それが必要なのかもしれないが、百万長者で意地が悪いだけの話かもしれん。これは百万長者が百万長者になるための方法だと世間では言われている。自分、マッケクニーのような人間にとっては天の賜物だと神様がご存じのはした金をかっさらってしまうのだからな。

　これが終わった後、二百五十ポンドは、ある意味、神の賜物かもしれないという考えがティージェンスに浮かんだ。それから彼は思った。

「何故、俺がそれを稼いではいけないのだ」

　自分はどうしたらいいのだ。これが終わった後は。

　そして、それは終わろうとしていた。ドイツ軍は刻々と前進することなく敗北していた。前進する力を失っていた。…今、この時も！　それは心を浮き立たせることだった。

「いや！」とマッケクニーが言った。「あんたは狡猾すぎる。哀れなビルを酩酊の廉《かど》で懲戒解雇させたとしても、あんたに指揮を執るチャンスはない。お偉方は信頼の置ける別の大佐を入れるだろう。ビルが病気休暇の間、その代理として、あんたがそれを手に入れるのはかなり確かなことだ。それが理由であんたは今やっている忌まわしいことをやっているんだからな」

　ティージェンスはこの場を去って、体を洗いたかった。彼は体が汚れている気がした。

　だが、マッケクニーが言ったことは確かだった！　その通りだった！…金の話を遠ざけたいという機械的衝動があまりに強く、彼は話し始めた。

「それだったら…」と彼は結論づけるつもりだった。「わたしはあの忌々しい男を解雇する」だが、そうは言わなかった。

　彼はひどい穴に落ちていた。しかし体裁は恐慌をきたしているように振る舞うべきではないと彼に要求した。彼には金の話を遠ざける機械的な、正常な恐慌がもたらされていた。紳士は金を稼がない。実のところ、紳士は何もしないのだ。ただ存在するだけ。ニワシロユリのように空気を芳香で満たす。空気が花びらや葉を通るように、金は彼らの懐に入る。こうして世界は、より良く、より明るくなる。そしてもちろん、こうして、政治生命は清潔なままに保たれるのだ！…従って、紳士に金儲けはできない。

　だが、待て。この部隊は全体のなかの重点だ。旅団、師団、軍、英国海外派遣軍、連合軍の弱点でもある。…もしドイツ軍がそこを通り抜けたら。…トロイはもはやない、大きな栄光もまた[4]。…いや、さほどの栄光ではない！

　ティージェンスには、彼の部隊のために最善を尽くす義務があった。哀れな忌々しい部隊のために。そして先頃、彼がクリスマスにドルーリー・レーン劇場のチケットを約束した哀れな忌まわしいドタバタ喜劇役者たちのために。…あの哀れな奴らはショーディッチ・エンパイア劇場やオールド・バラム劇場のほうがいいと言った。…それはイングランドの特色をよく表していた。ドルーリー・レーン劇場は民族の標準的典拠だが、こうした寄せ集めの…英雄たちは――彼らを英雄と呼べるならだが――ショーディッチやバラムを好むのだ。

　ほこりで覆われ、足を引きずって歩き、不平を言い、汚い鼻をした、台詞なしの端役たちの強大な存在感とちょっとした幸運を与えてほしいという彼らの強烈な欲望が、彼を飲み込んだ。そこで彼は言った。

「マッケクニー大尉、下がってよし。そして任務に戻るのだ。君自身の任務に。ちゃんとした被りものを身につけて」

それまでしゃべっていたマッケクニーは、聞き耳を立てるカササギのように、小首を傾げて話をやめた。そして言った。

「何だって言うんだ。何だって？」と愚かしく。それから発言した。

「ああ、そうか、貴様が指揮を取っているとしたら…」

ティージェンスが言った。

「軍務中は上官に対し『殿』を付けて呼ぶのが通例だ。たとえ自分がその部隊の所属でないにしても、だ」

「所属してないだと！…俺が…あの哀れな、ひどい目にあってきた昔の仲間たちに！…」

ティージェンスが言った。

「君は師団司令部の所属なのだから、今すぐそこに戻りなさい。さあ、直ちに！…そしてもうここには戻ってくるな。わたしが指揮をとっている間は。…下がってよし…。」

これはいかがわしい奴らに対して果たすべき義務――封建主義的義務であった。彼らはその部隊を指揮し、彼らの命を奪う権限を持つアルコール中毒者を取り除きたがっていた。…まあ、マッケクニーが「あの哀れなひどい目に遭ってきた仲間たちに」という言葉を発するや否や、照らし出す閃光がティージェンスに、司令官はたとえ目立ってしょっちゅう酔っ払っていたにせよ、個人的にはとても良い将校でアルコール中毒者には見えなかったという確信を与えたのだった。

だが、彼の相棒のマッケクニーと併せて見るならば、彼ら二人は、アルコール中毒の精神錯乱者の恐るべき様相を呈するに違いなかった！

　哀れなひどい目にあってきた昔の仲間たちは、実際もう存在しなかった。彼らは一つの伝説だった――亡霊たちの！　彼らのうちの四人は亡くなった。四人は入院していた。二人は偽造小切手を渡した廉で軍法会議を待っていた。マッケクニーを除けば、最後の者は、実質的に、針金の柵に吊るされた腐敗物とボロ屑の集合だった。…司令部の様相全体がマッケクニーが出て行くとともに変化するだろう。

　ティージェンスは満足した気持ちで自分はとてもまともな一団を指揮することになるだろうと考えた。副官はとても目立たない男で、人は気づきさえしないだろう。鳥のようなキラキラ輝く小さな丸い目をしている！　そして、いつでもひたむきだ。それから、通信将校のアランジュエがいた！　それから、ダンという太った男が、一昨晩から諜報部の代表を務めていた。A中隊の指揮官は五十歳で、パイプ軸のように痩せ、頭は禿げている。B中隊の指揮官はみごとな金髪の若者だ。良家の出だった。C中隊とD中隊の指揮官はともに、なったばかりの少尉だった。だが、汚れなく…申し分なかった！

　ダムの――帝国というダムの――割れ目を塞ぐには、何とひ弱なひと握りの草であることか！帝国など糞くらえだ！　イングランドと言おう。重要なのはベマートンの牧師館[5]だ！　帝国に何が求められようか！　そんな粗末な名前を我々に提供し得たのは、ディズレーリのようないかさま師のユダヤ人だけだ。トーリー党がその汚い仕事を誰かにやらせなければならないと言ったのだ。…そう、そしてそれを実行した。

　彼はマッケクニーに言った。

「ベマーという男がいた。――グリフィスのことだ、オー・ナイン・グリフィスだ。君は彼に関心があるのではないかと思うが。師団の演芸会のことで。彼が朝食を終えたらすぐに君のもとに送ろう。コルネットの演奏では第一級だ」

マッケクニーが言った。

「了解です、上官殿」と、何ともだらしない態度で敬礼し、一歩踏み出した。

それはどこから見てもマッケクニーらしかった。彼が狂気の発作を危機まで高めることは決してなかった。そのことが彼を一層うんざりする奴にしていた。彼の顔は石壁に開いた子猫たちの穴を前にした野良猫の顔のように歪んでいた。それでも、彼は従順な部下になった。突然に！わけも理由もなく！

厄介な奴らだ！　礼儀作法も何もない！…おそらく、そういった連中が今や世界を動かしているのだろう。うんざりする世の中になったものだ！

しかしながら、マッケクニーは敬礼していた。彼は密封された封筒を手に持っていたが、その封筒はかなり小さく、長く持ち運んだようにしわくちゃだった。彼は許可をとった後、抑制された口調で話していた。封筒の封が切られていないことをティージェンスに確認してもらいたいと強く望んでいた。その封筒には「ソネット」が入れられていた。

それでは、マッケクニーは気が狂ったに違いなかった！　声は、オックスフォード訛りとロンドン下町訛りが入っていたにせよ、穏やかだったが、目は――プルーン色をして、確かにおかしかった。熱したプルーンのようだった！

兵たちが、塹壕のなかで、左右二人ひと組になって、縄の取っ手を摑み、とても重い鉛色の木箱を、足を引きずって運んでいた。ティージェンスが言った。

「君たちはD中隊の者か？…急ぎなさい！…」

だが、マッケクニーは狂ってはいなかった。自分は、自分の知性とラテン語の能力をティージェンスのそれと対抗させることができると指摘していただけだった。最後の審判の日が来たときには、それができるのだと！

実際、その封筒にはソネットが入っていた。ティージェンスがマッケクニーの指示した脚韻に従って…重圧のかかる瞬間に、気晴らしのために…書いたソネットだった。

何回か重圧のかかる瞬間に、二人は一緒にいた。それは二人の間に絆を形成して然るべきだった。ところが、実際そうはならなかった。…スコットランド北部高地地方とオックスフォードとロンドン下町の訛りをもつ男と絆を形成するなんて想像もできない。

あるいは、できるのかもしれない！　確かに、あのソネットがあった。ティージェンスは自分が二分三十秒でそれを書いたことを思い出した。あの当時、厄介者になっていた妻のことを考えるのを避けるためだった。…二分三十秒はシルヴィアのことを忘れられる！　ちょっとした幸運だった！　しかし、マッケクニーはそれを挑戦だとみなすと言い張った。彼のラテン語能力への挑戦だと！　彼は、即座に、そのソネットを二分でラテン語の六歩格の詩に変換すると請け合った。あるいは四分で、だったか…。

ところが、事態が邪魔をした。０９モーガンという男が彼らの脚の上に倒れ込んで死んだ。小屋のなかだった。その後、彼らは忙しくなった。分遣隊の件によるものだった。

マッケクニーはそのソネットを封筒に密封したらしかった。その封筒のなかに。その時その場において。どうも、マッケクニーは、ソネット詩人としてのティージェンスよりラテン語学者としての自分のほうが優秀だと証明したい盲目的でケルト的な、鼻息荒い憤りに駆られていたようだった。未だに彼はそうした感情に駆られているようだった。彼はティージェンスと争いたくてたまらないようだった。

たぶん、マッケクニーはそれによって、すっかり気がおかしくならずに済んだのだろう。彼はこの争いに負けないために正気を保っていた。今は、封をした側を上にして封筒をかざしながら、繰り返し言っていた。

「上官殿は小生がソネットを読んでいないと信じていますか。上官殿の作ったソネットを小生が読んでいないと。…小生がそれをもっと速く訳す用意をしていると疑ったりはしていませんよね、上官殿」

ティージェンスが言った。

「ああ！　いや！…どちらでも構わない」

ティージェンスは、競争という考え自体が自分にとって嫌悪すべきものだということを、相手に伝えられなかった。どんな種類の競争もティージェンスには嫌悪すべきものだった。勝ち負けが決まるゲームでさえも。彼はテニスをするのを好んだ。コートテニスを。しかし、彼はめったにプレーしなかった。というのも、打ち負かすことが不快でないような対戦相手を得ることができなかったからだった。…そして、この賞の受賞者とのどんな争いにも引き込まれることは嫌でたまらなかった。二人は塹壕をとてもゆっくりと移動し、マッケクニーが脇に下がって、封印をかざした。

「これは上官殿の封印ですよ！」と彼は繰り返し言った。「上官殿自身の。ご覧なさい、破られていませんよ。小生がソネットを素早く読んで、記憶で写しを作ったなどと想像されてはたまりませんからね？」

…この男はまともなラテン語学者ですらなかった。詩人でも。それでも、いつも自分はそういう資格の者だと、手に負えない、咽頭扁桃肥大症の、大隊に混乱をもたらすロンドン下町訛りをしゃべる小・中尉たちに自慢していた。彼はこの連中の人物証明をラテン語の詩に翻訳した。…しかし、それはいつも決まり文句に訳された。ほとんどの場合、『アエネーイス』から取ってきたものだった。例えば、

〝Conticuere omnes(6)とかVino somnoque sepultum!(7)〟（彼らは皆黙り込んだ…酒と眠りに埋もれて）といった具合に。

それはおそらく戦争直前のオックスフォードがやっていたことだった。

ティージェンスが言った。

「わたしは忌まわしい探偵ではない。…もちろん、すっかりそれを信じているよ」

彼は小柄なアランジュエと一緒になれる機会について考えた。アランジュエは穏やかで真面目ながら、愉快なレヴァント人だった。愉快なレヴァント人について考えることを考えてみるがい い。ティージェンスは言った。

「よし、分かった、マッケクニー」

ティージェンスは自分が健全であると感じた。実のところ、彼は相棒と競っていた。これは堕落だった。自分、ティージェンスは、道徳的に崩壊しつつあった。前には責任を受け入れてい

た。喜びの気持ちをもって二五〇ポンドのことを考えていた。ところが今は、ロンドン下町訛りの、ケルト人の、賞の受賞者と張り合っていた。そんなレベルにまで落ちぶれていた。おそらく、この午後までには死んでいるだろう。そして、誰にも気づかれないだろう。

誰も気づかないか否かを考えることを考えてみるがいい！　だが、気づかないのはヴァレンタインなのだ。緊張によってこんなに堕落したことを！…そのことが非常にひどく彼を驚かせた。彼は意識下の自分に言った。

「何ということだ！　まだ、これが存在しているとは！」

あの娘は少なくとも賞賛すべきラテン語学者だった。彼は皮肉な喜びを感じながら、何年か前に二人が一頭立ての馬車でサセックス州のどこか――アディモアだったか――の靄のなかから抜け出たとき、彼女に自分の愚かさを思い知らされたことを思い出した。カトゥルスに関してだったか！　よりによって、自分、ティージェンスに対して！…そのすぐ後に、キャンピオン将軍が運転できないのに強引に運転した車で、彼らにぶつかって来たのだ！

マッケクニーは見たところ落ち着いた様子で、こう言った。

「上官殿が知っておられるかどうか分かりませんが、キャンピオン将軍が明後日この軍を引き継ぐそうです。…もちろん、知っておられるでしょうけれど、上官殿」

ティージェンスが言った。

「いや、知らなかった。君たちのように司令部と接触している者たちは、我々よりずっと早くいろいろな情報を得る」さらに加えて言った。

「つまり、我々は援軍を得るということだ。…単一指揮ということになるだろう」

Ⅳ章

それは戦争に終わりが見えてきたことを意味した。

司令部の待避壕の粗製麻布の正面にある次の防御区域には、アランジュエ少尉と大隊事務室のダケット兵長しかいなかった。二人とも立派な若者で、兵長のほうは脚がとても長く優美だった。兵長は足を高く上げて歩いたが、真剣に話すときには絶えず靴で足首を擦った。誰かさんの非嫡出子[1]だ。

マッケクニーは直ちにソネットの話を持ち出した。兵長はもちろんティージェンスに署名してもらうためにたくさんの書類を持っていた。淡黄色や白の、乱雑な書類の束のおかげで、マッケクニーには話すための時間があった。彼は臨時の司令官と同じレベルの立場を確立したいと願っていた。少なくとも知性面では。

だが、そうはなっていなかった。アランジュエは大きな声でしゃべり続けた。

「少佐殿は二分半でソネットを書いたんですよ。少佐殿は！　誰がそんなこと、考えられるでしょう！」無邪気な若者だ！

ティージェンスは、いくらか注意を払って書類を見た。大隊の仕事からずっと離れていたので、彼は知識を得たいと思っていた。思った通り、この部隊の事務作業は衝撃的なひどさだった。旅団、師団、軍でさえ、そして明らかに英国政府も、ジャム、歯ブラシ、ズボン吊りから、宗教、ワクチン接種、兵舎の損害に至るまで、想像し得るありとあらゆるものについての情報に非難を向けていた。…これは興味深いことだった。考えることで一息つかせるのである。当局はいつでも代わりの関心…活発な敵対行為の急場に代わるもの…を与えることによって司令官を書類で忙殺し、過度の重荷を背負わせるものと考えることができた。一斉射撃が適切な段階に入るのを待っている間、大隊がベオンクールと呼ばれる土地の近くで休息をとっている間、P・R・I[2]の資金についての厳しい問い合わせを読まなければならないのは、確かに気持ちを落ち着かせるものとなった…。

ティージェンスは、自身がP・R・Iの資金を取り扱うのを許されていないことを、有り難く思っているように見えた。

副司令官が連隊組織の名義上の管理者であり、いわば会長であって、兵たちのビリヤード室、暦、バックギャモンが行われる板、フットボールのブーツの世話をするのだ。しかし、司令官はこうした帳簿を自分の手のなかに収めておく方を好んでいた。ティージェンスはそれを蔑視だと見なしたが、たぶん、それは蔑視ではなかったのだ。

司令官はたぶん金欠なのだという考えが素早くティージェンスの頭を過った。——自分には実質的に関わりのないことだとは思ったが。…近衛騎兵旅団のほうは６４スミスと呼ばれる兵卒の再入隊について火急の関心を持っていた。近衛騎兵旅団は激しくまた三度《みたび》、この男の宗教や前の住所、本名について訊ねてきた。…諜報部門が関与しているに違いなかった。…しかし、ホワイトホールは、一九一八年一月の訓練キャンプの連隊基金の処理に関する問い合わせへの回答にも、さらに激しい関心を寄せていた。…それほどに前のことだったが！　神の水車がゆっくりと粉を挽いた。…その問い合わせには、表《おもて》に准将の個人的文書が添えられていた。司令官がこれらの質問に答えることが一番に望まれるが、さもなければ査問会議が開かれるのもやむ無しという回答だった。

特にこの二つの文書はティージェンスのところに持ち込まれるべきではなかった。彼はその二つの文書を左手の親指と人差し指に挟み、64スミス・Sに対する問い合わせ——それはかなり至急のものと思われた——を人差し指と中指の間に挟んで持ち、それらをダケット兵長に手渡した。このとき、その気立てのよい、清潔な金髪の青年は、ペトラルカのソネットとシェイクスピアのソネットの詩形の類似点について、アランジュエ少尉と親密にヒソヒソ声で話していた…。これが英国海外遠征隊のなれの果てだ。ドイツ軍の全前線の前進開始時刻の四分前に、四人の戦士が皆ソネットに熱中していた。…ドレークとボウルズの試合(3)が、——実のところ繰り返されていた。…もちろん違った風に！　確かに、時代は変わった。

ティージェンスは、二つの選んだ文書をダケットに手渡した。

「これを司令官に渡してくれ」と彼は言った。「そして64スミスがどこの中隊にいるか見つけるように特務曹長に命じ、わたしがどこにいようと、彼をわたしのもとへ連れてくるように！　わたしは今から塹壕を見て来る。司令官と特務曹長のところに行った後、わたしを追いかけて来るように。アランジュエが壁面の外装についてわたしがやって欲しいことをメモにとるだろう。きみは中隊の人員について何でも書き留めてくれ。…さあ、行くぞ！」

彼はマッケクニーに、この前線から出るようにと愛想よく言った。マッケクニーが自分の手元で殺されるようなことがあって欲しくはなかったのだった。

今や太陽が塹壕のなかに差し込んでいた。

彼は予期したようなドイツ軍の攻撃の場合に部隊がとるべき配置について旅団が送って来た今朝の通信に再び目を通した。…三分以内に開始予定である――少なくとも一番手の砲兵隊の砲撃は！

我々は戦闘の前にお祈りをする。…彼は自分がそうしている姿を想像することができなかった。…自分で自分の心を制御できなくなるような事態が起きるのを、彼は決して望まなかった。…彼は自分が書類をより良い状態に保つための方法について思案しているのに気づいた。…「大義のために誰が部屋を掃除するのか…」それはおそらく祈りに相当するものだった。

来るべき戦闘に関する旅団の命令は、師団の真剣さによってばかりか、軍の極めて熱心な勧告によっても承認されたものであることに、ティージェンスは気づいた。旅団からの短信は手書きで、師団からの短信はかなりはっきりとタイプで打たれた文書、軍からの短信は淡くタイプされた文書だった。…それはこういうことに等しかった。つまり、当日は壊滅するまでやり抜くように。…それは背水の陣を敷くということを意味していた。…そこから北海を背にして！…フランス軍がおそらく急行するだろう。…ティージェンスは赤いズボンを履いたたくさんの小さな青い連中が太陽でピンク色に染まった平地を速足で歩いていくところを想像した。

（人は想像上の絵を制御できないものだ。もちろんフランス軍は、もはや赤いズボンを履いてはいない。）ちょうど青い部分が始まるところで線は途切れ、残りは青い海のなかに飲み込まれた。

彼はその背後の地域全体を見た。地平線の上には煌めく靄が出ていた。そこが彼らの飲み込まれていく先だった。いや、もちろん、飲み込まれはしないだろう。ズボンの尻の部分を晒して、うつぶせに横たわるだろう。大きな塵取りと箒にとっては取るに足らないことだ。…死とはいったいどんなものか。崩壊の直接的経緯か？　ティージェンスは書類を軍服のポケットのなかにねじ込んだ。

彼は不快な愉快さを感じながら、一つの短信が増援隊を約束してくれたことを思い出した。十六人の兵を！　十六人の！　ウスター軍の兵たちだ！　ウスターの訓練キャンプからやって来た。どうして隣のウスター大隊に送らないのだろう。立派な連中には違いない。だが、我々の隊の訓練法を身につけてはいない。我々の兵の仲間ではない。彼らは将校の名前を一々覚えない。彼らに喝采を送る歓迎はないようだった。…それは奇妙な考えで、現在、本国の当局が主張する、連隊の団体精神の意図的な破壊だった。元々はドイツ人が持っていた考えを模倣したフランス人の先進的な社会観を、ある市民の提案で真似たものだと言われていた。敵から学ぶことは、もちろん理に叶ってはいるが、本当に賢明なことなのだろうか。

おそらく賢明なことなのだろう。封建主義的精神は廃れてしまった。従って、塹壕戦にはおそらく有害なのだ。かつては、心休まり居心地のよいものだったにせよ。かつては、牧師の息子の指揮の下で、自分の村から来た兵たちとともに戦った。それが良くなかったのだろうか。

いずれにせよ、現在では、死ぬことは個人の問題だ。

彼、ティージェンスとそこにいる小柄なアランジュエは、もし何かが彼らに当たれば、死ぬだろう。――ヨークシャーの大地主の息子と、もしそういったものを想像できるなら、確かにオポルト(4)のプロテスタント牧師の息子である男の——二つの異なる魂が天国に向かって並んで飛んでいくことになるだろう。ヨークシャー男たちは他の北国の男たちと、ラテン系の男たちは他のカトリック教徒たちと一緒に行くほうがもっと適切だと神は見定めるものと人は思うだろう。というのも、アランジュエは、父親がプロテスタントの一派に属していたにせよ、自らは先祖たちの信仰に立ち戻っていたからだった。

　ティージェンスが言った。

「ついて来い、アランジュエ。…ドイツ軍の砲弾が当たる前に、ペンキ塗りたての塹壕を見ておきたい」

　そう…彼らには援軍が来る。本国の政府が彼らの祈りに応えたのだ。政府は十六人のウスター軍の兵士を送ってくる。全部で三四四名になる、いや、四三だ。というのも、０９グリフィスは送還されたからだ。コルネットを持った男は。三四三名で…例えば、二つの師団と対決する！　一万八千人くらいと対決する可能性が高い。そして、壊滅するまで頑張り通す。増強されて！　だが、増強されただと！　何ということだ！…十六人のウスター軍兵士とは！

　その根底にはいったい何があるのか。

　キャンピオンがその軍を指揮することになるだろう。それは真の増援がベースキャンプを満たす何百万人もの兵から約束されたことを意味した。そしてそれは単一指揮を意味した！　キャンピオンはもしこのまさに明確な約束が得られなければ、この軍の指揮を執ることに同意しなかっただろう。

　しかし、それには時間がかかる。何ヵ月もの時間が！　十分な増援のようなことは何であれ、何ヵ月もの時間がかかるものなのだ。

そして、彼らはこの瞬間、軍の、遠征軍の、連合軍の、帝国の、宇宙の、太陽系の列のもっとも重要な地点に、最後の生き残りのトーリー党員によって指揮される三六六名の兵を持つことになる。

一分すると、ドイツ軍の一斉射撃が始まった。

アランジュエがティージェンスに言った。

「大尉殿は二分半でソネットを書けるのですね。…それに、あの湿った塹壕での吸水作業ときたら！…オポルトの司教座聖堂参事会員だったわたしの母方の大伯父は、彼の有名なソネットを書き上げるのに十五週間かかりました。母が教えてくれたので知っています。…しかし、あなたはここにいるべき人ではありません、大尉殿」

それではアランジュエは「夜に寄せるソネット」の作者の甥なのだ。それはあり得ることだった。この世を成り立たせるには、そのぐらいの不思議さがあってしかるべきだ。従ってまた、彼がソネットに関心を示すのも当然だった。

そして、湿った塹壕に長く列をつくる大隊を手にしたティージェンスは、これまでもしばしば考えたことを試す機会を手に入れた。――つまり、汚水の汲み上げ管を水平にではなく垂直に据えることで、垂直に切られた、湿った土壌を乾かすという考えを試す機会を得たのだった。湿った塹壕を所轄するB中隊の指揮官ハケットは、幸いなことに、土木工学の技師だった。アランジュエは単に英雄崇拝の気持ちからB塹壕まで行き、彼の英雄の吸い上げ管がいかに機能するかを確認した。そして、吸い上げ管は何の問題もなく効果的、効率的に働いていると報告したのだった。

　小柄なアランジュエが言った。

「これらの塹壕はポンペイ[5]みたいです、大尉殿」

　ティージェンスは、ポンペイを見たことはなかったが、アランジュエが土を四角く切り取った掘削跡を指して言っていることは理解した。特にその空白感を。そして、また、日光のなかの死んだような静けさを。…見事な塹壕だった。何千人もの兵士たちの体制を支えるために作られたものだ。ロンドンっ子の生活をみなぎらせるために。今は死んだようにガランとしていたけれど。二人はピンク色がかった砂利道で三人の歩哨の前を通り過ぎた。それから二人の兵の前を。一人は鶴嘴をもち、もう一人はシャベルをもっていた。彼らはポンペイでも行われていたかもしれないような、まさに壁と道の接合部を直角にする作業をしているところだった。あるいは、ハイドパークでも行われていたかもしれないような！　潔癖症だ、A中隊の指揮官は！　だが、兵たちはそれを好んでいるように見えた。彼らは忍び笑いをしていた。ティージェンスが通り過ぎたときには、もちろん笑うのを止めていたが…。

　色の黒い、小柄な、好青年だ、アランジュエは！　彼の敬慕のさまは魅力的だった。まさに最初から――そして自然に、小さな生命のなかから怯え出て、子供が万能の父親にすがるように、彼はティージェンスにすがりついていた。ティージェンスがあらゆる面で戦争のなり行きを管理でき、怯える者たちへ安全を布告することができるかのように！　ティージェンスにはこの種の崇拝が必要だった。青年は目を潰されるのが怖いと言った。もちろん恋人が見向きもしなくなるでしょう。ナンシー・トゥルーフィットは今、三マイルも離れていないところにいるというのに。

立ち退かされない限りは。ナンシーは自分の恋人です。バイユールの喫茶店にいるのです。

二人が連絡塹壕の入口を通り抜けるや、一人の兵がA待避壕の入口の外に腰かけていた。…土のなかのその通路は心地よさそうに見え、上方へ向かっていた。ここを抜けて上にあがれば、そぞろ歩きができそうだった。…だが、できなかった！　ここでは右にも左にも曲がることができなかった！

習字帳に書き物をしている男は、目にかかるほどにヘルメットを深くかぶっていた。砂利舗装の段に座り、膝の上に習字帳を載せて、夢中になっていた。名前はスロコムといい、劇作家だった。シェイクスピアのように。ミュージックホールで上演される作品の草稿を書き、一回に五十ポンド稼いだ。ロンドン郊外のホールのために。郊外のホールはロンドン近郊の周囲の円のなかにある安いミュージックホールだった。スロコムは一秒も無駄にせず習字帳に文字を書いていった。

休息のために兵士たちを解散させると、スロコムは道路脇に腰を下ろし、彼の習字帳と鉛筆を取り出したものだった。そして、家に送ったものを彼の妻がタイプして打ち出したのだった。妻は写しの供給が滞ると、不平の手紙を夫に書き送った。もしあなたが一幕の下書きを書き続けられないなら、自分はどうやってジョージとフロッシーによそ行きの服を買ってあげることができるでしょう。ティージェンスは原稿を含んだこの男の手紙の一つを検閲することでこの情報を掴んだのだった。スロコムは兵士としてはだらしなかったが、彼の頭にはウィリー兄弟やフリッツ兄さんをだしに使ったロンドン下町言葉による冗談の演目が完璧に詰まっていたので、他の兵士たちを上機嫌にしておくことができた。スロコムは舌で鉛筆を舐めては、書き続けた。

「Ａ」中隊の司令部の待避壕の入り口で、軍曹が衛兵らしき者たちを外に出そうとし始めたが、ティージェンスが止めた。「Ａ」中隊は兵站部の常備兵で隊列を組んでいた。司令官は元帳と同じくらいきれいな素行表を持つ、年をとった、頭の禿《は》げた、厳めしい男だった。ティージェンスは軍曹にいくつか質問した。皆ミルズ式手榴弾をちゃんと身につけているか？　ライフル銃は不足していないか？――第一級の装備が整っているか？…だが、不足しているわけがないだろう！　病気の者はいるか？…二人だと！…まあ、健康的な生活だ！…ドイツ軍の一斉射撃が始まるまでは、兵たちが見つからないようにしておきなさい。もう始まるだろう。

今、一斉射撃が始まった。ティージェンスの時計の二番目の針が、震える毛鉤《けばり》のように一分の一掻きを蹴り上げた。…「うえっ！」と時間厳守の、遠くからの音が聞こえた。

ティージェンスがアランジュエに言った。

「おそらく今やって来る！」

アランジュエはヘルメットの顎紐を引っ張った。

ティージェンスの口はひどく塩辛い味でいっぱいになり、舌の裏がカラカラになった。胸と心臓には重い負担がかかった。アランジュエが言った。

「もしわたしが一発受けたら、大尉殿、ナンシー・トゥルーフィットに伝えてください…」

ティージェンスが言った。

「君のような子供に弾は当たらない。…それに風向きを考えてみたまえ！」

彼らは山腹に掘られた塹壕のもっとも高い地点にいた。そこに彼らは身を晒していた。確かに、風が新たに吹き始め、丘を下っていた。二人は、塹壕の正面と背後に、景色を眺めることができた。土地と緑と灰色っぽい木々を。

アランジュエが言った。

「風のせいで彼らはやめるでしょうか、大尉殿」と訴えるかのように。

ティージェンスはぶっきらぼうに声を荒らげた。

「もちろん、彼らはやめるだろう。連中はガスなしでは動けない。彼らの兵はガスの幕に面と向かうのを嫌がるのだ。それでわれわれは大いに有利になる。やつらの士気が削がれることになる。他の何であっても、そうはいかないだろうが。やつらは煙幕には耐えられないだろう」

アランジュエが言った。

「大尉殿はやつらがガスで自滅すると思うんですね。…ガスを使うのは不正なことです。人は不正なことをしたら、そのために必ず苦しむことになるってことでしょうね、大尉殿」

あたりはいかがわしいほどに静かなままだった！　村人が教会のなかに集う、村の日曜日のようだった。しかし、快い雰囲気ではなかった。

ティージェンスはどれだけの間、体の不調が精神に不便をかけることになるのだろうと思案した。舌の裏が乾き切った状態ではうまく考えることができない。実際、彼にとって、今日は、一斉射撃の間、野外で過ごす初日だった。まる一日を過ごすのはかなり久しぶりだ。ノワールクール以来だ！…どのくらい前だろう？…二年か？…おそらくは！…あのときには、自分がどのくらいの間、動けなくなるのか知る術もなかった。

あたりは不理尽なほどに静かだった！　まずは踏み板の上を駆ける足音、次いで塹壕の乾いた通路を駆ける足音がした！　その足音にティージェンスはひどく動揺した。家が燃えている！

彼はアランジュエに言った。

「慌て者め！」

青年の歯がカチカチと鳴った。彼もまた嫌な気分がしたに違いなかった。その足音に。『マクベス』のなかの門口をノックする音[6]だ！

その音が始まった。やって来た。「パン…パンペリ…パン、パン！…パ…パンペリ…パン！パン！…パンパンペリパンパンパンパン…。」その音は大きな太鼓のように響き、絶え間なく続いた。途方もなく大きな太鼓だ。真の情熱を込めて叩かれている。オペラのオーケストラのなかで、大きな太鼓のバチを持った者が実際に叩き始めるところを見たことがあれば、それがどんなものかが分かるだろう。心臓がひどくドキドキする。ティージェンスの心臓もそうなった。太鼓を叩く者は気が狂ったかのようだった。

ティージェンスは、音で砲弾の名を当てるのがあまり得意ではなかった。爆音を聞くと、あれは対空砲だと言ったものだった。彼は、数分間、飛行機のエンジンのブーンという音が不当な沈黙のなかにしみ渡ったことを覚えていた。…そのブーンという音はとても正常で、沈黙の一部だった。自分自身の考えであるかのように。濾過され陶酔した音が頭上から舞い降りた。騒音というよりは塵のように。

聞き慣れた騒音が「う…ん…ざ…りーーー！」と言った。砲弾は常に人生にうんざりしているように見えた。長い、長い旅路の果てであるかのように、砲弾はどれも「うんざり！」と言った。「りーーー」の音をひどく長く引き延ばしながら。そして破裂するときには、「ピシャッ」と言った。

これが一斉射撃の始まりだった。ティージェンスは一斉射撃が始まることを確信したが、…いわばベマートンの！…状態の延長を望んでいた。平和な生活を。そして瞑想的な生活を。しかし、一斉射撃はもう始まりつつあった。「ああ、何ということか…」

この砲弾は他よりも重く、普通以上に疲れているように見えた。散漫だ。それはアランジュエとティージェンスの頭上六フィート（約一八〇センチメートル）以内のところを通過するように見えた。それから、二〇ヤード（約一八メートル）離れた丘の中腹の見えないところで「ドン」と言った！…実際それは不発弾だった。

それはまったく彼らの塹壕を狙ったものではなさそうだった。おそらく、単に航空機の榴散弾が爆発しなかったのだろう。ドイツ軍は非常に多くの不発弾を発射していた。——近頃は。なので、それは始まりの予兆ではないのかもしれなかった！　じれったかった。しかし、正しい終わり方をする限り、人はそれに耐えることができた。

金髪碧眼の青年、ダケット兵長が、ティージェンスから二フィート（約六〇センチメートル）もないくらいのところに走って来て、近衛兵の足踏みと素晴らしい敬礼をもって立ち止まった。老犬にもまだ命はある。完璧な外見への熱意が、この寄せ集めの時代にもところどころで生き残っていた。

青年は喘ぎながら言った。ひどく興奮していたのかもしれないし、あまりに速く走ったからかもしれなかった。…だが、もし興奮しているのでなければ、どうしてそんなに速く走ったのだろう。

「よろしければ、大尉殿」…喘ぎ。…「大佐のところへ行ってくださいますか」…喘ぎ。「できるだけ遅れることなく！」彼は喘いだままだった。

　ティージェンスの頭に、今日の残りの時間は居心地の良い、暗い穴のなかで過ごすことになるだろうという思いが通り過ぎた。目を晦ますような日の光のなかではなく。…有り難く思おう！

　ダケット兵長を見て…突然、ティージェンスの頭に、自分がこの青年を好きなのは、彼がヴァレンタイン・ワノップを思わせるからだという考えが浮かんだ。…兵長がアランジュエに親密な口調で話し、恋人を失うかもしれない即死や失明への恐怖から気を逸らしてやっているのをそのままにして、ティージェンスは颯爽と塹壕を通って引き返した。彼は急がなかった。兵たちに急ぐところを見せないようにしたいと心に決めていた。万一、大佐が指揮官の任務を解かれることを拒もうとも、司令部のメンバーのなかに、冷静にのんびりと歩く男が一人はいることを知る慰めを兵たちが持てるようにしてやろうと心に決めていたのだった。

　マメの森の手前のトラズナ渓谷を占領したとき、この大隊にはメガネをかけた上流階級出身の、かなり優秀な少佐がいた。彼は何か問題を抱えていて、後に自殺してしまったのだが。…しかし、とにかく彼らがそこに入ったとき、およそ五十ヤード（約四十五メートル）離れたところにいたドイツ兵たちが連合軍の様々な国の言葉で鬨の声をあげたり、英国連隊の速歩行進曲のメロディーを大声で歌い始めたりした。これは、例えば「アレクサンダー大王の話であれ…[7]」といった歌声が向かいの塹壕から響いてくると、近衛擲弾兵第二連隊がそれに応じて歌い始めることがあるのを逆手にとって、ドイツ軍の連中が目の前にいる兵たちの正体を知るために用いた罠だった。

　そこで、このグローヴナー少佐は、当然のこと兵たちを黙らせ、単眼鏡を顔面にねじ込み、四重唱の専門家の態度で耳を傾けながら立っていた。最後には単眼鏡を外して、空中に放り上げ、再びそれをキャッチした。

「万歳を唱えよ、兵たちよ」とグローヴナー少佐は言った。

ほんの少しの可能性だとしても、それが目の前の前線に日本の軍隊がいるのではないかと思わせ、敵を怯ませるかもしれなかったからだ。あるいは我々がからかっていることを見せつけ、これらのフクロウのように賢くみえる連中を激しい怒りに駆り立てる攻撃の一つになるかもしれなかったからだ。…それによってドイツ軍は口を閉ざすだろうと思われた！

それは兵士たちが未だに好む種類の将校のユーモアだった。…それはティージェンス自身が持っていない種類のユーモアだった。しかし、ティージェンスは無頓着に思慮深く見せることができ、苦しいときに、兵たちに、例えば、彼らのヒバリについての考えはまったく間違っていると教えることができた。…それには心を落ち着かせる効果があった。

かつて彼は、カトリックの神父が砲火の下の納屋のなかで説教しているのを聞いたことがあった。とにかく、頭上を砲弾が通り過ぎて行き、足元を豚が通り過ぎていった。神父は無原罪の御宿り[8]の教義のとても難しい諸点について説教し、兵たちはそれを一心不乱に聞いていた。それは常識的な判断だとティージェンスが言った。兵たちは涙を誘う霊安室の説教を欲してはいなかった。彼らはただ考えるのを止めたいだけだった。…神父も同様だった！

このようにして、ことの直前には、兵たちにヒバリについて、オールド・レーン劇場の象の後ろ足について話すことになる。大佐の呼び出しがかかっても、慌てることはない。

ティージェンスは少しの間、何も考えずに歩いた。塹壕の砂利のなかの小石がはっきりとした個別なものとなっていった。誰かが手紙を落とした。劇作家のスロコムが習字帳を閉じているところだった。彼は明らかにあくびをしながら、ライフルに手を伸ばした。Ａ中隊の特務曹長が何人かの特殊任務を帯びた兵たちを出動させているところだった。特務曹長は言った。「急ぐんだ！」ティージェンスが通りすがりに言った。「できるだけ彼らを人目につかぬようにしておくんだ、特務軍曹」

ティージェンスの頭に突然浮かんだのは、兵長のダケットをアランジュエと一緒に残してきたことで自分は軍人として不行跡を犯したという考えだった。将校は護衛なしに寂しく長く延びた塹壕を歩くべきでない。どこかのドイツ兵の銃弾が当たるかもしれず、そうなったら、国王陛下の財産を減らすことになるだろう。自分が血を流して死ぬ間、医師や担架の運搬者たちを連れて来る者は誰もいない。それが軍隊だった…。

そう、自分はアランジュエを慰めるためにダケットを残してきた。あの小さな少尉が苦しんでいたからだ。どんなつまらん苦悶がハツカネズミのようなちっぽけな頭のなかを動き回っていたか、誰が知ろう！　彼は一斉射撃が行われているときにはライオンのように勇敢だった。そうでないときには、小さな、黒い、節くれだった顔が、こうした苦悶の思いを受けて小刻みに震えた。

彼は、実のところ、ヴァレンタイン・ワノップをアランジュエのもとに残してきたのも同然だった。それが自分のしたことだと彼は実感した。ダケット青年はヴァレンタイン・ワノップだった。清潔で、金髪で、小柄で、ありきたりの顔ながら、勇気あふれる眼差し、頑固さを表す先の尖った鼻をしていた。ヴァレンタイン・ワノップを抱くようにして二人で道を歩いている間に、誰か困っている人に出会ったかのような具合だった。そこで彼、ティージェンスは言った。

「わたしは先へ進まなければならない。きみはここに残って何ができるか考えてみなさい！」

驚いたことに、彼はヴァレンタイン・ワノップと並んで田舎道を歩いていた。取りついた感情とともに来った静かな親密さをもって、無言のままに。彼女は彼のものだった。…山道ではなかった。つまり、ヨークシャーではなかった。谷道でもなかった。つまりベマートンでもなかった。田舎の牧師館は彼には向いていなかった。従って、彼は聖職に就こうとはしなかった！とげのある老木が生えた夜明けの内陸の道。こうした木々は実際、ケント州にしか生えない。そして空がすべての方位に垂れ込めている。頂上が平らな丘陵地！

驚くべきことだ！　自分はあの娘のことをもう二週間以上考えていない。たとえあの娘が自分の居場所を知っているにしても、自分のことを心配しすぎないでいて欲しいと願う、大規模一斉射撃の瞬間は除いてだが。というのも、ヴァレンタインは常に自分の居場所を知っているという感覚が彼にはあったからだった。

彼女のことを考える機会がますます少なくなっていた。考えずにいる間隔が長くなった。…ロウソクを大尉のもとへ持っていくことを望んで穴を掘るドイツ兵の悪夢の場合と同様に。最初は、毎晩、三度か四度、その悪夢が彼を襲った。…今では一晩に一回だけだ…。

あの青年の容姿の類似があの娘のことを思い出させた。それは偶然であり、心理的リズムの一部ではなかった。すなわち、このことは、物事の自然な成り行きのなかで何事もなく彼女が自分に取りつかなくなってきているのかどうかを、彼に明らかにはしなかった。

確かに、彼女は今や自分に取りついていた！　遣りきれず、信じられないくらいに。自分の存在全体が彼女に…実のところ、彼女の物の考え方に…圧倒されていた。というのも、もちろん兵長の容姿の類似は、単なる口実にすぎなかったからだ。兵長は一般的には若い女性に似てはいない。…それに実際問題として、彼はヴァレンタイン・ワノップがどんな容姿をしているか正確には覚えていなかった。…鮮明には。彼はそうした頭脳の持ち主ではなかった。彼女は綺麗だ、獅子鼻だ、どちらかというと平たい顔で、がっしりとした足をしている、といったことを彼の脳に知らせるのは言葉だった。彼女のことを考えたいときには、彼はそれを言葉で捉え、参照した。彼の脳はイメージを描かなかった。彼の脳はかすんだ日光のようなものを呼び出すだけだった。

それが彼に染みついた物の見方だった。厳密に物を考える精神、無作法なせっかちさ、ありきたりな一般化！…恋人の魅力を並べるには奇妙な目録だ！…それでも彼は、今やマクマスター令夫人となったイーディス・エセル・ドゥーシュマンが、故ロセッティ氏に関するマクマスターの批評のなかの意見のいくつかを引用したとき、ヴァレンタインが「よしてよ、イーディス・エセル！」と言うのを聞きたかった。…今では、遅すぎるにしても！

それを聞けば、彼の心は落ち着いただろう。彼にとって、彼女は、事実上、話すのを聞きたい唯一の人物だった。確かに、彼女は、彼が話しかけたい、この世で唯一の人間だった。唯一の明晰な知性だった！　彼の精神は、世界のすべての釜の下に焚《もゆ》る荊棘《いばら》の聲《おと》(9)からの休息を必要としていた。その間ずっと続いていたドイツ軍の銃砲の果てしない愚かな「パンパンペリパン・パン・パンペリ・パン・パン」という音からの休息を。…

彼らは、何故、さっさと止めないのか。狂った鼓手が愚かしい楽器を絶え間なく鳴り響かせて、いったい彼らに何の益があるというのか？…たまには彼らが我々の軍の飛行機を撃ち落とすことはあるかもしれないが、大抵そんなことはなかった。彼らの砲弾の黒い玉が爆発し、無関心な飛行機のあたりで小さなハンカチのように広がっていくのが見えた。トンボを目がけて放たれた黒豆のように。青空を背景にして。彩色されピンクがかった可愛らしいものたち！…だが、こうした銃砲に対する彼の嫌悪は、まさに嫌悪——トーリー党員の偏見——だった。銃砲にはおそらく存在価値があるのだろう。ただ…

蒼空を横切って続く見えざる意志の闘いにおいては、当然あらゆる議論が試されるだろう。「いいか」と味方の参謀が言う。「午前のこれこれの時刻に奴らは総攻撃を仕掛けてくるだろう」というのも、当然、その参謀は二十四時制が確立された後も、何年もの間、十二時制で時刻を考えていたからだった。「そう、我々は奴らが支援に送り出す兵を一掃するため、百万もの機関銃搭載機を送り出すであろう！」

日中に何隊もの兵を送り出すことはもちろん異例であった。しかし、このゲームには二つの戦略しかなかった。通例のものを使うか、異例のものを使うかだ。通常なら、夜が明けた後一斉射撃を始め、十時半かそこらに攻撃を開始することはなかった。だが、ドイツ軍がそれを試みようとしているかもしれないので、こちらでそれをすることは——奇策として——あり得ることだった。

他方、我が国の人々は飛行機を繰り出そうとするかもしれなかった。このとき、その大きなブンブンいう音が人々の骨を震わせていた。ドイツ軍に対し、我々には驚くべき準備が整っていると告げるために。ドイツ人の脳が奇襲を考え出すだろうと我々が想定する時間がほぼ来ていた。そこで我々は銃砲があるにもかかわらず、生垣の天辺をちょうど越えていく、死をもたらす恐ろしいたくさんの機体を送り出したのだ！　というのも、揺れ動き、縦に並んだ兵たちの頭の上数フィートのところに近づいてくる光の帯ほど、戦争全体を通して怖いものはないからである。

怒りがこもり、恐怖の雨を降らせる！　だから、我々はそれらを送ったのだ。たちまちのうちに、それらは破壊していくだろう…。

もちろん、もしこれが単に威嚇行動だったならば、例えば、増援軍の動きもなく、軍需品補給基地端末駅に列車から降りてくる隊が一つもないとするならば、正しいドイツ軍の返答は、我々の塹壕の一部を、そこに注ぎ込むことのできるあらゆる強烈な武器でズタズタに叩き毀すこととなるだろう。それは嘲笑的に言うようなものだった――

「神よ、もしあなたがある晴れた日に我々の平和と静寂を妨げるなら、我々はあなたの平和と静寂を妨げましょう！」と。すると…ケルンフ…石炭運搬車が飛行機を思わせるほどに吹き飛ばされ、チェス盤越しに皆が眠りにつく。…威嚇行動であれ、威嚇行動への反応であれ、控えるほうがよいというものだ。しかし、偉大なる参謀部は鉄で当意即妙の言を交わすのが好きなのだ。そしてわずかな血で！

名ばかりの軍曹が大隊本部のほうから、頭に怪我を負った男の面倒を見ながら、ティージェンスのほうに近寄ってきた。彼のヘルメットは包帯越しに粋に前方に突き出していた。ユダヤ人のような鼻で、髭は剃っていたにもかかわらず、剃っていないように見え、東洋人の男子としての格好を完璧なものとするためには鼻眼鏡をかけたほうが良さそうだった。スミス二等兵だ。ティージェンスが言った。

「おい、君は戦争の前には何の職に就いていた？」

兵は、心地よい、教養ある、ハスキーな音調で答えた。

「わたしはジャーナリストでした、大尉殿。社会主義の新聞です。極左の！」

「それで君の本名は何と言う?」とティージェンスが訊ねた。「…君にその質問をしなければならない。君を侮辱したいわけではない」

昔の常備軍では、兵卒に本名を名乗るよう求めるのは侮辱だった。たいていの兵たちは偽名で入隊していた。

男は言った。

「アイゼンシュタインです、大尉殿」

ティージェンスは男に、ダービー計画の志願兵なのか強制的に徴集された兵なのかと訊ねた。男は自発的に兵籍に入ったと言った。ティージェンスは「何故だ?」と言った。もし君が有能なジャーナリストで正しい側に付いているのならば、軍隊の外にいるほうが役に立つだろう。男は左派の新聞の海外通信員だったと言った。アイゼンシュタインという名で左派の新聞の海外通信員であるということは、役に立つ機会を奪われることに他ならない。それでも彼はプロシア人をぴしゃりと叩きたいと思っていた。彼は、ポーランドの生まれだった。ティージェンスは軍曹にこの男の経歴はどうかと訊ねた。軍曹は「第一級の男です。第一級の兵士です」と言った。DCM(殊勲賞)に推薦されたことがあったな、とティージェンスが言った。

「君がユダヤ連隊に移れるか問い合わせてみよう。それまでは第一戦線輸送隊に戻ることができるだろう。君は左派のジャーナリストであったり、アイゼンシュタインという名を持っていたりすべきではない。どちらか一方ならよいが、両方はダメだ」彼は、その名前は中世に彼の祖先に与えられたものですと言った。この部族の息子として自分はエサウと呼ばれるほうがよいと。そして彼は、ここでの戦闘がもっとも興味深いものとなっているまさにこの時期に、自分をメソポタミアにいると考えられるユダヤ連隊に送らないでほしいと嘆願した。

「君はおそらく本を書くことを考えているのだろう」とティージェンスが言った。「そうだな、アバナとパルパル[10]については書くべきことが山ほどある。残念だよ。だが、君には、わたしが君を受け入れるわけにはいかないと分かるだけの知性がある…。」ティージェンスは話を止めた。もし軍曹がこれ以上のことを聞いたら、兵たちがこの男を容疑者だと考えて状況を困難なものにするかもしれなかった。軍曹の前でこの男の名を訊ねた自分に腹が立った。彼は立派な男であるように見えた。ユダヤ人は戦うことができた。…狩猟民だ！…だが、危険を冒そうとは思わなかった。黒い目をし、直立した男は少し怯《ひる》み、ティージェンスの目を見つめた。

「受け入れてはもらえないのですね、大尉殿」と彼が言った。「残念です。わたしは何も書いていません。軍隊に居続けたいのです。この生活が気に入っています」

　ティージェンスが言った。

「残念だよ、スミス。仕方ないんだ。下がってよし！」ティージェンスは残念に思った。彼はこの男の言葉を信じた。しかし、責任は心を頑なにする。そうでなければならない。ほんの少し前だったら、彼はこの男のことに尽力しただろう。おそらくとても大きな尽力を。今では、そのつもりはなかった…。

　水漆喰で書かれた大きな「A」の文字が、その塹壕と直角に交わる通信路に無造作に立てかけられた波型金属板を飾っていた。ティージェンスは、自分でも驚いたことに、熱情の波のような強烈な衝動によって、左方向に曲がり――その通信路に入っていくことを強いられた。それは怖気ではなかった。どんな種類の怖気でもなかった。彼はスミス＝アイゼンシュタイン二等兵のことでむしろ苛立たしいほどに夢中になっていた。ユダヤ人で赤の社会主義者の可能性を摘んでしまわなければならないことが明らかに彼を苛立たせた。かつての彼のように——万能である場合には、それは、人として、してはならないことだった。それでは…この強烈な衝動は何なのだ？それは正確な知性、すなわち休息を見つけることのできる場所に行きたいという熱烈な欲望だった。

彼は、突然、分かったと思った。リンカンシャーの特務曹長にとっては、平和という言葉は男が丘の上に立てることを意味するのだと。自分にとっては、その言葉は、誰か話しかけることのできる者がいることを意味するのだと。

Ⅴ章

大佐が言った。

「おい、ティージェンス、わたしに二百五十ポンド貸してくれ。君はべらぼうに金持ちだそうじゃないか。わたしの口座はスッカラカンだ。胸糞悪い文句ばかりをつけられている。友人たちは皆、わたしを裏切った。本国に戻れば、きっと査問会議に召喚されるだろう。だが、もう神経が参ってしまった。本国に戻らなければならない」

さらに付け加えて、「おそらく君にはすでにすべてが分かっているのだろう」と言った。

この男に金をくれてやるという考えに対して感じた突然の激しい嫌悪によって、ティージェンスは、内心…男が丘の上に立てるようになったとき…自分がヴァレンタイン・ワノップと一緒に住むという考えを基にすべての計算を行っていることを知った。

彼は大佐を地下貯蔵室に見つけた――実際、それは本当に農場の残骸たる地下貯蔵室だった――大佐は半ズボンを穿き、首元が大きく開いたカーキ色のワイシャツを身にまとい、簡易ベッドの端に腰かけていた。目は少し血走っていたが、短くカットされた銀白色の髪は綺麗に波打ち、灰色の口髭は先が見事にとがっていた。実際、裏が銀のヘアブラシと小さな鏡が彼の前のテーブルの上に置かれていた。頭上にかかったランプの光線によって、湿った石造りの部屋はかすかに吐き気を催す場所になり、その光線の下で、大佐は、辛辣で、清潔で、意志強固であるように見えた。日の光の下ではどんなふうに見えるだろうか、とティージェンスは思った。極めてまれにしか日の光の下でこの男のことを見たことがなかった。鏡とブラシの傍らには、葉が詰められていないパイプと、赤鉛筆一本と、ティージェンスがすでに読んでいたホワイトホールから来た淡黄色の書類とが、だらしなく置かれていた。

大佐はまず鋭く固い血走った視線を投げてティージェンスを見た。そして言った。

「君にこの大隊を指揮することができると思うか。経験はあるのか。わたしが二カ月休暇をとることを君は提案しているようだが」

ティージェンスは、激しい感情の爆発を予期した。脅迫さえも。しかし、そのどちらも生じることはなかった。大佐はただ熱心に彼を見つめ続けた。肘のところまで剝き出しの長い両腕をそれぞれ大きく開いた左右の膝に載せて、身動きすることなく座っていた。たとえ自分が大隊を去る決心をするにしても、それを破滅させるような男に自分の大隊を任せることはできないと大佐は言った。そして、ティージェンスをじっと見つめ続けた。その言葉が今この場所で言われるのは妙なことだったが、それは大隊の規律がこなごなに壊されることを大佐が望んでいないことを意味するものだとティージェンスは理解した。

ティージェンスは大隊の規律をこなごなに壊すことなど考えていないと答えた。大佐が言った。

「どうして君にそれが分かる？　君は兵士ではないではないか？」

ティージェンスは、自分には、前線で勢揃いしたほとんど大隊と同規模の中隊を指揮し、そのなかで、現在の勢力のまさに八倍の部隊を率いたことがあると言った。文句を言われる筋合いはないと思った。大佐は冷ややかに言った。

「そうとも！　わたしは君のことを何も知らない」そして付け加えた。

「一昨日の晩、君は問題なく大隊を動かしたようだ。わたし自身は自分でそれをする状態でなかった。体調が優れない。君には感謝している。兵士たちは君を気に入っているようだ。わたしにはうんざりしているがね」

　ティージェンスは居ても立ってもいられない気分だった。彼は今、大隊を指揮したいという強烈な欲望を感じていた。それは彼には思いも寄らないことだった。彼は言った。

「移動戦の問題では、大佐殿、わたしにたくさんの経験があるとは言えません」

　大佐が答えた。

「わたしが戻る前に移動戦になることはないだろう。仮に戻ってくればの話だが」

　ティージェンスが言った。

「今でも幾分、移動戦となっているのではないでしょうか、大佐殿」彼が――的確な答えが得られるという暗黙の信念をもって――上位の者に情報を求めたのは、おそらくこれが初めてだった。

大佐が言った。

「違う。これは用意された地点を当てにしているというだけにすぎない。まさに海まで押し戻される前に、我々はいくつかの用意された地点を持つだろう。もし参謀部がきちんとその仕事をしていればだが。そうでなければ、この戦争は終わりだ。我々は負け、滅び、粉砕され、全滅し、存在しなくなる」

ティージェンスが言った。

「しかし、師団によると、いま予定されているという猛攻撃がもしも…」

大佐が言った。「何だって？」ティージェンスは今の自分の言葉をくり返し、さらに加えた。

「次の予定された地点を越えて押し返されるかもしれません」

大佐は自分の考えを非常に遠くから引き出しているかのように見えた。

「猛攻撃は行われそうにない」と彼は言った。そしてさらに付け加え始めた。「師団が得たのは…」かなり大きなドシンという音が彼らの背後の丘を揺らした。大佐は何気なくその音を聞きながら座っていた。目の前の書類に憂鬱げに視線を落とした。その視線を上げることもなく言った。

「その通り。わたしは自分の大隊が撃ちまくられることを望まない！」彼は再び読み始めた――ホワイトホールから来た通信文を。彼は「君はこれを読んだのだろう」と言い、それから言った。

「用意された地点を当てにするのは、戸外をさまようのとは違う。塹壕間の攻撃でやる以上のことはする必要はない。君はコンパスで方位を正しく測ることができるだろう。あるいは誰かにそれをやらせることが」

かなり大きな爆発音が再び地を震わせたが、前のものよりは少し遠かった。大佐は書類をめくった。その裏には准将の私信がピンで留められていた。大佐は驚きを表さない憂鬱な目でこれもまた読み通した。

「大層な報せだな、どれもこれも」と彼は言った。「君はこれを読んだのか。わたしは戻って、これについて検討しなければならない」

そして声をあげた。

「不運なことだ。わたしはわたしの大隊を、それをよく知る者に任せたかった。君がそれをよく知っているとは思えない。だが、君はよく知っているのかもしれない」

炉端用具の巨大な集まりが、世界中のあらゆる炉端用具が、まさに彼らの頭の上に降り注いでいた。その音は谺となって引き延ばされるように思えた。そんなはずはなかったのだが。その音は繰り返された。

大佐は無頓着に上を見上げた。ティージェンスは見に行くことを提案した。大佐が言った。

「いや、止めておけ。…もし何かが必要なら、ノッティングが我々に伝えるだろう。…だが、何も必要なはずはない！」ノッティングは隣の地下室にいる、小さな丸い悪意に輝く目を持つ副官だった。「我々が正しく帳簿をつけていると、どうして一九一四年八月に彼らが期待できただろう。起きたことをわたしが覚えていると、どうして彼らが期待できるだろう。連隊本部では。あの当時！」彼は物憂げな様子だったが、恨みがましくはなかった。「不運なことだ…」と彼は言った。「大隊のなかで、しかも…これに関して！」彼は手の甲で文書をコツコツと叩いた。彼はティージェンスを見上げた。

「わたしは悪い報告を書いて君を追い出すことができると思っている」と大佐が言った。「いや、たぶんそれは無理かもな。…キャンピオン将軍が君をここに置いたのだから。君は将軍の非嫡出子だと言われている」

「将軍はわたしの名付け親です」とティージェンスが言った。「もし大佐殿がわたしのことを悪く報告するとしても、わたしは抗議いたしません。つまり、悪い報告の理由が経験不足ということならば、わたしは何にも増して、准将のところに行くべきです」

「同じことだね」と大佐が言った。「わたしが言いたかったのは名付け子ということだ。もしわたしが君のことをキャンピオン将軍の非嫡出子だと考えたなら、そう言うべきではないだろう。……いや、わたしは君に対して悪い報告を差し挟みたくない。君が大隊のことを知らないとすれば、責任はわたしにある。わたしがそこから君を遠ざけていた。書類がどんなにひどい状態にあるか君に見せたくなかったからだ。君はべらぼうにすぐれた兵事文書係だと言われているそうじゃないか。以前は、政府の役人だったのだろう」

激しい打撃が地下室の両側の地面にいくらかの規則性をもって与えられていた。山の大きさの拳闘選手が、右、左と交互に激しくパンチを繰り出しているかのようだった。そして、それが相手の言葉を聞き取るのをかなり困難にしていた。

「何て運が悪いんだ」と大佐が言った。「それにマッケクニーは気が触れてしまった。すっかり気が触れてしまった」ティージェンスはいくつかの言葉を聞き逃した。ティージェンスは、大佐が戻って来る頃までには、おそらく大隊の書類の処理に筋道をつけることができるでしょうと言った。

騒音が重い雲のように丘を転がり落ちた。大佐は話し続け、彼の声に慣れていないティージェンスは彼の言っていることをたくさん聞き逃したが、騒音の切れ目に聞くかのように途切れとぎれに聞いた。「わたしは将軍がわたしの後釜に据えることになるかもしれない君への悪い報告を書いて痛い目に遭うつもりはないね――気が触れたマッケクニーをここに連れ戻すために。…それは割に合わない…。」

騒音が再び、なかに流れ込んだ。一度、大佐は頭を片方に傾げ、上を見上げ、その音に耳を立てた。しかし、彼は聞いた音に満足したような様子で、近衛騎兵旅団の書簡を再び黙読し始めた。鉛筆を手に取り、単語に下線を引き、鉛筆の先で紙を突きながら、ぼんやりと座っていた。

一分ごとに、ティージェンスの大佐に対する敬意は高まった。この男は機関士や不定期貨物船の船長が自分の仕事を知っているように、少なくとも自分の仕事を知っていた。彼の神経はズタズタになっていたかもしれない。おそらく、そうだった。彼は興奮剤なしにはやっていけないところまで来ていた。おそらく今では臭化カリウムを服用していた。

そして、すべてを考慮すれば、彼のティージェンスに対する扱いは立派で賞賛すべきものであり、その点、ティージェンスは自分の考えを改めなければならなかった。大佐が自分を嫌っているという考えを彼に与えたのはマッケクニーだということに彼は気づいた。だが、大佐は何も言おうとはしなかった。彼は軍隊ではあまりに老獪で、何か決定なことを言ってティージェンスに攻撃の機会を与えることがなかった。…それに彼は将校食堂ではいつも、ティージェンスのことを一番の部下に与えるべき最高の敬意をもって扱った。例えば、食堂のドアから入って行くとき、たまたま二人が横に並んでいると、大佐は手でティージェンスに先に入るようにと合図したものだった。ただ、ティージェンスが立ち止まれば、当然のこと、自分の正当な優先権を行使した。そして今、大佐は完全に冷静な気持ちでここにいた。そしてすっかり嬉しい気持ちで、相手に有益な示唆を与えようとしていた。

ティージェンスは平静ではいられなかった。彼はヴァレンタイン・ワノップによって、さらには、もし猛砲撃が行われたならば、自分の大隊に適切な処置を施さなければならないという思いによって、あまりにも悩まされていた。それに、もちろん爆撃によっても。しかし、ティージェンスが身振りの助けによって再び見回りを提案したとき、大佐は言った。

「いや、今いるところに留まるんだ。これは猛砲撃ではない。今後、猛砲撃は行われないだろう。これはちょっとした朝の挨拶であるにすぎない。音によって識別可能だ。これは四・ニインチ砲でしかない。真に大きな破壊力のあるものではない。真に破壊力のあるものはあんなに速くは飛ばない。あれらはもうウスター軍に向かっているようだ。我々には三十秒ごとにしか撃ってこない。…これは奴らの策略だ。もし君にそれが分かってないとしたら、君はここで何をやっていたんだ」さらに加えて、「聞こえるか」と言い、人差し指を天井に向けた。音が移動した。ゆっくり動く石炭運搬車のように、それは右に向かって遠ざかって行った。大佐は話を続けた。

「ここが君の居場所だ。天国で仕事をしているわけではない。あいつらはもし何か欲しければ、君のところに来て言うだろう。ノッティングは第一級の副官だし、ダンも立派な兵士だ。兵たちは皆、身を隠すことができる。兵力が三百に減ったことの利点だ。全員分の、さらには余分の待避壕がある。…それでも、ここは君の居場所ではない。わたしの居場所でもない。これは若者の戦争だ。我々は年寄りだ。三年半の歳月がわたしをズタズタにした。三カ月半の時間が君をズタズタにするだろう」

大佐は、前に立つ鏡に映った自分の姿を憂鬱そうに見つめた。

「おまえは絶望的窮地に陥った男だ！」と彼は鏡に向かって言った。それからその鏡を手に取り、それを剝き出しの白い腕の端に一瞬バランスよく掛けて支えたかと思いと、ティージェンスの後ろのでこぼこの石に向かって乱暴に投げつけた。破片がチャリンチャリンと音を立てて地面に落ちた。

「七年間、悪運が続いた」と大佐は言った。「七年間の不幸が。わたしが教訓とすべきこの最後よりさらにひどい七年間をわたしに与えることが出来るものなら、神よ、その責任を負い給え」

彼は憤懣やるかたない目でティージェンスを見た。

「いいか！」と彼は言った。「君は教養ある男だ。…この戦争の最悪な点は何だ？　何が最悪な点だ？　わたしにそれを教えてくれ！」彼の胸は波打ち始めた。「それはあいつらが我々を放っておかないことだ。決して！　我々の誰ひとりとして！　最悪なことは、忌々しい大隊の書類だけではない。わたしは書類については不得手だが。それはかつてもそうだったし、これからもそうだろう。…だが、最悪は本国の人々だ。同胞の人たちだ。ああ、神よ、哀れな男が塹壕のなかにいるとき、やつらはその男を放っておいてくれるものと誰もが思うだろう。…ところが畜生、入院中に、家族の揉め事について弁護士から手紙が来た。想像して見給え！…想像して見給え！商人からの催促のことを言っているんじゃない。自分の家族からだ。わたしはマッケクニーのように悪妻を抱えているわけではない。君も悪妻を抱えていると言われているが。わたしの妻は少し金遣いが荒く、子供たちにも金がかかる。それだけでも十分な心配だ。…だが、父が十八カ月前に死んだ。父はわたしの叔父と組んで仕事をしていた。建築業だ。妻と子供たちは父の事業上の分け前から不動産をもらおうと画策し、わたしの老いた母親には何も残そうとしなかった。その後、わたしの兄と姉がその不動産の件を大法官庁裁判所に持ち込んだ。父がわたしの妻と子供たちに使ったわずかな金額を取り戻すためだった。わたしの妻と子供たちは、わたしがインドにいた間、父と一緒に暮らしていた。…それからわたしはここへ来たが…弁護士の話では、家族は生活費としてわたしの取り分から金を受け取ることができるそうだ。遺贈撤回の原則と言われているらしい。…遺贈撤回の…原則だとさ。軍曹のときは…暮らし向きもよかった」さらに憂鬱そうに付け加えて言った。「だが、軍曹は放っておいてもらえない。いつでも女たちに付きまとわれる。あるいは妻がベルギー人といい仲になり、そのことを手紙で知らせてくる。〝D〟中隊のカッツ軍曹は毎週、妻についての匿名の手紙を受け取っている。どうして彼に軍務が果たせると言うんだね！ ところが彼は果たしている。わたしも今まで果たしてきた…」彼は新たな激しさを込めて話を続けた。

「おい、いいか。君は教養ある男ではないか。本を書くことができる男だ。それについて本を書き給え。それについて新聞に書き給え。ここにいるよりもそれをやったほうが軍のために役に立つ。おそらく君は十分立派な将校だ。キャンピオン老将軍は極めて熱心な司令官だから、名付け子だろうがなかろうが、この仕事に腐った将校を張り付けたりはしない。それに、わたしは君に関するすべての話を信じているわけではない。もし将軍が楽な、名付け子用の仕事をある男に与えたいと思ったなら、それは楽な仕事、かつ割りのいい仕事になるだろう。ここに送ろうなどとは思わないだろう。従って、わたしの祝福とともにこの仕事を受け取ってくれ。わたしが心を痛めてきた以上に、この仕事で君が気を揉むことはないだろう。哀れな血まみれのグラモーガン隊のことで」

こうしてティージェンスは大隊を得た！ 彼は大きく息を吐いた。そして、これらの砲弾を生垣に沿って羽ばたくハイタカのようなものとして心に描いた。砲弾はおそらく、かなり正確だった。塹壕はおそらくかなり痛めつけられていた。公園に置かれた砂利が小道に広がろうとしているみたいに、綺麗なピンクがかった砂利があたり一面に山となって崩れ落ちていた。彼は、彼らがいる場所の背後に今もモンターニュ・ノワール山脈があることを神に感謝したが、その山に登ったときのことを思い出した。自分は何故、神に感謝しなければならないのか。自分は本当に軍が今置かれている場所について心配しているのか。おそらくは！　だが「神に感謝する」と言うほどか？　おそらくはそうだろう。…だが、自分たちが仕事に従事し続ける限り、何の心配もないはずではないか。…他に何の心配があろうか。問題なのは活動を続けることだ。モンターニュ・ノワール山脈から彼が見たのは、味方の砲弾が遠くの微妙な境界線の上で炸裂するところだった。それぞれの砲弾が白煙のなかに美しく存在していた。その線に沿って前方にも後方にも。…メッシーヌ村の下のあたりだった。彼は味方の砲手たちが何とも優れた仕事をするのを見て興奮を覚えた。今は、丘の上の誰かドイツ人が我々の前線のひと吹きの煙を見て、興奮を覚えているだろう！…だが、自分ティージェンスは…クソッ、ヴァレンタイン・ワノップと暮らすのに向けて二百五十ポンド稼ごうとしているところだ。…どこであれ…本当に丘の上に立てるときに！

副官のノッティングが、なかを覗いて、言った。

「旅団が我々に被害があったか知りたがっています、上官殿」

大佐が皮肉な表情でティージェンスを見回した。

「さて、何と報告するつもりだ」と彼は訊ねた。「この将校がわたしの職務を引き継ぐことになっている」と彼はノッティングに言った。ノッティングの小さく丸い悪意に輝く目と赤くニスを塗ったような唇は、何の感情も表していなかった。

「ああ、旅団には言い給え」と大佐が言った。「我々は皆、砂売りっ子のようにハッピーだと。神の国が来るまで、我々はこれに耐えられよう」彼は訊ねた。「我々に被害はないのだろう？」

ノッティングが言った。「ええ、特には。〝C〟中隊は美しい防壁が全部木っ端微塵に壊されたとブツブツ言っています。彼ら自身の待避壕の近くの歩哨は砂利のなかの小石が榴散弾と同じくらいひどいと文句を言っておりました」

「ああ、旅団にはわたしがいま言ったように告げ給え。わたしからではなく、ティージェンス少佐からだと言って、な。彼が指揮官だ」

「まずは最初に陽気な印象を与えておいたほうがいいぞ」と彼はティージェンスに付け加えた。

その後、突然、彼は感情を露わにして言ったのだ。

「おい！　わたしに二百五十ポンド貸してくれないか」

彼はからかうような剽軽な難問をちょうど相手に浴びせた男の妙な態度でティージェンスをじっと見つめたままでいた…。

ティージェンスは後ずさりした。――実際半インチほど。男は忌まわしい病気にかかっているのだと言った。それはほとんど不潔なものだった。一番安物の女からか心根の腐った輩からしかそんな病気は伝染らない。友人たちは彼を裏切った。こういった男の友人たちは男を裏切るものなのか！　彼の口座はスッカラカンだった。彼は要するに、人をだまして金を取る、金を貸すには信用の置けない不埒な悪党だった。…抗し難いほどに！

嵐のなかのある種の雷鳴の場合のような、無視できないすさまじいガラガラッという音がして、彼らの地下貯蔵室の階段に大量の砂利が流れ込んだ。彼らはノッティングが地下貯蔵室から出ていき、誰かに流れ込んできたものを再び元の場所に押し戻すように言うのを聞いた。

大佐が屋根を見上げた。彼はあれで胸墻が少し痛めつけられたと言った。それから再びティージェンスをじっと見据えた。

　ティージェンスは心のなかで思った。

「俺はおじけづいている。…キャンピオンが来るとはいまいましい報せだ。…俺は惨めな優柔不断のジョニーになろうとしている」

　大佐が言った。

「わたしは忌まわしい脛かじりじゃない。前に借金をしたことなどない」彼の胸が波打った。…それは実際、膨張し、それから再び小さくなり、軍服の喉元の開き口を縮ませた。…おそらく彼は前に借金したことがなかったのだろう…。

　結局、この男がどんな男かという問題ではなかった。ティージェンス自身がどんな男になるかという問題だった。ティージェンスは言った。

「あなたに金を貸すことはできません。ですが、あなたの代理人に過振りを保証しましょう。二百五十ポンド分」

　ああ、それなら、俺は自動的に金を貸す男のままなのだ。彼は嬉しかった。

　大佐の顔が下を向いた。彼の好戦的に怒った肩は実際ガックリと崩れ落ちていた。彼は悲しそうに声をあげた。

「おやおや、君は頼りになる男だと思っていたのだが」

　ティージェンスが言った。

「同じことです。わたしが金を振り込むのとまったく同様に、あなたは銀行で小切手を振り出すことができるでしょう」

大佐が言った。

「できるかね？　同じことなのか？　確かかね？」この問いは若い女が殺さないでと頼むような嘆願の調子で発せられた。

明らかに、彼はたかり屋ではなかった。財政に関しての未経験者だった。二週間の休暇の後に過振りが保証されることが何を意味するかを知らない十八歳の下級将校が軍全体のなかに一人でもいるだろうか。…ティージェンスは彼らがそれを知らないことをただ望むのみだった。彼は言った。

「今ここに座っているのと同様に確かに、あなたは実際にお金を手にするでしょう。わたしはただ手紙を書けばよいのです。あなたの代理人たちがわたしの保証を拒否することはあり得ません。もし彼らが拒否したなら、わたしがその金を工面し、あなたに送りましょう」

ティージェンスが言った。

「あなたの住所を教えて頂いたほうがよいでしょう」そして付け加えた。というのも、彼は実際気が散ってしまっていたからだった。あまりにも多くのことが話されていた。「あなたは少しの間ルーアンの第十九赤十字病院に行くものと思いますが」

大佐は突然立ち上がった。

「一体全体、どういうことだ」と彼は大声をあげた。「わたしが…第十九に」

ティージェンスが強い口調で言った。

「手順は分かりません。あなたはご自身で…」

他方が大声を上げた。

「わたしは癌にかかっている。脇の下に大きな腫れものができている」彼は、長い片腕が肘のところまで見えなくなるほどにシャツの開口部に手を突っ込んで、素肌をさすった。…「こいつは驚いた…仲間たちが裏切ったとわたしが言ったとき、君はわたしが彼らに助けを求め、彼らに拒否されたと思ったのだな。だが、そうではない。…彼らはみな殺されたのだ。仲間を裏切る最悪の方法ではないか。君には兵たちの言語が理解できないのか？」

彼は再びベッドにどっかりと腰を下ろした。

そして言った。

「まったくのところ、もし君がわたしに金を貸してくれる約束をしてくれなかったら、わたしは身投げするしかなかっただろう」

ティージェンスが言った。

「どうか、もうそのことは考えないでください。よく体の面倒を見てもらってください。テリーは何と言っているのですか」

大佐は再びビクリとした。

「テリーだって！　医務官のか？…わたしが彼に話すと思うのかね。中少尉の下種野郎どもにだって。どんな男に対してもだ！　テリーがくれたとんでもない丸薬をどうしてわたしが飲まないのかはもう分かっただろう。飲んだら、どんなことになるか分かったものでないからだ…」

彼は、目に渇望するような、計算するような表情を浮かべながら、再び片手を脇の下に回した。

そして言葉を継いだ。

「わたしは君に伝えるのを義務だと考えた。借金を頼んでいるのだからな。返済されないかもしれないのだぞ。それでも君の申し出は有効だろうか」

　これまでに、汗の滴りが彼の額の上にたくさんの数珠玉を作っていた。その数珠が今、一様に湿って輝いた。

「もしまだ誰の検診も受けていないのなら」とティージェンスは言った。「癌ではないのかもしれません。すぐにわたしが調べてもらいましょう。わたしの申し出は今も有効です」

「ああ、分かった、大丈夫だ」と大佐は無限の知恵を持っているかのような様子で答えた。「わたしの親父――わたしの父――も癌だった。これと同じような。そして死の三日前までそれを誰にも言わなかった。わたしもまた、誰にも言うつもりはない」

「わたしが調べてもらいましょう」とティージェンスが主張した。「あなたの子供たちへの義務でもあります。そして国王陛下への。あなたは軍が失うには途轍もなく立派な兵士です」

「そう言ってくれるのは有難い」と大佐が言った。「だが、わたしはあまりに多くのことに耐えてきた。審判を待つことに敢然と立ち向かえそうにはない」

　もっとひどい状況に敢然と立ち向かってきたではないですかと言おうとしても無駄だった。彼はこういった男だったので、そうした状況に置かれたことはあまりありそうになかった。

　大佐が言った。

「さて、わたしに何か役に立てることがあれば！」

　ティージェンスが言った。

「今は塹壕を歩いて通って行けそうです。湿った場所があって…」

　彼は塹壕を歩いて通って行く決心をした。彼は…なんというか…「一人切りになれる場所を見つけ」なければならなかった。彼はまた、夢見心地でいて注意深い粗挽き粉の袋のような体を、兵たちに見せなければならないという確信も保持していた。

一つの問題が彼を不安にさせた。彼はそれを口に出して言いたくはなかった。というのも、それは大佐の統率力を疑うようにみえるかもしれなかったからだ。ティージェンスはそれを口には出さなかった。大佐には右左の部隊と接触を保つことに特別な助言があるのでしょうか、とか、左右の部隊に伝言をすることについて何か意見がおありでしょうか、といった質問は。

それはティージェンスの関心の的だった。もし主張が通ったなら、ティージェンスは昼夜を問わず大隊に通信の訓練をさせていただろう。大佐は、その種の警戒がこの部隊ではまったくとられていないことに気づくことができなかった。また、その他のそばの部隊も同様だということに。ティージェンスは大佐の弱点を偶然発見したのだった。

それは公に明らかになった。さらに、もっと明らかに、常にもっと明らかに。キャンピオン将軍が指揮を引き継ぐという報せは、ティージェンスの世界観すべてを変えてしまった。

塹壕はほぼ彼が予想していた通りの状態だった。彼が地下貯蔵室で抱いたイメージと寸分も違っていなかった。それは公園の道路の上に撒くために用意された赤みを帯びた砂利に似ていた。待避壕から出ることは、荷を下ろす目的のためにまさにちょうど逆さにされた手押し車に乗り込むようなものだった。それは通路に貼りついて身を隠すという、兵たちには不快な仕事だった。当然のこと、ドイツ軍の狙撃兵が目を光らせている。我々の問題は日中にどれだけ多くの塹壕を手に入れられるかということだった。ドイツ軍の問題はどれだけ多くの我が軍の兵を殺せるかということだった。ティージェンスは自軍の兵が日暮れまで身を隠していられるように取り計ろうとした。向こうの部隊の指揮官はできるだけ多くの兵を狙撃することに全力を注ごうとした。ティージェンス自身は三人の第一級の狙撃兵を残していた。彼らはできるだけ多くのドイツ軍の狙撃兵を殺そうとした。自衛のために。

加えて、非常に多くの敵の関心がティージェンスの塹壕の長く伸びた線に向けられていた。砲兵隊が時折、砲弾か何かを一発ずつズドンと落とし続けた。彼らはあまり頻繁にこれをやろうとはしなかった。我が軍の砲兵隊の関心を買って、あまりにも高くつくかもしれなかったからだ。高性能爆薬が充塡された多かれ少なかれ重い塊が前線に投げつけられた。ドイツ軍がミーネンヴェルファー(1)と呼ぶものは我が国民にソーセージを連想させるかもしれなかった。これらは空中をやって来るときに見えるので、物陰に隠れる時間が得られるように警告を発する見張りが置かれた。そこでドイツ軍はこれを使うのを取りやめた。おそらく高性能爆薬に金がかかり、それほど効果的でなかったからだろう。すなわち、たくさんの大きな穴を作った割には、ほとんど人を殺さなかった。

忌まわしい弾丸を散布するじょうご形の落とし口をもったタンクが付いた——まさにそのように見えた——飛行機が、時折、塹壕に沿ってひょいと頭を下げたが、それほど頻繁にというわけではなかった。このやり方もまた金がかかりすぎた。飛行機は原則として、頭上をゆっくりと旋回し、榴散弾が周りで破裂している間に、様々な物を落とすことに行動を限定した。——そして散弾を地上に撒き散らした。臼砲弾、航空魚雷、その他の浮遊するミサイル、可愛らしい、光輝く、銀色の、鰭のついたものが、空中をやって来ては、地面に当たるとすぐに、あるいは地面に埋もれた後で爆発したものだった。彼らの工夫には実際、際限がなかったし、ドイツ軍は一週間おきかそのくらいで新しい工夫を編み出した。彼らは恐らく、新しい工夫に時間を無駄遣いしたようだった。それらのかなりのものが結局、不発弾になった。また、普段は成功するはずのかなり多くのミサイルが、結局、不発弾になった。彼らはきっと過度の負担を感じ始めていたのだ――精神的にも、取り扱う資材にも。従って、もしこの忌々しい場所にいなければならないとしたら、彼らの塹壕にいるよりは我々の塹壕にいるほうがおそらくましだった。我々の軍需資材は結構まともだった。

これは消耗戦だった。…愚か者しかやらない仕事だった。人を殺すことに関する限り、これはまったく馬鹿げた仕事だった。だが、これを、陽を浴びた広い景色全体に広がる様々な精神の戦いだと考えるならば、それは面白くなくもない仕事だった。彼らはたいした数の兵士を殺すことなく、無数のミサイルと非常にたくさんの思考を消費した。仕込み杖と、さらにレンガやナイフをなかに入れた長靴下で武装した六百万の兵を連れて行き、同じように武装した別の六百万の兵と戦わせるとすれば、三時間後には一方の四百万、他方の六百万全部が死んでいるだろう。従って、殺害に関しては、これは愚か者しかやらない仕事だった。これは応用科学者の手に身を委ねた場合に起こることだった。というのも、こうしたことはすべて、兵たちによってではなく、毛むくじゃらで眼鏡をかけた拡大鏡を覗き込む人間たちによって生み出されたものだからだった。もちろん、我々の側の応用科学者は、頬髭をきれいに剃り、奴らほどには観念的でないかもしれないけれども。応用科学者は何百万もの兵を動かすことができる点で虐殺者としては有能だ。ナイフしか持っていなければ、そんなに速くは動けない。他方、ナイフを持っていれば、一刺し一刺しで人を殺せる。千八百ヤード離れたところから百万の兵が互いに向けてライフル銃を発砲するとしよう。だが、ライフル銃の弾はほとんど命中しない。それ故、この発明は比較的非効率的なのだ。それに、それは事態を長引かせた！

そこで、それは突然、人々をうんざりさせた。

ドイツ軍が世界中に知性の産物をきらめかしてティージェンスの兵を二人殺そうと精根を使い果たし、ティージェンスが一人の死傷者も出さないようにするためにすべての注意を払っている間に、おそらく兵士たちはまる一日を費やすことになりそうだった。そして、その一日の終わりには、誰もがへとへとに疲れながらも、哀れな兵たちは、塹壕を懸命に修復する仕事に就かなければならなくなるだろう。それが通常の日々の仕事だった。

彼はそれに取り組むだろう。…〝A〟中隊の指揮官に雑役について話しに来させた。塹壕は、司令部の右側のほうが左側より被害が少ないように見え、かなりの数の兵を危険なく移動させることが可能だった。〝A〟中隊の指揮官は驚くほど痩せた、五十歳にして頭の禿げた男だった。とても禿げていたので、ヘルメットが頭蓋の上全体をツルツル滑りまわるほどだった。彼は小型船の船主で、かなり晩婚だった。というのも、彼には二人の子供がいて、一人は五歳、もう一人は七歳だと話していた。男と女の二人の子だと。彼の商売は今では年に五万ポンドの収入を上げていた。もし彼が死んでも、子供たちは豊かな生活をすることができると思うとティージェンスは嬉しかった。男前で、無口で、有能な男で、話すときは、たいてい、ぼんやりと遠くを見つめていた。二カ月後、彼は、砲弾に当たってあっさりと殺された。

彼は事態が始まらないことにイライラしていた。ドイツ軍の猛砲撃はどうなっているのでしょう？

ティージェンスは言った。

「君は一昨夜、君の仲間たちに降伏したドイツ軍中隊の特務曹長を覚えているだろう。盗んだ中隊の金でトッテナム・コート・ロード(2)に菓子屋を開きたいと言っていた奴だ。…あるいは君は聞いてないかね？」

大きな戦闘の間にやって来た男にしてはかなりアカ抜けた青灰色の軍服を着たズルそうな様子の下士官の記憶に、ティージェンスは心の底から極度の不快の感情を湧き上がらせた。別の人間の人格を支配することは彼には嫌でたまらないことだった。――自分が囚人になったのと同じようなたまらなさだった。…囚人になることは彼がこの世で一番怖れていることだった。実際、囚人を管理するより自分が囚人になるほうがもっと嫌でたまらないと言って良かった。というのも囚われの身になるということは、少なくとも自分自身の意思の埒外の事だからだ。一方、囚人を管理することは、たとえそれが規律の強制下で行われることであるにしても自分自身の自由意思もある程度そこには含まれるのだ。そこで囚人になることが彼には特に嫌でたまらなかった。不合理なことだったが、通常でさえ、囚人たちは不潔だという感じを彼に与えた。彼らは蛆虫だというような感じを。それは合理的なことではなかったが、囚人に触れなければならないとしたら、彼は吐き気を催しただろう。それは彼の熱狂的なトーリー党的自由の意識の産物だった。人を野獣と分かつものは自由である。ならば、人が自由を奪われるとき、人は野獣になる。その社会に暮らすことは野獣とともに暮らすことだ。フイヌムたち(3)と暮らすガリバーのように。

それにこの汚い男はおまけに脱走兵だった。

男は猛砲撃が完全に止んだ午前三時に司令部の待避壕に連行されてきた。男は、表面上は、攻撃の通常の過程のもとにやって来たように見えた。漏斗穴[4]のなかに一晩中横たわり、騒動が収まってからようやく我々の前線に入り込んだのだ。出発前に、彼は中隊の金全部と手に入った書類をポケットに詰め込んでいた。金と書類のせいで、彼が司令部に連れて来られるのが、この不快な時間になったのだった。〝A〟中隊はできるだけ早くこの問題を、少なくとも副官の手に委ねるべしと判断したのである。

司令官とマッケクニーと諜報将校と医師が、ティージェンス自身と共に、ちょうどそこに腰掛けたところで、小さめな部屋は軍用のラム酒とウイスキーの強烈な悪臭がしていた。ドイツ兵の登場で、ティージェンスはもう少しで吐きそうになったが、大隊を引き受けなければならなかったことで、すでに相当疲労困憊していた。自らが眼精疲労だとみなすものによって、彼のこめかみは引き攣った。

通常、師団に行く前に囚人を詰問することは強く戒められていたが、脱走兵は通常の囚人より強い関心を引き起こし、そのときまでに、はしゃぐような反抗的態度をとっていた司令官は、ティージェンスに囚人から聞き出せる限りの話を聞き出すようにと注文した。ティージェンスは少しだけドイツ語を知っていた。この言語をよく知っていた諜報将校は死んでしまっていた。その後釜のダンはまったくドイツ語ができなかった。

狡そうな、異常に落ち着かない目をした、痩せた、色の黒い男が、即座に諸々の質問に答えていた。その通り、ドイツ軍は戦争にうんざりしています。規律を保つのが難しくなっていて、自分が脱走した理由の一つは、部下の兵たちの規律を保つことにほとほと疲れ果ててしまったからなのです、と。食べる物もありません。進軍中、兵たちに食べ物の廃棄場所を見て見ぬふりをして通過させるのは困難です。自分はそれができないことで不当な叱責を受け続け、そこに立って、以前の上官たちに罵声を浴びせました。それにもかかわらず、司令官の指示で、ティージェンスが脱走兵に、ドイツ軍が最近、前線に導入した、信じがたいほどの量の高性能爆薬を含む自己埋葬式爆弾を発するオーストリア砲について質問すると、男は両足のかかとをカチンと鳴らして揃え、ドイツ語で答えたのだった。"Nein, Herr Offizier, das waere Landesverratung!"「それは言えません、将校殿。それは国への裏切りとなります」彼の心理を摑むのは難しかった。彼はいくつかの英単語を使い、持ってきた書類をできる限り上手く説明した。文書のほとんどはドイツ兵への勧告だった。チラシには連合軍の惨事のニュースとその堕落ぶりが含まれていた。あまり関心を引かないいくつかの報告書もあった――そのほとんどはインフルエンザの症例の統計だった。しかし、ティージェンスが、今では何だか忘れてしまった見出しが付いた、タイプで打たれた頁を男の目の前に掲げたとき、ドイツ軍曹長は大声をあげた。"Ach, nicht das."(「ああ、それはいけません」)と。…そしてティージェンスの指から書類を引ったくろうとするかのような仕草をした。その後、明らかに命を危険にさらしているのに気づいたかのように思いとどまった。しかし、死んだように青ざめた様子で、ティージェンスの理解できない文言を訳すのを拒否した。そこで確かに、ティージェンスにはその言葉のどれも実際理解できなかったのだが、それらはすべて専門的な言葉だった。

その文書にはある種の異動命令が含まれていることをティージェンスは知っていた。しかし、このときまでに彼はこのこと自体が心から嫌になっていたし、参謀たちにとっては、この文書はまさに前線の兵たちに口出しして欲しくない種類のものであることを知っていた。そこで彼はその問題は取り上げず、大佐とその仲間たちもそのときまでにはもう聞くのに飽き、何が起きているのか把握していなかった。ティージェンスはこの男を諜報将校の担当の下、いつも以上に厳重な護衛をつけて、駆け足で旅団に送らせた。

その出来事のなかでティージェンスの記憶に残ったものは、彼が盗んだ中隊の金をどうするつもりか訊ねたときに男が使った表現だった。彼は盗んだ中隊の金でトッテナム・コート・ロードに菓子屋を開きたいと言っていた。彼はもちろんオールド・コンプトン・ストリート[5]でウエイターをしていた。彼はいったいどうなるのだろうかとティージェンスはぼんやりと考えた。自分たちは脱走兵をどう扱うか。おそらく抑留することになるだろう。囚人部隊の下士官にするかもしれない。ドイツに戻すことは決してあるまい。…そうした思いがティージェンスには残った。――それにまた、その挿話に感じた恐怖と嫌悪感が。個人的な堕落を彼に引き起こしたかのように。彼はその事柄を心から締め出した。

参謀部からのあらゆる種類の緊急通告がまさにその文書に触発されたものであるかのようにティージェンスには思えた！　忌まわしい男が引っ手繰ろうとした文書に。彼はあまりにムカついたため、男に手錠をするのを厭わなかった。…そのことはいくつかの疑問を提起した。男は脱走しながら、同時に自国を裏切ることを拒むのか。まあ、ありえるかもしれないことだった。男たちの性格には矛盾が際限なくある。司令官を見てみるがいい。有能な将校と混乱した馬鹿者が同居している、軍務の問題に関してもだ！

他方、このことはすべてドイツ軍の謀略かもしれなかった。彼らはその書類――異動命令――

が我々の軍の司令部に伝わるように意図したのかもしれなかった。見たところ、重要な異動命令は中隊事務室には置かれていない。大抵は。ドイツ軍は前線のこの部分に我々の注意を引きつけ、一方で、本当の攻撃はどこか他のところに向けられているのかもしれなかった。だが、それもまたありそうになかった。というのも前線のその部分はパフルズ将軍が本国のお偉方に不人気なせいでとても弱く、もしドイツ軍が他の箇所を攻撃するとしたら、それは狂気の沙汰だったからだ。ところがフランス軍がものすごい勢いでその地点にまっすぐに向かっていた。そこでティージェンスは英雄になれるかもしれなかった、…だが、彼は英雄のようには見えなかった。

こうした複雑な事柄は近ごろでは彼をうんざりさせた。以前はそれについて篤と考え、優れた数字や計算を応用して答えを出すことが彼を楽しませたものだったが。今では、その問題に関する彼の強い感情は、ありがたいことにこれは俺の仕事じゃないというものだった。ドイツ軍はやって来そうにはなかった。

彼は猛攻撃が始まらないのを残念に思っている自分を見出した。信じられないことだった。すぐに死の危険に晒されないで済むことをどうして残念に思うだろう。ひょろ長い、骨ばった、陰気な、今ではヘルメットを鼻の上に被せた〝A〟中隊の指揮官が、将来を見据えて言った。

「ドイツ軍がやって来ないのは残念であります！」

彼はドイツ軍がやって来ないことを残念に思っていた。というのも、もしやって来れば、あの囚人によってもたらされた情報通りにやって来ることになるからだった。彼はあの男を捕まえていた。それ故に名声を得てもよかった。もし休暇を申請するとしても、自分は記憶に留められよう。彼は休暇が欲しかった。子供たちに会いたかった。もう二年間も会っていない。五歳と七歳の子供は二年間で随分変わるものだ。彼は不平を言い続けた。自分の個人的な動機を臆面もなく暴露しながら。極めて平凡な男だ！　それでも、完璧に敬意を受けるべき男だった。かなり耳障りな胸から出る声をしていた。男は子供たちに会えないだろうという考えが、ティージェンスの頭に浮かんだ。

　こんな告知は受けずに済ましたいものだとティージェンスは願った。彼は時々、自分が何人かの男たちの顔を見て、この男やあの男は近いうちに殺されるだろうと考えているのに気づいていた。こんな癖は直せたら良いと願った。こんな振る舞いはみっともないと思った。原則として、彼は正しかった。だが、それでも、自分が顔をじっと見つめた男たちのほとんど皆が必ず殺された。…自分自身を除いて。彼自身は右鎖骨の後ろの弱い部分を負傷することになるだろう。

　彼はその朝、猛攻撃が来ないことを残念に思った。というのも、もしそれがやって来るならば、悪臭のする待避壕で自分が尋問した囚人によってもたらされた情報通りにやって来ることになるかもしれなかったからだ。彼の部隊がその男を捕らえたのだ。グラモーガンシャー歩兵連隊第九大隊の司令官代理として、彼は司令部の報告書に署名するつもりでいた。そこでティージェンスはこの男をその貴重な文書とともにすぐに旅団に送り返すという洞察により、彼ティージェンスは旅団司令部に好ましい人物として思い出されるだろう。それによって、彼らは彼の大隊の一時的な指揮を彼に任せてくれるだろう。そして、もし彼らがそうしてくれるならば、自分は自分自身の大隊を手に入れるのに十分な働きをすることができるかもしれなかった。

　彼はあっけにとられた。彼のものの考え方は〝A〟中隊の指揮官の考えにそっくりだった！

彼は言った。

「あの男が重要だと分かり、大急ぎでわたしのもとに送ってよこしたとは、やけに気が利くじゃないか」〝Ａ〟中隊の指揮官はむっつりした顔全体を赤らめた。いつかティージェンスもまた、帽子に赤い帯を巻いた下種野郎の言葉に喜んで顔を紅潮させるかもしれなかった！

彼は言った。

「ドイツ軍がやって来ないとしても、役に立ったかもしれない。そのほうがもっと役に立ったと言えるかもしれない。ドイツ軍への抑止力になったかもしれないからな」というのも、もちろん、もし我々がその異動命令を握っていることをドイツ軍が知ったなら、彼らは計画を変更するかもしれなかった。それは彼らに不便をかけるだろう。それはありそうになかった。我々が知ったという報せが彼らのお偉方の耳に届く時間はおそらくなかった。だが、ひょっとしたらあったかもしれなかった。そうしたことは実際これまでも起こってきた。

アランジュエと兵長である兵士は直立不動で、日光の下、押し黙ったまま、赤っぽい塹壕の破片のようにみえた。しかし、この場所では、塹壕の赤い砂利がもっと農業向きの泥灰岩によって汚され始めていた。その後、塹壕は純粋な沖積土となり、それから非常に湿った土のなかに急に下っていき、不安定な流砂床のようになった。泥沼だ。その場所に彼は排水管を敷設しようとした。その前線の末端についての考えが彼に思い出させた。彼は言った。

「すぐ隣り合った部隊と連絡を取り続けることについて君はすべてを知っているのだろうね」

むっつりした顔の男が言った。

「戦争が始まった頃に訓練所で教わっただけです、少佐殿。わたしが入隊した頃に。かなり徹底的に仕込まれましたが、もう今ではすべて忘れてしまいました」

ティージェンスはアランジュエに言った。

「君は通信将校だ。自分たちの右と左にいる部隊と交信を保つことに関して何を知っている？」

顔を赤らめ口ごもったアランジュエは、ブザーとシグナルについてはすべて知っていた。ティージェンスが言った。

「それはすべて塹壕用だ。移動中はどうなる。移動中の部隊間で交信を保つ訓練を君は将校訓練所で受けなかったのか」

将校訓練所ではそのようなことは教えなかった。最初のプログラムには含まれていたが、いつも何か人目を引くための馬鹿げた訓練のために押し除けられた。小銃擲弾訓練。(6) 爆弾の投げ方、ストークス砲の訓練。(7) あらゆる機械装置の訓練があった。困難な地形――例えば、砂丘のような――を渡って兵の集団を動かす際、部隊同士、接触を保たなければならず、また、一つの部隊が分裂したら連絡兵を分散させなければならないことを兵士たちの頭に叩き込むこと以外には何も教わらなかった。

おそらく、ティージェンスの支配的な考え、彼が戦争から得た主要な考えは――どんな犠牲を払ってでも隣接する部隊と接触を保たなければならないというものだった。後にたいへんな数のドイツ人の囚人たちを行進させるように護衛たちに命じなければならなかったとき、単に疲れや病気のために落伍する兵たちがたくさん出て、その結果、一日の終わりには三千か三万の囚人につき三十人の護衛しかいない状態で新たな宿営地に到着することが何度かあった。そこで兵士や下士官たちのために――将校たちのためにも――連結した護衛隊の縦列を置いておくという考えが何度も彼の頭に浮かんだものだった。護衛の仕事は囚人の脱走を防ぐことであるから、その目的のためには接続する縦列を保ったほうがよいと考えられるかもしれない。だが、しかし、彼はドイツ軍の爆撃によって以外には一人の囚人も失わなかったし、一人の落伍者も出すことがなかった。

…彼は〝A〟中隊の指揮官に言った。

「この件はあなたの中隊で面倒をみて下さい。あなたができるだけ早く部隊の右外に移れるよう取り計らいましょう。もし兵たちが何もしていなければ、どうか自分でこの話題について講義する機会を設け、すべての兵長、班長、小隊の最古参の兵卒に話して下さい。そして、どうか、わたしたちのすぐ右隣にいるウィルトシャー連隊の中隊指揮官と交信を始めて下さい。二つの内のどちらかの状態で、戦争は終わるでしょう。塹壕戦は。ドイツ軍がすぐさま北海のなかに我々を沈めるか、我々がやつらを押し戻すかです。後者の場合、やつらは士気をくじかれるでしょうから、我々は速く前に進む必要があります。いいかね、アランジュエ少尉。ギブズ大尉が彼の中隊に話をするときその場にいるように都合をつけ、彼の言ったことを他の中隊にも繰り返して話すように」

ティージェンスは、体調のよいときと同様に、素早く明確に話し、わざと堅苦しい調子で話した。ドイツ軍の攻撃が差し迫っているときに将校たちの会議をはっきりと招集することはできなかった。しかし、もし彼が中隊の指揮官、交信係の中尉、大隊事務室の兵長の前でそれを言ったならば、彼の言ったことの何かが大隊のほとんどすべての耳に突き刺さるだろうとかなり固く信じた。それは突き刺さり、そのジョークに司令官の頭はおかしくなり、軍曹たちはこの件に何か注目が払われたことを知るだろう。将校たちも然り。それは今やることのできる唯一のことだった。

ティージェンスはギブズの後について、今や赤い砂利の代わりに泥灰土が敷かれ、まったく損なわれていない、満足のいく塹壕を通っていった。彼は、戦争の経緯に介入して自分たちをこんなひどい目に遭わせた憎むべき市民たちの鼻をへし折るために何かしようとするかのように、この善良な男に意見を述べた。ギブズは、陰鬱に、市民の介入が戦争を敗けに導いたと同意した。市民たちは正規軍を嫌っていたので、彼らが軍に従事させたがっているこの泥合戦に正規の訓練の痕跡が残っているのを市民たちの誰かが見るとき、その誰かは百通もの投書をさまざまな名を使って新聞社に送ったのだ。すると陸軍大臣は百通の投票を保存する手段を取った。ギブズはそれをその朝、本国の新聞を読んでいたのだった。

ティージェンスはこう言って自分でも驚いた。

「ああ、我々にはまだ彼らを打ち負かすことができる！」それは実際的でない楽観主義の表明だった。彼は市民たちの最も犯罪的な妨害にもかかわらず、ものすごく良い戦いをしてきた軍司令官たちが頑張っていると言い足すことで自分の言葉を正当化しようとした。キャンピオンがやって来るということは、戦争行為で兵士たちが発言権を持てるようになることの証明だった。…ギブズは無言で満足を表した。フランス軍がこの前線を受け持てば——もし単一指揮になれば確かにそうなるだろうが——間違いなく、自分は家に帰って子供たちに会える。自分たちの師団はすべて前線から退き、再編成され、強化されるべきだと。

ティージェンスが言った。

「我々が話している事柄については…外側の部署の指揮官たちとあともう一縦列を派遣してウィルトシャー連隊と交信を保たせ、ウィルトシャー連隊にも同じことをさせたらどうだろう。認識のために、彼らはそれぞれ右腕と左腕にハンカチを巻くことにする。…それは為し終えている…。」

「ドイツ軍は」とギブズ大尉がむっつりと言った。「おそらく特に彼らを狙い撃ちするでしょう。どんな種類の記章であれ付けている者を、おそらく特に選ぶでしょう。それだけ一層彼らは困った立場に立たされるのです…。」

二人はギブズの要請で彼の塹壕がある箇所を見に行くところだった。大隊事務室が、そこで機関銃砲の実射の準備をするようにと命じていたからだった。彼にとって、それはできない相談だった。機関銃が存在しなかったからだ。何も存在しなかった。彼は、それを新しいオーストリアの銃だと想像した。おそらく新品なのだろうが、なぜオーストリアなのだ？　オーストリア軍は大抵、高性能爆薬には関心がない。この爆薬は、何であれ、自らを葬り去り、世界の半分を吹き飛ばす何かを発射する。驚くほどわずかな騒音と振動しか出さずに。単に頭をもたげるだけで。河馬のように。例えば、それが地雷だったならば誰でも気づいただろうことに、ギブズはほとんど何も気づかなかった。皆がやって来て、地雷がそこで爆発したと話したとき、彼はそれを信じなかった。…だが、まさに地雷がさまざまなものを吹き飛ばしたかのようにみえるのを人は自ら確認することができた。小さな地雷だが。それでも地雷だった…。

塹壕の末端の壊れた避難所では、雑役を課された六人の兵が、一度に二人ずつ、鶴嘴とシャベルを使って、忍耐強く働いていた。彼らは泥や石を放り上げては軽く叩き、こうして作られた空間に降りていっては、さらに多くの泥や石を放り上げた。水がどこに行ったらよいか分からないかのように染み出していた。そこには泉があるに違いなかった。この丘の中腹は泉で穴だらけになっていた…。

かつてそこに地雷があったとしてもおかしくなかった。仮に我々が前進していたならば、我々を元気づけるためにドイツ軍が小さな地雷を残していただろう。しかし我々はすでに手に入れていた陣地に退却してしまった。従って、それは地雷であるはずがなかった。

さらにそれは地面を前に後ろに、それに比較的わずかながら側方向にも蹴り上げ、その結果、それが作った深い穴は、普通の円形の砲弾の穴というよりは原始的な縦穴に入っていくのに似ていた。ティージェンスと〝B〟中隊との間には土塁があり、土塁はその向こうを目隠しするのに十分な高さがあった。巨大な土塁だった。プリムローズ・ヒル(8)の小型版とでも言えるだろうか。それでも、その穴はフライング・ピッグやその他の航空ミサイルがこれまでに作ったどんな穴よりもはるかに大きかった。とにかく、その土塁は、ティージェンスが密かにそこを回って〝B〟中隊の塹壕の連なりに足を引きずって入って行くのに十分な高さがあった。彼はギブズに言った。

「機関銃砲の場所は考えなければならないな。これ以上わたしと一緒に来なくても結構だ。もしドイツ軍がこれ以上の土砂を送ってくるようだったら、兵たちには頭を伏せて元の場所に戻るように命じなさい」

Ⅵ章

ティージェンスはかなり大きな防御用土塁の逆勾配に寄りかかっていた。彼は一人にならなければならなかった。自分自身の感傷的な立場と機関銃砲について考えるために。部隊の業務から遠ざかっていたために、機関銃のこと、また自分の面倒を見てくれる男のことを、まったく何も分かっていないことが突然思い出された。大きな日焼けした鼻と開いた口の、かなりぼんやりした様子の、コブと呼ばれる男のことだ。仕事に油断なく気を配ってはいないことが顔に書いてある。だが、真相は分からない。

ティージェンスは腹が減っていた。昨夜の七時以降、実質的に何も食べておらず、大半の時間立ちっぱなしだった。

彼は、兵長のダケットに、サンドイッチとラム酒入りのコーヒーを出してくれるよう、〝A〟中隊の待避壕に頼みに行かせた。また、アランジュエ少尉には、〝B〟中隊に、そこの兵士たちとその陣地をこれから見回りに行くと、告げに行かせた。目下、〝B〟中隊の指揮官は、将校訓練所を出たばかりのとても若い青年だった。この若造が外側の中隊を率いているのは困ったことだった。だが、元の指揮官のコンスタンティンが、一昨夜、殺されてしまっていた。実際、この男は有刺鉄線に遺体がぶら下がっていたと噂される紳士だったが、ティージェンスは本当にその遺体が彼なのか疑っていた。中隊をなかに引き入れようとしていたならば、コンスタンティンがそんなに左側にいるはずはなかった。いずれにせよ、この若造の――ベネット――以外、彼の代わりをする者はなかった。いい子ではある。とても内気で、行進のときに命令の言葉を発することはほとんどできなかったが、あらゆる点で知恵があった。それに非凡な経験を積んできた中隊の特務曹長の恩恵も受けている。神聖な旧グラモーガンシャー連隊の一人だった特務曹長の。まあ、物乞いは選べる立場にない！　この中隊は外の世界を席巻していると言われているインフルエンザに五名の者がかかったと、今朝、報告してきていた。すなわち、外の世界に感謝すべきことがまたもう一つ増えたということだ。だらしのない独居者たちの一団である、自分たちからは、外の世界にまったく干渉しないというのに！　完全なる世捨て人だ。それなのに、外の世界は彼らにこんな仕打ちをする。どうして世間は彼らに修道院のような没我の境地を許してくれないのだ。

　腐った忌々しいドイツ兵たちにさえそれはあるというのに！　だが、その師団の簡易新聞によれば、ドイツ兵たちは忌々しいほど没我の境地に達しているため、師団全体が効果的な行動をとることができないと言うのだ。それは我々を鼓舞するためにでっち上げられた嘘かもしれなかった。しかし、おそらく本当なのだろう。ドイツ兵たちは明らかに極めてわずかな食糧しか与えられておらず、おまけに、与えられても、栄養価の低い代用食ばかりだった。あの下士官によってもたらされた文書は、この災禍の広がりに対してあらゆる警戒をする必要性を緊急に伝えていた。もう一つの回覧は、兵士たちが市民たちや将校団と同様の食事を与えられていることの確かさを、激しくかつ涙を催させるかのように請け合っていた。どうも、何か醜聞があったようだ。ティージェンスには全部を読む時間がなかったが、回覧は、次のような主張で終わっていた。「こうして将校団の名誉は見事に守られた」

彼らと面と向かうこの広大な地域全体が、惨めな脳のなかに混乱を育む何百万もの半ば空っぽの胃で一杯だという考えは、何ともゾッとするものだ。これらの男たちはこれまでに存在したなかでもっとも惨めな人間であるに違いなかった。我々の軍のなかの英兵たちの人生も地獄であるに違いないことは神のみぞ知るだ。しかし、これらの男たちは。…それは考えるに堪えないことだと言えた。

そして、この地域の住民たちに感じる憎しみは、大きな放物線を描いて敵軍に包囲された地面を飛び越え、他に向かっていくのだが、いかにしてそうなるかを考えることは興味深いことだ。兵が本当の憎しみを覚えるのは、市民に対してであり、その統治者たちに対してだった。今、この豚どもは塹壕のなかの哀れな連中を飢えさせていた。

奴らは忌々しい連中だった。ドイツ軍の戦士たちや彼らの諜報部や参謀たちは、人をうんざりさせるグロテスクな連中だ。果てしなく不愉快な奴らだった。というのも、ティージェンスは、彼らが彼の整えた素晴らしく清潔な塹壕を目茶目茶にすることを考えるとひどく苛立ってくるのだった。飼い犬を応接間に置いて一時間外出するときのようだ。戻ってきて、犬がすべてのソファーのクッションをズタズタに切り裂いたのを発見する。…そんなときのように、ドイツ兵たちをぶちのめしたくなる。しかし、彼は本当に彼らに害を与えたいわけではなかった。絶えず、半ば空の、ガスが溜まった腹を抱え、それが生み出す悪夢を見ながら地獄に生きなければならない連中に、そんなことは何もしたくもなかった！　もはや自然の力によって、インフルエンザが彼らを十人に一人の割合で殺しているというのに。

いずれにせよ、ドイツ人はインフルエンザに打ち倒されそうな人々だった。彼らは常に型通りの行動をすることで、うんざりさせる。彼らの忌々しいチラシを読むと、ちょっと反吐が出るが、同時にニヤッと笑わされる。奴らは奴ら自身の絶えざる戯画であり、絶え間のない病的興奮状態にある。…偽善的な…将校団…誇り高きドイツ軍…ドイツ皇帝陛下…壮大な行動…寄せ集めの我が軍のようなところはあまりなく、絶えず湧き出しているのは…憂鬱症なのだ！

寄せ集めの我が軍はそんなにひどくインフルエンザにかかりそうになかった。当軍は精神的な動揺も肉体的な動揺も感じなかった。…それでも〝B〟中隊にはインフルエンザ患者が出ていた。彼らは一昨夜にドイツ軍からインフルエンザを移されたに違いなかった。〝B〟中隊はドイツ軍に彼らの上を飛び越させてしまっていた。そのとき、そこでは、至近距離での闘いがあった。それは厄介なことだった。〝B〟中隊は厄介物だった。もちろんのこと、この中隊は自分たちの戦線のもっとも湿った低い部分に置かれていた。この中隊の待避壕は天井から雫が滴る井戸のようだと報告されていた。こうした陣取りで悩まされることが〝B〟中隊の宿命だった。…何をすべきかを知るのは難しかった。――この陣地は排水ではなく、厄払いがされるべきなのではないか。それでも、排水はなされなければならなかった。ティージェンスは大叱責をするために彼らの陣地に向かうつもりでいたが、礼儀正しく若いこの中隊の指揮官に宿営の整備の機会を与えるため、前もってアランジュエに自分が来ることを告げさせたのだった…。

忌々しいドイツ兵たちめ！　ドイツ兵たちは彼とヴァレンタイン・ワノップとの間に立ってい

た。もし二人が家に戻ったなら、自分は毎日、午後いっぱい、彼女に話しながら座っていられるだろうに。若い女はそのためにあるのだ。若い女を誘惑するのは、その女との話を終わらせることができるようにするためだ。それを成し遂げるには、必ずや女と一緒に暮らさなければならない。また、女と一緒に住めば必ずや、その女を誘惑することになる。しかし、それは副産物だ。重要な点は、そうせずには、話はできないということだ。街角で話を最後まで終わらせることはできない。博物館のなかであれ、応接間のなかでさえも。女がそうした気分でないときに、男がそんな気分になれるはずがない――魂と魂の最終的な交流を意味する親密な会話を交わす気分には。男と女は一緒に待たなければならないのだ――一週間、一年、一生涯。最終の親密な会話に至り…その会話を語り尽くせるようになるまでは。それだから…

それが実質的な愛だった。ティージェンスには驚くべきことに思えた。「愛」という言葉は、彼の語彙のなかにはほとんど存在していなかった。…愛、野心、金銭欲といった言葉は。そういったものは、自分がその存在をすら知らずにきたものだった。――そういったものが自分のなかに存在し得るとは知らなかったのと同様に。彼はぐうたらの、人を馬鹿にした、有能な、無益に思索的な生活を送る、しかしながら、死がそう事を取り決めたならば、家長の地位に就く準備をしていなければならない下の息子だった。彼は言ってみれば、永遠の副司令官だったのだ。

現状では、一体自分は何者なのだ？　塹壕のハムレットといったところか？　いや、神かけて、そうではない。…彼には完全に行為への準備ができていた。大隊を指揮する準備が。彼はおそらく情夫だった。情夫たちは大隊を指揮するようなことをした。そしてそれよりもひどいことを！

彼女に手紙を書かなくては。彼女はかつて不適切な求愛をしたこの紳士をいったいどう思っているだろう。尻込みし、「それじゃあ！」と言い、ひょっとすると「それじゃあ！」とさえ言わずに、その場を去って行った男のことを。一通の手紙さえ寄越さない、ハガキさえも！　二年もの間！　たしかに一種のハムレットだ！　あるいは下種野郎だ！

ああ、それなら、彼女に手紙を書かなければ。そして、こう言わなければならない。「この戦闘が終わったら直ちに君と一緒に暮らすことを提案するために、僕はこれを書いている。思うままの処分を僕に下すため君が身を置く猛烈な戦闘を、即座に中止する準備をして欲しい。お願いする。署名：第九グラモーガン大隊司令官代理、Xファー・ティージェンス。正式な軍隊の通信文だ。彼女は僕が大隊を指揮していることを嬉しく思うだろう。あるいはひょっとすると、そうは思わないかもしれない。彼女は親独派だ。彼女は、自分、ティージェンスのソファーのクッションをズタズタに引き裂くあのうんざりする奴らを愛している。

いや、それは公平でない。彼女は平和主義者だ。彼女はこうした手続きを有害で無意味だと思うだろう。まあ、確かに、こうした手続きが無意味と思えた時もあった。彼の綺麗な砂利道がどうなったか見てみるがいい。泥廃土に関しても。それらは彼が身を隠して座っていられるという目的には適っていたが。何羽ものヒバリとともに陽を浴びながら。誰かがかつて書いていた。

無数のヒバリが彼女の上で声を揃えて歌い、空高く舞って視界から消えていった(1)！

それは確かに馬鹿丸出しだった。ヒバリが声を揃えて歌うはずはない。ヒバリは二つのコルクをこすり合わせることで生まれるような無慈悲な騒音をあげる。…あるイメージが彼の頭に浮かんだ。何年か前、何年も何年も前に、砲手が太ったドイツ兵を、おそらくマックス要塞の下にいたためだろう、悩ましているのを自分がじっと見ていた後のことだ。…今、確かにベマートンの上に太陽は照っていた！　ああ、自分は決して田舎牧師にはなれまい。自分はヴァレンタイン・ワノップと暮らすつもりだ！…彼は爽快な気分でその区域の反対側を下っていった。おそらく、ドイツ軍の銃砲が捉えようと努めていた監視所の外に出たところだったからだ。彼はアザミの穂先に腰をつつかれながら、大股で下っていった。明らかに、アザミはハエを惹きつける物質を含んでいる。名高い勝利の後ではハエを惹きつけがちになる。それで、たくさんのツバメが彼の後を追い、彼の周りを旋回した。周囲二十ヤードの範囲内を、翼を彼やアザミの穂先に擦るようにして。それに青空がツバメの背中の青に映し出されていたので――そしてツバメの背中は彼のすぐ眼下にあったので――彼は自分が海を大股で渡るギリシャの神になったような気分だった。

ヒバリはそれほどの霊感を吹き込んではくれなかった。実際、ヒバリはドイツ軍の銃砲を悪用していた。愚かにも絶え間なく呪いや脅しを叫んでいた。ヒバリはこれまで比較的まばらな存在だった。今では砲弾が一マイルかそこら離れたところからやって来るので、空はヒバリで一杯になった。一度に莫大な数のコルク栓が抜かれる。だが、一斉にではない。彼の上空で歌い、空高く舞い上がって視界から消える！…ドイツ軍が再び砲弾を浴びせようとしているしるしだと言うこともできたかもしれない。小さな胸のなかに万能の神によって据えられたすばらしい「本能」だと！　おそらく、それは正確でもあった。明らかに、砲弾は近づくにつれて、地面を揺らし、巣のなかの小さな胸を悩ませた。それでヒバリは起き上がり、叫び声を上げるのだ。おそらくは互いに警告を発するために。おそらくは砲弾への果敢な抵抗のために。

ヴァレンタイン・ワノップに手紙を書こう。これまで彼女に手紙を書かなかったのは下手くそな下種の策略だ。彼は女を誘惑することを提案した。だが、それをすることなく、一言も発することなく立ち去った。…自分を偉いとさえ考えていた！

ティージェンスは言った。

「何か食べるものを手に入れたか、兵長！」

兵長はティージェンスの手前の土塁の斜面でバランスをとった。彼は赤面し、右足の裏で左足の甲をこすった。右手には小さなブリキ缶とカップを、左手には小さな立方体を包んだ清潔なタオルを握っていた。

ティージェンスは最初に軍用のラム酒が入ったコーヒーを飲んでサンドイッチへの食欲を増すべきか、最初にサンドイッチを食べてコーヒーへの喉《のど》の渇きを増すべきか熟慮した。…ヴァレンタイン・ワノップに手紙を書くことは叱責に価しよう。冷血な誘惑者の行為だ。叱責に価する！…サンドイッチに何が入っているかによる。胸骨の下と内側の空隙を埋めるのは快い。だが、個体と暖かい湿気のどちらで最初にそれをすべきだろうか。

兵長は手際よかった。彼は、コーヒーのブリキ缶とカップとタオルを、その塊より幅広の平らな石の上に置いた。タオルが広げられるとテーブルクロスの役目を果たした。優美なサンドイッチの山が三つあるようだった。兵長はサンドイッチを切りながら、自分は缶に入った温かい羊肉とインゲンマメの半分を食べてきたと言った。サンドイッチのなかの肉はフォアグラだった。最初のサンドイッチの山は。次のサンドイッチには、実際はマーガリンであるバターでペースト状にされた塩漬け牛肉とブリキ缶のなかのアンチョビーの練り物とみじん切りされたタマネギの漬物が入っていた。三番目のサンドイッチにはウスターソースで自然に味付けされた牛肉が入っていた。…どの食材も彼は好き嫌いなく味わえた！

　ティージェンスは給仕中の若者に微笑んだ。本職のシェフのようだと言った。若者が言った。

「まだシェフではありません、少佐殿！」彼は腰の後ろの溝掘り用具の上にキャンプ用の床几を吊るしていた。彼はサヴォイホテルで料理長の第一助手をしていたのだ。パリへ修業に行くつもりでいた。「シェフ見習いと言われている者として、です、少佐殿！」と彼は言った。そして溝掘り用具で平たい岩の前の土をならした。そして平らになった場所にキャンプ用の床几を置いた。

　ティージェンスが言った。

「以前は白いキャップと白い仕事着を身につけていたんだろうね」

　彼はこの若者が、細身の白服に身を包んだヴァレンタイン・ワノップに似ていると考え嬉しくなった。兵長が言った。

「今では大違いです、少佐殿！」彼はティージェンスの脇に立ち、ずっと足の甲をこすっていた。彼は料理を芸術と見なしていた。どちらかというと、画家になりたかったのですが、母に十分な金がなかったのです。戦争の間に資金が枯渇してしまいました。…たとえ司令官殿が戦後、口利きしてくれたとしても…戦後、職を得るのは難しいと理解しています。兵役を解かれた哀れな者たち、英国陸軍輜重隊の者たち、通信兵たちが優先されることになるでしょう。諺に言うように、前線から離れていればいるほど、身入りがいいってわけです。それにチャンスもある！

　ティージェンスが言った。

「きっと君を推薦しよう。必ず職に就けるだろう。君が出してくれたサンドイッチのことは決して忘れない」自分はあのサンドイッチの強烈で新鮮な風味やラム酒が入った甘いコーヒーのたっぷりした温かみを決して忘れないだろう！　四月の青空の下の丘の斜面でのことを！　白いタオルの上のすべての物にはっきりした輪郭があり、虹色のヘリが付いていた。若者の顔も同様だった！　たぶん物理的に虹色だったわけではない。自分の呼吸もとても快適だった。澄んだ空気！ヴァレンタイン・ワノップに手紙を書こう。「どうか僕に身を委ねてくれ給え。お願いだ。署名…。」叱責に価する！　叱責に価するというよりもひどい！　人は父親のもっとも古くからの友人の子供を誘惑するものでない。彼は言った。

「わたしも戦後、仕事を得るのはきっと難しいだろう！」

若い女を誘惑するるばかりか、自分と一緒になってかなり不安定な生活を送るように求めることは――すべきではない！

「いいえ、そんなことはありません、少佐殿。そんなことは！…グロービー邸のティージェンス氏なのですから」

日曜日の午後にはよくグロービーに行ったものです。母がミドルバラ出身だったので。もっと正確に言えば、サウスバンクですが。自分はグラマースクールに通い、ダラム大学に入る予定でした。ところが…支給が止まってしまったのです。十四年の九月八日のことでした…。

ウェールズの伝統的な部隊に、ヨークシャー、ウエスト・ライディングの若者たちを入れるべきではない。それは間違っている。だが、それがなければ、いやな思い出を語るこの若者に、自分が出会うこともなかっただろう。

「皆、言っています」と若者は言った。「グロービー邸の井戸は三二〇フィート（九七・五三六メートル）の深さがあり、屋敷の隅の杉の木は百六十フィート（四八・七六八メートル）の高さがあると。井戸の深さは木の高さの二倍だと！　自分はよく井戸に石を落として聞き耳を立てました。石は驚くほど大きな音を立てました。狂った谺のように長い間！　母がグロービー邸の料理人と知り合いだったもので。ハームズワース夫人です。よくお見かけしたものです…」彼は発作を起こしたように、さらに激しく靴底で足音をこすった。「…お父様のティージェンス様やあなた様やマーク様やジョン様やエレナお嬢様を。一度、エレナお嬢様が乗馬鞭を落とされたとき、それをお渡ししたこともありました…。」

自分はグロービーには住まないだろうとティージェンスは思った。もう封建的な雰囲気はいらない！　法曹院の一つの最上階にある四部屋の屋根裏アパートに住むことを心に思い描いた。ヴァレンタイン・ワノップと一緒に。ヴァレンタイン・ワノップのために！

彼は若者に言った。

「ドイツ軍の砲弾発射が再び始まるように思える。ギブズ大尉のところに行って、飛んで来たらすぐに、過ぎ去るまで雑役を控えるように求めなさい」

彼は一人きりになりたかった。…ラム酒を混ぜて甘くした温かいコーヒーを飲み干し…深呼吸した。コンデンスミルクで甘くしラム酒を混ぜたコーヒーを一口たっぷり飲み込んだ後で、満足の深呼吸をするところを想像して見給え！…それは叱責に価する！　美食法の観点からすれば、叱責に価する！…社交クラブでどう言われることか。…ああ、自分はもうクラブに行くことはないだろう。クラブのクラレットを飲めないのは残念だが！　あの赤ブドウ酒は賞賛に価する。冷却用のサイドボードも。

だが、そのことについては、頭上で騒音をあげる二万個ものコルクをゆっくりと近づけるドイツ軍の銃が、その放物線を管理するなか――大隊を指揮しつつも――澄んだ空気に包まれて斜面に横たわっているという単なる事実に深い満足の息をつくことを想像してみるがいい！　想像してみたら！

奴らはおそらく新しいオーストリア砲を試していたのだ。念入りに、この上ない完璧さで。まあ、本当にオーストリア砲があったとしたらの話だが。たぶん、なかったのかもしれない。師団はこうした武器に関して興奮状態にあった。皆がそれについて何であれ情報を得るようにとの命令が出された。それは、注目すべきもので、高性能爆弾の威力をもった発射体を打てるものだと言われた。そこでギブズは、彼が企画した機関銃の砲座はそれによってこなごなに壊されたのだという結論に飛びついた。それが本当なら、奴らはかなり徹底的にこの武器を試していたということになろう。

この砲やさまざまな砲についての実際の報告は――それらは三分に一発の割合で発射されたので、一台しかなく、再装塡するのに三分くらいかかるのかもしれなかった――とてもけたたましく、かなり高く鋭い音を発するというものだった。彼はこの発射体が出す音を実際に聞いたことはなかったが、遠くからの報告は妙につまらないものとなっていた。おそらくこの発射体は着弾するとき、地面に穴を開け、時限信管で爆発するのだ。おそらく命の危険はあまりないだろうが、もし奴らが前線全体に沿って置かれたものに損害を与えるに足る十分な数の銃砲と高性能爆薬を持ち、その発射体が哀れなギブズの塹壕に対して行ったような効果的な働きをすることができるとするならば、連合国側の塹壕戦は、もはやこれまで、ということになるだろう。だが、もちろん、奴らにはおそらく十分な砲も十分な高性能爆薬もなく、この発射体は他の種類の土壌ではそれほど効果的に作用しない可能性が高いだろう。奴らはそれを試している可能性が高い。あるいは、もし奴らが一つの砲で発砲しているのだとすれば、砲が効かなくなるまでに何回発砲できるかを試しているのかもしれなかった。あるいは、消耗戦を試しているだけなのかもしれなかった。すなわち、常に役立つ塹壕を破壊して、それを修復しようとする兵たちを狙撃するということを。そんなふうにして、時には数人を仕留められる。あるいは、もちろんのこと、飛行機を使って。…こうしたうんざりするような代替手段には際限がない！　あるいは逆に、我々の飛行機がその砲や砲列を見つけることも大いにあり得よう。そうすれば、砲撃は止むだろう。

叱責に価する！…こんなふうに鼻を鳴らすとは！　所属するクラブの規則に従わないなら、そこから蹴り出され、それでおしまい！　もしグロービーの副司令官の地位から身を引けば、必要もなくなる…そう、大隊の演習に参加する必要も！　彼は架空の喧嘩を理由に兄のマークから金を受け取ることを拒否した。だが、実際は兄のマークと喧嘩をしていたわけではなかった。冷笑的な兄弟二人は、揃いの頑固者だった。一方で、貞節や節酒や廉潔の手本とならないでおいて、小作人からうわまえを撥ねるわけにはいかなかった。小作人たちには最良のカナダ産種トウモロコシを与えた。農業実験を彼らの土壌に施した。代理人たちの上座に座った。彼らの建物を整備した。彼らの息子たちを見習いに出した。娘たちが困難に巻き込まれたときにはその世話をし、その私生児を自分の子として、あるいは他人の子として養育した。だが、地所には住まなければならない。地所に住まないわけにはいかないのだ。この哀れな連中のポケットから出てきた金は、土地に戻り、地所と、そして営業許可を得た乞食に至るまでそこに住むすべての者を、ますます豊かにしていかなければならないのだ。そこで、彼はマーク兄さんとの途方もない喧嘩をでっち上げた。というのも、彼は、ヴァレンタインと一緒に住むつもりだったからだ。ヴァレンタインのような娘は、グロービーのような屋敷に置いて、無限の必要な交わりを持てるものではない。己の仕事を欲しがる他の女たちと喧嘩して四マイル四方の牧師館の牧師たちを呆れさせる化粧を塗りたくった売春婦を、使用人部屋から連れてくることはできるかもしれない。小作人たちは彼らなりの嘲笑的な態度でそれを理解するだろう。それは、伝統であり、ヨークシャー州ライディング全域で皆がやっていることだからだ。だが、レディーはいけない。父親の一番の親友の娘はいけないのだ！　小作人たちは、上流階級の女性が高貴であることを求め、主人《あるじ》が無限の会話に勤しむよりは、没落し、肥やしと種の金を娼婦に使い、屋敷の財政を傾けるほうがましだと思うだろう。そこでクリストファーは兄から小作人たちの金を一ペニーたりとも受け取らなかったし、兄に代わってクロービー邸の主になっても一ペニーたりとも受け取ろうとは思わなかった。…それ以外にあの娘と去っていく方法はなかった。

二つの疼きが彼の体に走った。息子が手紙をよこさないこと、そして、あの娘が陸軍省の事務官と結婚したかもしれないこと！　失恋の反動からか！　あり得ることだ。陸軍省の文民の事務官は自分とは正反対の存在だろうから！…だが、息子の手紙はその母親によって止められているのかもしれなかった。自分の立場にある人間に対して奴らのやりそうなことだ。司令官が言っていたように！　それに自分の会話を聞いたことがあるヴァレンタイン・ワノップが他の男の会話に親しく付き合いたいと思うことなど決してありえない。自分たちの交際は不変で、揺るぎないものだ。

それで彼はヴァレンタインに手紙を出すつもりだった。そばかすのある、率直な、両足をかなり広く開いてしっかりと立ち、「黙りなさい、イーティス・エセル」と言わんとしているヴァレンタインに。…彼女は太陽の光になった！

いや、ダメだ、神にかけて、彼女に手紙を書くことはできない。もし自分が弾を受けたり、気が触れたりしたら、自分の彼女への愛がどんなにか深く不変であるかを彼女に知らせるのは、事態をこの上なく悪くするだろう。おそらくさらに悪くするだろう。というのも、これまでに情熱の刃はおそらくそれほどに磨り減り、それほど痛ましいものではなくなっているだろうから。あるいは、そうなる可能性があった。…だが、自分は強情にも、彼女が自分の意志に屈することを望み続けた。オーストリアの発射体によって作られた、たくさんの小山や海を越えて、二人が望むことを行い、それによって得たものを受け取ることを！

彼は右に体を倒し、自分が何か巨大な愚かしい銅像になってしまったように感じた。泥のなかに捨てられた小麦粉の袋の集積のように。グロテスクな半ズボンが泥だらけの膝を顕わにしていた。…ミケランジェロ作のメディチ家の墓の一つに描かれた人物、あるいはミケランジェロ作のアダムのように[2]。…彼は下の地面が少し揺れるのを感じた。直近の発射体はかなり近くに落ちたに違いなかった。音には気づかなかった。音はそれほどに規則的な連続になっていた。だが、彼は地面の震えに気づいたのだった。

叱責に価する！　彼は言った。「お願いだ、我々を叱責してくれ！　それで片をつけてくれ！我々は常に好戦的倫理の賛否を検討するドイツ軍の戦略家ではない！」

彼は左手で岩からコップをとった。小柄なアランジュエが土塁を回ってやって来た。ティージエンスはコップを斜面の下の大きな岩のかけらに向けて投げつけた。アランジュエのもの言いたげな興味津々な目に向けて言った。

「あのコップでこれ以上下劣な祝杯があげられないようにするためだ」

青年は喘ぎ声をあげ赤面した。

「それでは、少佐殿には誰か愛する人がいるのですね！」彼は英雄崇拝の口調で言った。

「バイユールのナンシーのような女ですか」

ティージェンスが言った。

「いや、ナンシーのようじゃない。……いや、たぶん、少しはナンシーに似ているか！」彼はナンシーのようでない女でも愛せると仄めかすことで、青年の感情を傷つけたくなかった。彼は若者が傷つくだろうと予感していた。あるいは、おそらく、自分がそれほどに苦しんでいただけかもしれなかった。

青年は言った。

「それなら少佐殿はその女《ひと》を手に入れるでしょう。必ずやその女を手に入れるでしょう」

「ああ、おそらくは手に入れるだろう」とティージェンスは言った。

兵長も土塁を回ってやって来た。兵長は言った。「〝A〟中隊にはすっかり覆いが掛けられています。彼らは皆一緒に集積物をよけて、〝B〟中隊の塹壕の方向に滑り降りて行きました」そこは急な下り斜面になっていた。確かにとても湿っていた。そこは実際、最後には湿地になっていた。その次の大隊は、そこの塹壕の斜面に再び入る手前に、何ヤードかに渡って土嚢の胸墻を築いていた。ここはフランドル地方。アヒルの国だ。このわずかな沼沢地があることで、直の通信を続けるのが困難になる。ティージェンスが水揚げ機を設置したところでは、大量の水が染み出ていた。「沼地に下る小さな排水溝ができるまでは、塹壕の水を汲み出さなければなりませんでした」と若い中隊の指揮官が言った。「皆、シャベルで水を汲み出しました。二本のシャベルが、まだ、胸墻の小枝を編んで作った防壁に立てかけてあります」

「そうだな、シャベルは使いっぱなしにすべきではない」とティージェンスが大声をあげた。彼は水揚げ機の働きにかなりの満足を感じていた。その間、我々の砲兵隊が威嚇行動を始めていた。それは圧倒的なものになっていた。数ヤードかそこらしか離れていないところにブラッディ・メアリー砲[3]が置いてあるかのようだった。爆音が響いた。多分、飛行機がオーストリア砲の位置を報告したのだ。さもなければ、我々が彼らの塹壕を機銃掃射したのかもしれなかった。彼らにあの武器を使わせないようにと。対話においては小人、戦闘にあっては——マストドン。あまりに激しい騒音で暗くなったようにみえた。心理的な暗闇だ。考えることができない。暗黒時代！地が動いた。

彼はアランジュエをかなりの高さから眺めていた。かなりの景色を楽しんでいた。アランジュエの顔は恍惚の表情を浮かべていた。——詩を作っている男の顔みたいな。液体状の泥の細長い塊が空中で彼らを包囲した。黒いパンケーキが投げつけられたかのように。彼は思った。「彼女に手紙を書かなくて良かった。我々は吹き飛ばされているぞ！」地がヘトヘトになった河馬みたいに回転した。それは脇に横たわるダケット兵長の顔の上でゆっくりと鎮まり、一つの緩い波となって続いた。

緩く、緩く、緩く…速度を落とした映画のように。地は無限の時間、巧妙に動いた。彼は空中に宙吊りにされた状態のままでいた。白漆喰の雄鶏のトサカの前に行きたいと思っていたがために、吊るされたかのようだった。偶然の一致だ!

地がゆっくりと冷静に彼の脚を吸い込んだ。

地は彼のふくらはぎ、彼の大腿を吸収した。地は腰の上まで彼を拘束した。両腕は自由で、彼は、救命浮き輪を身に着けた男のようだった。地はゆっくりと彼を動かした。地はいくぶん固かった。

彼の下の、土塁を下ったあたりで、青っぽい白目のなかに大きな黒目がある、褐色の、小柄なアランジュエの顔が、彼のことを見ていた。邪な泥のなかから。軍馬に跨った頭が! 哀願するような唇が「助けてください、少佐殿」という言葉を形成するのが見えた。彼は「まず自分を救わなければならない」と言った。彼には自分の言葉が聞こえなかった。騒音は信じがたいほどの大きさだった。

一人の男がティージェンスの前に立ちはだかった。男は、すごく背が高いように見えた。というのも、ティージェンスの顔が男のベルトの高さにあったからだ。しかし、男は、実際は、小柄なロンドン子の英兵だった。コックショットという名の。彼はティージェンスの両腕を引っ張った。ティージェンスは足で蹴ろうとした。それから、足で蹴らないほうがよいことに気づいた。彼は引き摺り出された。何事もなく。二人がかりで。二人目の伍長が来ていた。三人で共にニヤッと笑った。ティージェンスは、滑る土砂を利用して、アランジュエのほうに滑り降りた。青白い顔に向かって微笑んだ。彼はたくさん滑って転んだ。焼けるような痛みを首に、耳の下と後ろに感じた。片手でそこに触れてからその手を下に降ろした。指先には際限のない泥とピンク色っぽい色がついていた。吹き出物が一つ、おそらくは裂けていた。少なくとも二人の男を死なせずに済んだ。彼は英兵たちに興奮して合図した。土を掘る身振りをした。シャベルを持ってくるようにと。

　ティージェンスは液体っぽい土の端で、アランジュエの前に立って見下ろした。なかに沈み込みそうになった。だが、実際に沈みはしなかった。長靴の上までしか。自分の足が非常に大きくて身を支えてくれているのを感じた。彼は何が起きたのかを知った。アランジュエは、この沼沢地を作った泉の噴水孔のなかに沈んでしまったのだ。それはまるでエクスムア[4]のようだった。彼はえも言われぬ、小さな顔の上に身を屈めた。さらに身を屈め、両手をネバ土のなかに入れた。彼は片手をつき、両膝をつけなければならなかった。

　激怒が彼の心を捉えた。狙撃されたのだ。痛みを覚える前に、地獄のような喧騒の下で、聞き覚えのあるビューンという音を聞いたような気がした。大いに慌てる必要があった。いや、それはなさそうだった。…身は伏せている。広い穴のなかで。大慌てをする必要はなかった。特に、四つん這いになっているのだから。

　両手はネバ土で覆われ、左右の前腕も同じだった。彼は油で汚れた布地の下の両手と格闘した。油で汚れた布地を通して。いや、油に汚れたのではなく、泥でヌルヌルした両手と！　外側に押し開けてみた。すると青年の両手と両腕が現われた。作業は容易になりそうだった。今や、彼の顔は青年の顔の極めて近くにあったが、青年の言っていることを聞き取ることはできなかった。ひょっとすると、青年は意識を失っているのかもしれなかった。ティージェンスは言った。「ありがたいことに、わたしには、途方もない体力がある！」彼は自分に途方もなく強い肉体があることに初めて感謝した。彼は青年の両腕を自分の両肩に掛け、青年の両手が自分の首の後ろでしっかりと握り合わさるようにした。青年の腕はヌルヌルして不快だった。彼は息を切らしていた。彼は身を引いた。青年が少し意識を回復した。青年は確かに気絶していた。何の助力も与えなかった。ぬめりはひどかった。強い体のティージェンスが以前それを使う必要がなかったのは、文明の責任だった。彼は小麦粉の袋の寄せ集めのように見えた。しかし、少なくとも、トランプのカードの山を半分に引き裂く力はあった。肺の調子さえ整っていたならば……

英兵のコックショットと伍長が彼の傍らにいた。ニヤリと笑っていた。彼らは塹壕の胸墻に立てかけておくべきでなかった二本のシャベルを持っていた。ティージェンスはひどく苛立った。掘り出さなければならないのは兵長のダケットであることを身振りで示さなければならなかったからだ。おそらく、もはやダケット兵長ではない。今ではもはや「それ」でしかない。死体でしか！　結局、自分はおそらく、部下を一人失ったのだ！

コックショットと伍長がネバ土のなかからアランジュエを引き上げた。彼は砂のなかのタマシキゴカイのように、いやいやながら出てきた。立つことはできなかった。両脚がへなへなとなった。ぬめりのなかで枯れた花のようにうなだれていた。唇が動いたが、声は聞こえなかった。両脇で支えていた二人の男からティージェンスはアランジュエの体を受け取り、土塁を少し上ったところに横たえた。彼は伍長の耳に叫んだ。「ダケットだ！　行ってダケットを掘り出すんだ！　大急ぎで！」

ティージェンスは跪き、青年の背中を撫でた。背中に損傷を負ったのかもしれなかった。青年はたじろがなかった。それでも、彼は背中に損傷を負ったのかもしれなかった。ここに置いて行くわけにはいかなかった。担ぎ手が見つかるなら、担架に乗せて送ってもらわなければ。だが、来る途中で狙撃されるかもしれない。おそらく自分、ティージェンスが担いでいくこともできるだろう。肺が持ちこたえられれば。無理ならば、ひきずって行くこともできる。彼はやさしい気持ちになった。母親のように。そして非情に。青年はここに置いて行くほうがよいかもしれない。分からない。彼は言った。「君は怪我をしているのか」銃声はほとんど止んでいた。ティージェンスは血が流れるのは見なかった。青年が囁いた。「いいえ、少佐殿！」ならば、おそらく、単に気絶していただけだ。きっと砲弾ショックだ。砲弾ショックとは何か、人にどんな影響があるのか、知る術もない。発射体の単なる煙霧についてもだ。

ここに留まっているわけにはいかなかった。

ティージェンスは巻き毛布を掻い込むかのように青年を脇の下に抱えた。肩の上に担ったならば、高くなって狙撃されるかもしれなかった。彼はあまり速くは進めなかった。両脚とも、とても重かった。彼は青年がいた泉のほうに数歩下った。水かさが増していた。泉がその窪みを満たしているところだった。青年をそこに置いて行くわけにはいかなかった。それまでは青年の体が泉の穴に栓をしていたと想像するしかなかった。こんなふうな泉がある故郷にいるような感じだった。湿原でのアナグマ狩り。むしろ、下水溝の掘削だ。アナグマは乾燥した巣を持つ。グロービーの上方の湿原で。四月の陽光。たくさんの日光があり、たくさんのヒバリがいた。

ティージェンスは土塁の上に登っていた。数フィートの間は、そうするしかなかった。彼らはあの発射体によって開けられた縦穴のなかにいた。彼は左側に向かった。右側を行ったほうが塹壕には近かったが、彼は自分たちと狙撃兵の間に土塁を挟みたかった。彼の呼吸はものすごい激しさだった。より多くの光が彼に当たった。まさしくも！……パチン、パチン、パチン……四分の一マイル先から、はっきりした音がし…銃弾が高い音をあげた。頭上で。長く引き摺る音が消えて行った。狙撃兵ではない。大隊の兵たちだ。好機だ。パチン、パチン、パチン！　銃弾が頭上ですすり泣いた。大隊の兵たちは走っている者を撃つとなると、興奮する。彼らは高く発砲する。引き金への圧力のせいだ。自分は今や太った、駆ける標的だった。彼らは嫌悪を感じながら発砲するのか、それともおもしろがってか。おそらくは嫌悪だろう。ドイツ兵に遊び心はあまりない。

ティージェンスは、息が苦しかった。両脚は粗末な長枕のように感じられた。あと二歩歩けば比較的平らな場所に出られそうだった。…そしてそうなった！……水平な場所に出た。これまでは登りだった。土塊を登っての。大きく息を吐かねばならなかった。左足の下の地面が崩れた。彼はアランジュエを右手で支え、できるだけ自分の体の前に抱くようにしていた。左足が地面に沈み込むと、青年の体がまさに自分の上に乗っかった。もちろん、途方もなく大きな塊のなかのこのどちらかと言って硬い土は、そのなかにひび割れが入っていた。裂け目が。それは普通の発掘物ではなかった。

青年は足で蹴り、大声をあげ、体をもぎ離そうとした。ああ、もし行きたいのであれば！　大声は火事になった厩の馬のようだった。弾丸が何発も頭上を飛んで行った。青年は顔に両手を当てて、慌てて離れて行った。土塁を回って消えて行った。それは円錐形の土塁だった。彼、ティージェンスは、今では、腹這っていくことができた。それは満足の行くことだった。

ティージェンスは、這って行った。尻と肘を使って匍匐した。教本には、恐らく、匍匐方法が書かれていた。だが、彼はそれを知らなかった。土の塊は皆、友好的に見えた。というのも一番上に投げ上げられた底部の土は、それほど不快に感じられることもなければ、すえた臭いがするわけでもなかったからだった。それでも、それが耕され、草に覆われるようになるには、長い時間がかかるだろう。農業的な観点から言えば、この土地はおそらく長い間、かなり痩せた状態に置かれるだろう…。

ティージェンスは、自分の肉体に満足した。彼は、この二カ月間——副司令官であった間——これといった運動をしていなかった。こんなことになるとは思ってもいなかった。だが、頭は大いにこれに関わった！　明らかに、彼は、ひどく気分が落ち込んでいた。それももっともだった。あのドイツ軍の奴らが不運な者たちを追跡して捕らえると考えると不快だった。不快な仕事だ。だが、我々も同じことをやっている。…あの青年もひどく気分が落ち込んでいたに違いなかった。突然のことだった。ティージェンスは顔の前に両手を掲げた。見るのが恐かった。ああ、青年を責めることはできない。女学生を使いに出すべきではないのだ。青年は少女のようだった。それでも、青年は、自分、ティージェンスが、怒っていないのを見るために留まるべきだった。青年は、自分、ティージェンスの左足が地面に沈み込んだときに撃たれたと思ったのかもしれなかった。自分のせいだ、と。穏やかに。

コックショットと伍長が四つん這いになって、塹壕掘りの道具と言われる取っ手の短いシャベルを使い、地面を掘っていた。彼らは土塁の後ろ側にいた。

「見つかりましたよ、少佐殿」と伍長が言った。「普通の埋まり方です。足だけ見えています。シャベルは使わないほうがいいでしょう。半分にちょん切っちまうといけませんからね」

ティージェンスが言った。

「おそらく君の言うとおりだろう。シャベルはわたしに貸しなさい！」

コックショットは服地屋の店員で、伍長は牛乳配達人だった。シャベルを使うのは得手でない可能性が大いにあった。

ティージェンスには、あらゆるものを掘り返すことで夢中だった少年時代を過ごした利点があった。ダケットは、円錐形の土塁の斜面にぶつかって、水平に埋まっていた。両足はそのようにして突き出ていたが、胴体はどんな配置になっているか分からなかった。左右どちら側かに曲がっているかもしれなければ、上向きに曲がっているかもしれなかった。ティージェンスは言った。

「上のほうは道具で掘り続けなさい！　だが、わたしが入る余地をつくるんだ」

足の先が空に向いていることからすると、胴体がうつ伏せである可能性はほとんどなかった。ティージェンスは死体の足元に立ち、シャベルで十八インチ下に激しい打撃を加えた。彼は掘るのが好きだった。ここの土は幸いなことに比較的乾燥していた。土は都合よく坂を下に流れ落ちた。この男はおそらく十分間埋まっていた。もっと長く思えたが、それより短かったかもしれない。生存の可能性もあるはずだ。おそらく、土は水ほど息を詰まらせないだろう。彼は伍長に言った。

「君は人工呼吸の仕方を知っているか。溺れた者に対しての！」

コックショットが言った。

「はい、少佐殿。イズリントン浴場の水泳のチャンピオンでした！」結構注目すべき男だったのだ、コックショットは。彼の父親は一八六六年かそこらにグラッドストーン氏を射殺しようとした男の腕を叩《はた》いて手元を狂わせた人物だった。

シャベルが引き抜かれると、たくさんの土が思いやり深く崩れ落ち、ダケット兵長の細い脚がまたぐわのところに現れた。膝からは力が抜けていた。

　コックショットが言った。

「今回は足首をこすることもできないな」

　伍長が言った。

「中隊の指揮官が殺されました、少佐殿。弾丸がきれいに頭を貫いています」

　また頭部の負傷があったことにティージェンスは苛立った。どうも彼は頭部の負傷から逃れられないようだった。困惑するのは愚かなことだった。なぜならば、塹壕では大多数の怪我が頭の負傷だからだ。天はもう少し想像力があってもよさそうなものなのに。人を喜ばすために。殺される直前に青年を激しく咎めたことを考えると、彼はまた苛立たしい気分になった。シャベルを置きっぱなしにしたことに対して。叱責は半時間あまりの間、若者たちに不快感を残す。それがおそらく青年の生涯で最後の出来事だったのだ。だから、憂鬱な気分で死んだのだ…神様が彼にその埋め合わせをしてくれますように！

　ティージェンスは伍長に言った。

「わたしにやらせてくれ」ダケットの左手と手首が現れた。その手は垂れ下がり、あり得ないほどに綺麗で、大腿と同じ高さにあった。それによって体に輪郭が与えられた。並んで立ち去ることもできそうだった。

「あいつは二十二にもなっていなかった」と伍長が言った。

　コックショットが言った。「わたしと同じ年です。少佐殿の銃の手入れ用具[5]に細心の注意を払っておりました」

一分後、彼らは両脚を引っ張って、ダケットを引き摺り出した。顔の上に石が載っている可能性もあった。その場合、彼の顔は損傷を受けているだろう。運を天に任せるしかなかったが、損傷は受けていなかった。それは黒かったが眠っていた。…ヴァレンタイン・ワノップがごみ箱のなかで憩っているかのようだった。ティージェンスはコックショットがその横たわった体に整然と効果的に人工呼吸をしているのをそのままにさせておいた。

この取るに足らぬ出来事で、一人の士官を除いて一人の兵も失わなかったということは、とにかく、彼に一種の満足を与えた。満足として、それは軍事的に正しいものとは言えなかったが、誰にも害を与えないならば、害はないということになるだろう。しかし、兵たちに対しては、彼は常により大きな責任を感じていた。兵たちが自分の意思でここにいるという可能性は無限に小さいように彼には思えた。この感情は、動物に対する残虐は子供を除く人間に対する残虐よりも忌まわしいと彼に思わせる感情に似ていた。それは明らかに不合理だったけれども。

連絡塹壕のなかで、半ブッシェルもの階級章——剃毛糸で織られた王冠や何やら——を付け、とても清潔なバーバリーのコートを着て、とてもエレガントな小さなヘルメットをかぶり、白漆喰で描かれた大きな〝A〟の字を誇る波型鉄板に寄りかかっていたのは、とても華奢な男だった。いったいどうやったらヘルメットを優雅に見せられようか！　乗馬鞭を持ち、拍車を着けていた。監察官として派遣された将軍だった。将軍は情け深く言った。

「おまえは何者だ」それから苛立たしげに「この大隊を指揮している司令官はいったいどこにいる？　どうして見つからないのだ？」と訊ねた。それから付け加えた。「貴様はむかつくほどに汚い。黒ん坊みたいだ。どう弁明するつもりだ」

ティージェンスはキャンピオン将軍に話しかけられたのだった。ひどく激高した将軍に。彼は案山子のように直立不動の姿勢をとった。

ティージェンスが言った。

「わたしがこの大隊の指揮をとっております、将軍殿。副司令官のティージェンスであります。今は臨時に指揮を執っています。埋もれていたために見つからなかったのであります。一時的に」

将軍が言った。

「貴様が、か…何たることだ！」と言うと、一歩下がり、口をあんぐりと開けた。将軍は言った。「わたしはロンドンから来たばかりだ！」それから「いいか、わたしが引き継ぐといっても、おまえはすぐにわたしの大隊の指揮を止めるわけにはいかんぞ！」そして「これはわたしの部隊のなかでももっとも優秀な大隊だと言われてきた！」と言い、感極まって鼻を鳴らした。さらに付け加えて「わたしの馬を全速で走らせる男もレヴィンも、貴様を見つけられもしなければ、見つけさせることもできなかった。そこにポケットに手を突っ込んだ貴様の登場という次第だ！」

銃声が止んで完全な静寂が訪れるなか、ヒバリもまた一息入れて鳴くのを止め、ティージェンスは自分の心臓の鼓動と、肺から出る小さな、軋んだ、こすれるような音を聞くことができた。激しい心臓の鼓動はとても速くなっていた。それが彼を怯えさせた。彼は独り言を言った。

「将軍がロンドンにいたこととこれとは一体どんな関係があるんだ？」それから「将軍はシルヴィアと結婚したいんだ！　きっとシルヴィアと結婚したいんだ！」と。それこそ将軍がロンドンに行っていたこととこれとの関係だった。それはティージェンスの強迫観念だった。驚き激したときに彼が言う最初の言葉だった。

監察官たる将軍の訪問に際しては、いつもこうした沈黙の期間が用意される。多分、どちらの陣営の名参謀たちも互いのためにそれを用意するのだろう。もっとありそうなことは、ドイツ軍に攻撃を中止して欲しいと我々が望んでいることを分からせるために我々の砲を分割する。ローマカトリック教徒たちが特別な意図と呼ぶような意図をもって我々は発砲しているのだと分からせるために。それは電話での伝言のように効果的となるだろう。ドイツ軍は何かが起こっていることを察知するだろう。避けられるなら、そこで、相手を怒らせるようなことはするな、ということになる。

ティージェンスは言った。

「わたしは少し負傷しています、将軍殿。応急手当用の包帯を探してポケットを探っておりました」

将軍が言った。

「貴様のような奴には、負傷するような場所にいる権利はない。おまえの部署は兵站線だ。おまえをここに送ったとき、わたしは正気ではなかった。わたしはおまえを送り返す」

さらに将軍は付け加えた。

「下がってよし。わたしにはおまえの補助も情報も要らない。ここには立派な司令官がいると聞いてきた。そいつに会いたい。…名前は…名前は…そんなことはどうでもいい。下がってよし…。」

ティージェンスは、ドシンドシンと塹壕を通っていった。ひとりごとを言おうという考えが頭に浮かんだ。

「これは希望と栄光の国だ」それから彼は大声で言った。「くそっ、この件は最高司令官のもとへ持って行くぞ。必要ならば、枢密院における王のもとに。そうせずには置くものか！　老人が自分にあんなふうに話しかけてくる筋合いはない。私憤を軍務に持ち込むようなものだ。旅団への書簡のことを思って彼はじっと立っていた。副官のノッティングが塹壕を通ってやって来た。

ノッティングが言った。

「キャンピオン将軍がお会いしたいそうです、少佐殿。将軍は月曜日にこの軍を引き継ぐそうです」さらに付け足して「ひどく不快な場所におられましたな、少佐殿。怪我をなさっていないと良いですが！」ノッティングにしては極めて珍しく饒舌だった。

ティージェンスはひとり言を言った。

「それでは、この部隊の指揮をとる時間が五日間ある。将軍も指揮権を握るまでは俺を追い出せまい」その前にドイツ軍が突入して来るだろう。五日間の戦闘だ！　ありがたや！

ティージェンスが言った。

「ありがたい。わたしは神を見た。だが、無事でいる。ひどく汚れたが！」

ノッティングのビーズのような目には苦悶の色が現れていた。彼が言った。

「少佐殿が弾を受けたと噂されたとき、自分は気が狂うのではないかと思いました。我々は仕事を終えることができないと思って」

ティージェンスは老人が引き継ぎをする前に旅団への書簡を書くべきか、引き継ぎの後にすべきか思案していた。ノッティングが言った。

「医師はアランジュエが無事生き延びるだろうと言っています」

もし彼が個人的偏見に基づいてその訴えを行っているのだとしたら、そのほうが良かっただろう。ノッティングは言っていた。

「もちろん片目は失うでしょう。実際、それは…それはもう実質的になくなっています。それでも、彼は生き延びるでしょう」

第三部

I章

広場に入ると、突然火が消えたようだった。ついさっきまで、おびただしい群衆に押し拉《ひし》がれ、止《と》め処《ど》ない叫びで耳を聾された者にとって、そこは、それほどに静かでそれほどに動きがなかった。叫びは非常に長く続き、固く不変なものの様相を帯びていた。まるで生命みたいに。従って、静寂は死のように思え、彼女は今、心に死を感じた。家具などが取り除かれた家のなかで、彼女は狂人と対峙しようとしていた。そしてその空《から》の家は、空の広場の中に建っていた。そこの家々はみな、とても十八世紀風で、銀灰色で、硬く、穏やかで、その結果、すべて空《から》で、死んだ狂人だけを入れているように見えた。これが、世界全体が喜びで浮かれている今日やらなければならない事なのかしら？　自宅の家具をすべて取り除き、ポーターのことを知らないと言う男に対して熊使いとなることが！

思っていた以上にひどい状態であることが分かった。丈の高い閑散とした部屋のドアを開けることになるとは思っていた。鎧戸で薄暗くなった空間で男に会い、男が暗がりでコソコソと活動する灰色のアナグマか熊みたいに疑わしげに振り返るものだとは。それも軍服姿で。それでも、彼女には心の準備をする時間がなかった。それでも、最後には、信じがたいほどの勇気を出すことができそうだった。砲弾ショックに対する冷静な看護師になることも。

だが、最後の瞬間などなかった。男は彼女に向かって突進してきた。開けた場所へと。ライオンのように、と言ったほうが当たっているだろう。彼は全身灰色で、灰色の髪を——灰色の髪が生えた部分といったほうが当たっているだろうが——輝かせて階段を駆け下り、玄関のドアをバタンと閉めた。体は片方に傾いていた。腕の下に小さな家具を抱えて運んでいたからだった。飾り簞笥だった！

一瞬の間だった。彼女は発作を起こしたようになった。家々がよろめいた。男は彼女をじっと見た。男はぎこちない大股で歩くのを突然止めたようだった。家々のよろめきのせいで彼女は見ていなかったが。彼の石のように青い目は、強ばった顔——ピンクと白だ——のなかに、いかがわしく納まっていた。顔は、ピンク色のところはあまりにピンク色で、白いところはあまりにも白い。健康的とは言えなかった。男はグレーの手織りの平服を着ていた。平服もグレーの服も着るべきでないのに。それを着ると体の大きさだけが際立つ。男は違う服装をすることもできただろうに——ああ、例えば、立派な体格の男であることを見せるための服装を！

何をしているのだろう。不格好なズボンのポケットを探っている。男が絶叫した——彼女は、少し耳障りな、少し喘ぐような音に身を震わせた。

「これを売ってくる。…ここで待っていてくれ」男は玄関の鍵を取り出した。男は彼女の傍で激しく喘ぎ声をあげた。傍らで。傍らで。この狂人の傍にいることは無限に悲しかった。無限に嬉しかった。それというのも、もし彼が正気だったなら、彼女が彼の傍にいることはなかっただろうから。彼の頭が狂っている限りは、長い時間、彼の傍にいられるように思えた。わたしだとは分からないだろうから！　男がわたしのことを誰だか分からないまま、わたしは長いこと、彼の傍にいることになるかもしれない。赤ちゃんを世話するみたいに！

男は鍵穴に小さな鍵を獰猛に押し込んでいた。いつもの習慣だった。それは普通のことだった。男は鍵穴に鍵を獰猛に押し込む類《たぐい》の男だった。彼女はそれを変えて欲しいとは思わなかった。だが、服装のことは注意した。彼女は言った。「あなたと長く暮らすことを考えて言っているのよ！」それを察して頂戴。女は男に言った。

「あなたがわたしを呼び出したの？」

男はドアを開けっ放しにしていた。喘ぎながら言った——哀れな肺を使って！

「いや、違う」それから「なかに入っていてくれ！」そしてまた「僕は出かけるところなんだ……。」と。

彼女は男の家のなかにいた。子供みたいに。…男が女を呼び出したわけではなかったのだ。…巨大な暗い洞窟の入り口でためらっている子供みたいに。

そこは暗黒だった。敷石が敷かれていた。ポンペイ風の赤壁は、玄関の、固定された家具が取り除かれた場所で、淡いピンク色に剝げてしまっていた。わたしはここで暮らすことになるのかしら？

男が、彼女の背後から、喘ぎながら言った。

「ここで待っていてくれ！」さらに少しだけ明かりが玄関に射し込んだ。男が戸口から出て行ったためだった。

男は、階段を駆け下りていった。彼の長靴は巨大だった。腕に抱えた家具のせいで、すっかり片方に傾きながら、彼はよたよたと歩いて行った。本当にグロテスクな姿だった。それでも、彼の傍らを歩くとき、彼の手織り生地の服からは喜びが放射状に発せられるだろう。喜びが流れ出し、傍らを歩く人を包むだろう。電気ヒーターからの暖かさのように、人を泣きたい気分に、お祈りしたい気分にさせるだろう――傲慢な無骨者に向かって。

いいや、それでも、彼は高慢ではなかった。ならば、不器用だってことかしら！　いいえ、不器用ってことでもないわ。…彼女には男の後を追うことができなかった。彼はピンク色の耳と銀色の髪を持つ眩い斑点だった。十八世紀風の家々の正面の柵に沿って意気揚々と歩いて行く今は。彼は申し分なく十八世紀風だった。…それでも十八世紀は、決して狂気の世紀にはならなかった。狂気に陥ることがなかった唯一の世紀だ。フランス革命までは。フランス革命は狂気でないか、十八世紀に属さないか、どちらかなのだ。

彼女はためらいがちに影のなかに足を踏み入れた。ためらいがちに日向《ひなた》に戻った。…長い虚ろな音がしていた。海が何マイルにも渡って、ザブーン！　ザブーン！　ザブーン！　と音を立てるような。休戦だった。今日は休戦記念日だった。彼女はそれを忘れていた。休戦記念日に世間から引きこもっているわけではなかった。　ああ、引きこもっているわけではない！　ここに引きこもっているわけではないわ。愛しい彼はわたしのもので、わたしは彼のものだ！　それでも、ドアは閉めたほうがよかった。

彼女は男の唇にキスするかのように、優しくドアを閉めた。それは一つの象徴だった。それは休戦記念日だった。彼女は立ち去るべきだった。が、代わりにドアを閉めた。…休戦記念日を締め出すためではなく！　どんなふうなものだろう…変わるということは！

いいえ！　立ち去るべきでない！　立ち去るべきではないわ！　すべきではない。男は彼女に待つように言った。彼女は世間から引きこもっているわけではなかった。ここは地上でもっとも胸躍る場所だ。尼僧のように生きることは彼女の運命ではなかった。彼女は狂人の傍らでその日を過ごすだろう。その日の夜もまた。…休戦記念日の夜を！　その夜は幾世代にも亘って記憶され続けるだろう。それを見た者が生きている限り、「休戦記念日の夜には何をしていましたか」という問いが発せられるだろう。愛する彼はわたしのもの、わたしは彼のものなのだ！

大きな石の階段に絨毯は敷かれていなかった。そこを上っていくことは行列に加わるようなものだった。玄関は正面のドアの真向かいにあった。だが、部屋の入口に着くには角を曲がらなければならなかった。奇妙な設計だ。多分、十八世紀は隙間風を恐れ、正面玄関の近くに食堂のドアを置くことを好まなかったのだろう。…わが愛する者は[1]…どうしてわたしはこうした馬鹿げた言葉を繰り返すのか。おまけに、それは「ソロモンの歌」から取ってきたものではないか？「雅歌」から。ならば、それを引用するのは冒瀆だった。…いや、祈りの本質は意志の働きなのだから、冒瀆の本質も意志の働きなのだ。彼女はそれを引用したくはなかった。それは厚顔無恥によって口から飛び出してきたものだった。彼女は恐れた。彼女は空の部屋で狂人を待っていた。騒音がひと気のない階段から囁き声となって上がって来た！

彼女はファーティマ[2]のようだった。空っぽの部屋のドアを押し開いた。男が自分を殺しに戻ってくるかもしれなかった。性的妄想によって生じた狂気は往々にして殺人を引き起こす。…あなたは休戦記念日の夜に何をしていましたか？　空っぽの家で殺されました。だが、明らかに午前零時までは、男は女を生かしておくだろう。

それでも、多分、彼に性的妄想はないのだろう。彼にそれがある証拠は露ほどもなかった。むしろまったくないように思えた！　確かに、まったくないように！　いつでも紳士だった。

電話は残されていた！　窓には然るべく鎧戸が下ろされていたが、隙間から漏れる薄明かりのなかで、鎧戸のニッケルが白い大理石の上にかすかな光を投じていた。暖炉は純粋なパリアン大理石で、棚は牡羊の頭で支えられている。並外れた上品さだ。天井と直線で囲まれたくり型は複雑な対称性を持っていた。純潔でもあった。十八世紀だ。だが、十八世紀は純潔ではなかった。…彼こそ十八世紀だった。

彼女は母に電話をかけて伝えるべきだった。黒衣をだらしなく身にまとった高僧が、墓の階段のそこここに紫の垂れ飾りを撒き散らして彼女の娘を…

彼女の娘はどうするつもりだろう。

空っぽの家から飛び出すべきだった。男がおそらく自分を殺しに家に戻ってくると考えて恐怖に震えているべきだった。だが、彼女はそうしなかった。自分な何者なのだろう。歓喜で震えているのだろうか？　おそらくは。彼がやって来ることを思って。もし彼がわたしを殺すなら。…それは防ぎようのないことだ！　彼女はこの間ずっと歓喜に震えていた。母に電話をしなければ。母はひょっとしたら、わたしがどこにいるか知りたいかもしれない。だが、これまで母はわたしの居場所を知りたがったことなど一度もなかった。自分はあまりに分別がありすぎて、迷惑をかけることもなかったから。…それを思うと！

それでも、今日のような日には、母は知りたがるかもしれない。今や弟が永遠に無事であることに喜びを交換すべきだった。そして、その他の人たちが無事であることにも。普段、電話をすると、母はイライラした。仕事中であったためだろう。母が仕事をしているのを見るのは驚くべきことだった。たぶん、もう執筆することはないと思っていたのだが。原稿用紙の散乱具合を見れば。小さな部屋のなかの。極めて小さな部屋だった。母は決して大きな部屋で執筆しようとはしなかった。大きな部屋だと歩き回りたくなり、歩き回る時間がもったいなかったからだ。

今は同時に二冊の本を書いている。一つは小説だ。…ヴァレンタインはその内容は知らなかった。母は執筆が終了するまではその小説がどんなものであるかヴァレンタインたちに教えることはなかった。もう一冊はある女性の戦史だった。一人の女性による女性たちのための歴史書だ。そして、その部屋で、まわりを移動するだけのスペースしか残さない大きなテーブルに就いて座っているだろう。白髪で、大柄で、寛大な顔つきの、疲れた様子のワノップ夫人は、テーブルの片側に積まれた用紙の山を小突いているか、緩い鼻メガネが落ちかかった状態でちょうど小説の上に被さるようにして立とうとしているだろう。テーブルの端と壁との間をまわって歩いていき、その場所全体に広げられた女性史の紙を熟視しようとしているだろう。一方を十分間か二十分間か一時間執筆した後で、一時間半か半時間か四十五分の間、他方を執筆する。母の愛しい老いた頭は何という混乱状態にあることか！

わずかな不安を抱きながら、彼女は受話器を手に取った。そうせざるを得なかった。彼女はまず母に告げることなしにクリストファー・ティージェンスと一緒に住むことはできなかった。思いとどまるよう説得する機会を母に与えざるを得なかった。恋人には永久に別れる前に最後の場面を与えるべきだと言われている。ましてや母親には。それが公平というものだ。

言葉だけの約束を裏切った、電話は[3]！　こんなときに、シェイクスピアを引用することは冒瀆だろう。…おそらく悪趣味ではある。それでも、シェイクスピアには欠点一つないというわけでもないでしょう。そう言われている。ちょっと待った！　ちょっと待った！　体重で踵を地面に突き刺しながら、人は人生のどれほど多くの時間を待つことに費やすことやら。…でも、これはもう通じていない。どんな怒号もその口から発せられることはなく、その小さな装置を上から下から小突いてみても、何の鐘の音も響かない。…おそらく線をはずされてしまったのだろう。たぶん、支払いをしなかったので、契約を解除されてしまったのだ。あるいは彼が線を切断したのだ。首を絞めて殺している間に、彼女が金切り声で警察に通報したりしないように。いずれにせよ、二人は切り離されていた。休戦記念日の夜に二人は世界から切り離されているだろう。…ああ、おそらくは彼らは永遠に切り離されているだろう。

何て馬鹿な考えだろう。彼は彼女が来ることを知らなかった。彼が彼女に来てくれと頼んだわけではなかった。

それで彼女はゆっくりとゆっくりと大きな石の階段を上って行った。すべての物音が耳元に囁きかけてくるなか。…「そんなふうにゆっくりと彼女は上がって行き、ゆっくりとあたりを見回した。…今後は過ちによる落下に注意すること…。」ああ、彼女が過ちによる落下に注意する必要はなかった。バーバラ・アレン(4)が犯したような過ちで落下することはないだろう。まったく逆なのだから。

彼がわたしを呼び出したのではなかった。わたしを呼び出すために電話を掛けてくれとイーディス・エセルに頼んだわけではなかった。もしそうだったなら、ヴァレンタインはたぶん自尊心を傷つけられただろう。しかし、彼女は自尊心を傷つけられなかった。それは実質的にまったく自然なことだった。彼は著しく頭がおかしくなっていて、腕に抱えた家具で体を片一方に傾け、目立つ髪の毛の上に帽子も被らず、慌てて外に駆け出していった。注目に値する！　それこそまさに彼だった。群衆のなかでも著しく劣りはしないだろう。イーディス・エセルが主張するように、彼はあらゆる家具を取り払ってしまっていた。ポーターのことも認識していないようだった。ヴァレンタイン・ワノップは、彼が家具を売りに行くのを見た。狂っている！　売りに行くのに走ったりして。正気なら家具を売りに行くのに走ったりはしないものだ。たぶん、イーディス・エセルは彼がテーブルを頭に載せて走って行くのを見たのだろう。それに、彼女もまた、彼が自分のことを分かったのか確信が持てなかった。ヴァレンタイン・ワノップであることを！

従って、イーティス・エセルがヴァレンタインに電話をしてきたのは当然のことだったのかもしれない。それでも、二人が別れた経緯を考えるならば、普通、それはとても無礼な振る舞いだった。イーディス・エセルはまさにヴァレンタインが彼の子を産んだと言って彼女を責めた！　たとえ彼が家具を持って広場を走っているのをイーディスが見たにしても、そして、たとえ他に誰も助けてくれる人がいなかったとしても、あの言葉はあまりにも激しかった。…それでも、イーディスは、哀れなネズミのような夫を送るべきだったのだ。弁解の余地はないわ。

それに、彼女、ヴァレンタインにとっては、できることなど何もなかった。だから、屈辱を感じるべき電話もなかった。たとえ実際とは違って、この男に同情しなかったとしても、自分はここにやって来ただろうし、もし彼がひどい状態だったならば、ここに留まっただろう。

彼がわたしを呼び寄せたわけではなかった！　かつてわたしに求愛し、その後何も言わずにわたしのもとを去り、絵葉書一枚送ってこなかった男！　無作法かつ高慢だ！　それ以外に彼を表す言葉があるだろうか。あるはずがない。ならば、自分は屈辱を感じるべきだ。それでも彼女は屈辱を感じなかった。

彼女は怖々と大きな階段を這い上がり、大きな部屋に入った。とても大きな部屋だった。全部が白かった。ここでもまた、物が動かされた後の壁に染みがあった。通りの向かい側には、十八世紀風の家々が彼女の前に立ちはだかっていた。それでも、この家々の煙突には陽気な感じがあった。…そして今、彼女はビクビクしながら、内密の調査を行っていた。彼女はひどく恐れていた。この部屋には居住者がいる。野原に置かれているみたいに、その部屋は大きく、仮住まいされていた。将校たちが使う折りたたみ式キャンプ用ベッド、俗に言う業務用ベッドが置かれている。交差した白色木材の竿で支えられ緑色の粗布が張られた家具類、すなわち、椅子一台、縄の取っ手が付いたバケツ一つ、洗面器一つ、テーブル一台があった。ベッドは褐色の木材ででき、寝袋で覆われていた。彼女はひどく恐くなった。家の奥に入っていくにつれて、彼女はますます男の意のままになっていった。下の階に留まっているべきだった。自分は密かに彼のことを調査しているのだわ。

こうした品はひどくみすぼらしく惨めなものだった。どうして彼はそれらを部屋の中央に置いたのだろう。どうして壁際に置かないのだろう。枕を支えるものがない場合は、壁際にベッドの頭の側を置くのが普通だ。そうすれば枕がずり落ちない。わたしが直しましょう。…いえ、それはダメだわ。彼がベッドを部屋の真ん中に置いたのは、女のドレスがかすった壁にベッドが当たらないようにしたかったからなのでは…。いや、あの女についてひどいことを考えるのは止しましょう！

こうした品はみすぼらしく惨めには見えなかった。質素に見えた。そして栄誉あるものに！彼女は身を屈め、ベッドの一番上まで被っていた寝袋を引っ張って下げ、枕にキスした。彼に亜麻布の枕をあげましょう。今なら亜麻布が手に入るでしょう。戦争が終わったから。壮大な列を組んで、男たちは立ち上がることができるのだわ。

　部屋の一番奥には高座があった。芸術家がアトリエに持つ、モデルを座らせる高座のような正方形の板張りの台だった。確かに彼女は高座に自分の客を迎えることはないだろう。王族とは違うのだ。使うことはできるだろうが…使ってはならない。…たぶん、ピアノを置くのなら。たぶん、コンサートができるでしょう。今は書庫として使われている。高座の後ろ端の壁には子牛革装の書籍が並んでいた。彼がどんな本を選んだのか見ようとして、彼女はそれらの本に近寄った。それらは、彼がフランスで読んだ本に違いなかった。もし彼がフランスでどんな本を読んだのか知ることができるならば、自分は彼がそこでどんなことを考えたか知ることができるだろう。彼女は彼がとても安いシーツの間で眠ったことを知っていた。

　質素で、かつ栄光に満ちている。それが彼だった。そして、彼は、わたしをここで愛するためにこの部屋を設計したのだ。ここはヴァレンタインが求めていたような部屋だった。…備え付け家具は。アルケスティス(5)は贅沢を求めなかった。…彼女、ヴァレンタインも倹約の精神を持っていた。そして、彼の崇拝者だった。栄光に浴した。…忌まわしいわ。自分は忌々しいほど感傷的になっている。それでも二人の趣味の一致度が増していくのは奇妙なことだった。彼は高慢でも無作法でもなかった。彼は本当にわたしに敬意を払ってくれているのだ。彼は言っていた。「君の精神は僕の精神と歩調が合っている」と。

蔵書は実際くだらないものの寄せ集めだった。その上側は整地されていない丘の連なりのようにでこぼこに壁際に並んでいた。一冊は子牛皮装丁の大きな二つ折り判で、題名が深く、とてもぼんやりと刻まれていた。その他はフランスの小説や小さな赤い軍事教本だった。彼女は高座の上に身を乗り出して、その背の高い本の題名を読んだ。ジョージ・ハーバートの詩集か『田舎牧師』ではないかと期待した。彼は田舎牧師になるべきだ。今すぐにというわけにはいかないが。彼女は、実際…教会から優秀な数学者を奪おうとしていた。その本の題名は『無名の人々』だった。

なぜ自分は二人が一緒に暮らすことになるだろうと思ったのだろう。彼がそれを望んでいるという客観的証拠はなかった。でも、二人は話し合いたいと思っていた。人々は一緒に住まなければ話し合うことができない。高座の低いところに向けられていった彼女の視線は、紙に書かれた言葉を捉えた。それはタイプされた乱雑な六頁のなかから彼女に向けて投げつけられた言葉だった。これらの言葉は大きくしっかりと鉛筆で書かれた手紙だった。それが目立ったのは、鉛筆で書かれていたからだった。その言葉は

「男は忌まわしい丘の上に立つことができる」というものだった。

ヴァレンタインの心臓が止まった。体の具合が悪いに違いなかった。あまりうまく立っていられなかったが、寄り掛かるものもなかった。彼女はタイプされた言葉も――自分では意識することなく――読んでいた。

「ティージェンス夫人はあなたが所有権を主張すると思い、バースのバーカーが作った小型簞笥は置いて行きます」

ヴァレンタインは必死に手紙から目を逸らそうとした。この手紙は読みたくなかった。けれど、この場を立ち去ることもできなかった。自分は死にそうだと思った。喜びで人は決して死んだりはしないものだが…それでも、喜びは“fait peur”、つまり人を「怯えさせる」。怖い！　怖い！　怖いわ！　二人の間には最早、何の障害もなかった。二人はすでにお互いの腕のなかにあるようなものだった。というのも、手紙の残りの部分は、ティージェンス夫人が家具を持ち去ったことを明らかに伝えているに違いなかったからだ。それに対する彼のコメントは——ヴァレンタインがたった今考えた言葉を驚くほどに反映し——自分は立ち上がることができるというものだった。だが、それは少しも驚くべきことではなかった。愛する人はわたしのもの…二人の思いは一緒に歩調を合わせて行進した。少しも驚くべきことではなかった。二人は今や一緒に丘の上に立つことができるだろう。あるいは小さな穴倉に入ることが。永遠に。そして話すのだ。永久に。この手紙を最後まで読んではならない。確信してはならない。もし確信すれば、自分を見失わずにいる希望がなくなってしまう。…今まで通りでいるという希望が。…恐ろしくて身動きがとれない。…それだと、自分の負けになる。自分は身動きができず、その手紙を読むことを強いられるだろう。彼女は懇願するかのように、窓から通りの向こう側にある家々の正面を見た。家々の正面は親しげだった。自分を助けてくれそうだった。十八世紀風。冷笑的だが悪意はない。彼女は無我夢中になって飛び跳ねた。ならば自分は身動きできる。発作を起こしたわけではなかった。

おバカさん！　ただ電話が鳴っただけだった。それは鳴りに鳴り続けた。ドリーン、ドリーン、ドリーーン。それはちょうど自分の足元から聞こえてきた。いや、高座の下からだ。受話器は高座の上にあった。電話は故障していると信じていたので、彼女はそこまで頭が回っていなかった。

誰が故障した電話になど構うだろう。

彼女は言った。――彼の耳に吹き込むかのように。彼はそれほどに彼女に染み付いていた。

――彼女は言った。

「どちら様でしょうか」

人はすべての電話に出るべきではないが、機械的にそうしてしまうものだ。彼女はこの電話に出るべきではなかった。彼女は困った立場にあった。自分の声だと相手に分かってしまうかもしれなかった。仕方ない、分かって頂きましょう。自分が困った立場にあることを知ってもらいましょう。休戦記念日に何をしているのかを。

重々しい年長者の声が言った。

「そこにいたのね、ヴァレンタイン…」

彼女は大きな声をあげた。

「ああ、お母さん…でも、彼はここにはおりません」付け加えて言った。「わたしと一緒にはおりません。わたしはまだ待っているところよ」さらに付け加えて言った。「家は空っぽなの！」

家が自分の周りで呟いているなか、彼女は人目を盗んでいるみたいだった。彼女は母親に助けてくれるように囁き、それを家に聞かれたくないと思っているかのように見えた。家は十八世紀風だった。冷笑的。だが悪意はない。それは彼女の破滅を望んでいたが、同時に、女性は…破滅させられるのが好きであることも知っていた。

長い時間が経った後で、母が言った。

「あなたはそれをしなければならないの？…わたしの可愛いヴァレンタイン…わたしの可愛いヴ

アレンタイン！」母はすすり泣いていた。

ヴァレンタインは言った。

「ええ、わたしはそれをしなければならないわ！」彼女もすすり泣いていた。が、突然、すすり泣くのを止めた。

ヴァレンタインは素早く言った。

「聞いて、お母さん。わたしはまだ彼と話し合っていません。彼が正気であるかさえ分からないのです。彼は気が変になっているみたい」と。彼女は母親に希望を与えたかった。迅速に。彼女はできるだけ早く母親に希望が与えられるように、できるだけ迅速に話した。それでも彼女は付け加えていた。「もし彼と一緒に住めないなら、わたしはきっと死んでしまうわ」

彼女はそれをゆっくりと言った。彼女は小さな子供のように本当のことを母親に理解してもらおうとした。

ヴァレンタインが言った。

「わたしは長く待ち過ぎたわ。何年も何年も」彼女は自分の声に必死な調子が交っていることに気づかなかった。自分の言葉が聴こえてくるたびに、母が遠くを見つめ考えているのは分かった。年を取り白髪になった母親が。威厳があり優しい母親が。…母の声が聞こえた。

「ときどき怪しいと思っていたわ。…可哀想に。…随分前からだったの？」二人とも黙ったままだった。考えていた。母が言った。

「現実的な打開策はないものかしら？」そして長い時間じっくりと考えた。「あなたはすべてを考え抜いたのでしょうね。あなたは頭もいいし、性格もいいわ」衣擦れの音が聞こえた。「でも、わたしは今の時代に追いつけない。打開策があれば嬉しいのだけれど。あなたがたがお互いに待てたらいいのだけれど。あるいは、法的な手段を見つけられたら…。」

　ヴァレンタインが言った。

「ああ、お母さん、泣かないで！」…「ああ、お母さん、どうしたらいいの…。」…「ああ、わたしは戻るわ…お母さんが命じるなら、お母さんのもとへ戻るわ」ひとことひとこと言うたびに、彼女の体は波に揉まれたみたいに激しく揺れ動いた。自分たちは舞台で演じているだけのように思えた。彼女の目が自分に向けて言った。「拝啓　当店の顧客、クリーヴランドのクリストファー・ティージェンス様の奥様は、…」

　目が読んでいた。

「ベースキャンプでの出来事の後、…」

　目は読んでいた。

「無益だと考えておられます…」

　ヴァレンタインは母親の声に苦しめられた。電話は変ホ音でブンブンと音を立てた。一度はロ音を試した。それから変ホ音に戻った。目は読んだ。

「機会が与えられたなら、グロービーに転居することを提案しておられます」と太く青い字でタイプされているのを。彼女は苦悶のあまり大声をあげた。

「お母さん、わたしに戻るよう命じて頂戴、さもないと取り返しのつかないことになるわ」

　彼女は何の考えもなく下を向いた。…電話口に立っているときに誰もがするように。彼女が再び下を向いて「無益だ」という言葉を含む文を最後まで読んだとしても、それは遅すぎることになっただろう。彼女は彼の妻が彼を諦めたことを知っただろうけれど！

母親の声が、送信の手段によって、運命の機械の声に変えられて聞こえてきた。

「いいえ、できないわ。今、考えているところよ」

ヴァレンタインは自分がその際《きわ》に立っていた高座に片足を載せた。下を見ると、その足が手紙を覆っていた。彼女は神に感謝した。

「もしあなたが彼と一緒になれないなら死んでしまうと言うのなら、わたしにはあなたに戻ってくるよう命じることはできないわ」ヴァレンタインは母親が後期ヴィクトリア朝風の進歩的精神において正しい嘆願を探しているのを感じることができた――権威を振るっているように見えずに済む嘆願ならどんな嘆願であろうと。母は一冊の書物のように話し始めていた。威厳のあるヴィクトリア朝の書物、モーリー著『グラッドストーンの生涯』のような。それは理に適っていた。母はそのような本を何冊も書いていた。

母は、あなたたちは二人とも良い家柄の人物だと言った。そのあなたたちの良心があなたたち二人にある種の行動をとらせるのならば、おそらく、あなたがたは正しいのでしょうと。それでも、良心が本当にあなたたちにその方針をとるように強いていると、あなたたちは神の御名において誓うことができるのかどうか訊ねたいのだ、と。彼女はまさに書物のように話さなければならなかった！

ヴァレンタインは言った。

「良心とは何の関係もありません」それは辛辣に思えた。彼女の頭は引用でかき乱されていた。彼女はそれを見つけることができなかった。引用は緊張を緩和する。彼女は言った。「人は盲目の運命に急き立てられます！」次はギリシャからの引用だ！「祭壇の上の生贄のように、わたしは恐れています。それでも同意します！」…おそらくエウリーピデースの『アルケスティス』(5)だろう。

もしそれがラテン作家のものだったなら、その引用はラテン語で彼女の頭に浮かんだだろう。母親と話すことで、彼女も書物のように話すことを強いられた。彼女の母は書物のように話した。ならば自分も。二人ともそうせざるをえなかった。さもなければ、二人とも金切り声をあげただろう。…それでも二人とも英国の淑女だった。学者的志向の精神を持った。それはおぞましいことだった。母親が言った。

「それはおそらく良心と同じものでしょう。…民族の良心です！」母親には彼らが提案したような進路の愚かさと悲惨さを奨励することはできなかった。模倣に価する多くの変則的な結婚も、惨めで士気を喪失させる原因となった規則正しい結婚も、わたしはあまりにも数多く見てきました、と彼女は言った。…彼女は勇敢な魂だった。良心において、自分の全人生の教えに背くことはできなかった。そうしたかったのはやまやまだが。猛烈に！　ヴァレンタインには母親の哀れな疲れた脳の肉体的負担を感じることができそうだった。それでも主張を撤回することはできなかった。彼女はクランマー(6)ではなかった。彼女はジャンヌ・ダルクでもなかった。そこで母親は繰り返し言い続けた。

「わたしはただ希《こいねが》います。あの男と暮らさないことであなたが死んだり、ひどく精神的に参ってしまったりしないと断言してくれることを。もしあなたが彼なしで生きていけたり、彼を待てたりできると考えるなら、深刻な精神的障害を受けることなく後で結婚する希望があると考えられるのなら、わたしは希います…。」

夫人は言葉を最後まで言い切ることができなかった。人生の危機的瞬間に威厳をもって振る舞えることは素晴らしいことだった！　ふさわしいことだった。適切なことだった。これまでの人生哲学を正当化するものだった。それでもそれは狡猾だった。何とも狡猾だった！

差し当たり、夫人は言った。

「わが子よ！　幼子よ！　あなたは全人生を、わたしとわたしの教えに捧げました。そのことの利点をどうしてわたしがあなたから奪うことができるでしょう」

夫人は言った。

「あなたにとって永遠の不幸を意味するかもしれない方針をとるように、あなたを説得することはできないわ！」その「できないわ」は苦しみの炎のようだった。

ヴァレンタインは身を震わせた。それは残酷な圧力だった。母は、明らかに、義務を果たしていた。しかし、それは残酷な圧力だった。それはとても冷たかった。十一月は寒い月だ。階段に足音がした。彼女は身を震わせた。

「ああ、彼がやって来る。彼がやって来るわ！」と彼女は大声をあげた。彼女は「わたしを助けて！」と言いたかった。実際に言ったのは「見捨てないで！　決して、決して見捨てないで！」だった。男たちは女にどんなことをするの？　あなたが愛する男たちは。気の狂った男たちは。彼は大きな袋を運んでいた。その袋は彼がドアを開けたときに彼女が最初に目にしたものだった。彼女はドアを押し開いた。すでに半ば開いていたが。袋は狂人が運ぶ場合恐ろしいものになる。空き家では。彼はその袋を炉石の上にドサッと下ろした。彼は額の右側に石炭の粉を付けていた。それは重い袋だった。青髭は最初の妻の死体をそのなかに詰めたのだ。ボロー[7]はジプシーたちが「白髪の若者は信用するな！」と言っていると言う。…彼は半ばしか白髪ではないし、半分しか若者でもない。彼は喘いでいた。彼には重い袋を担ぐのを止めてもらわなければならない。魚のように喘ぐことも。彼は、水槽のなかに吊り下がった、大きな動かない一匹の鯉だった。

　彼は言った。

「君は外に出たいんじゃないか。もしそうじゃないなら、暖炉を点けよう。暖炉なしに留まることはできそうにない」

　同時に母が言った。

「もしクリストファーなら、わたしが話すわ」

　ヴァレンタインは電話の送話口から離れたところで言った。

「ええ、外に行きましょう。ええ、ええ、ええ。外へ行きましょう。…休戦記念日に。…母があなたと話したがっているわ」彼女は、突然、自分が少しロンドン訛りの入った女店員になったように感じた。ガールガイドの制服を模した洋服を着た洋服屋の女店員になったかのように。「紳士はおっかないわ、お母さん」確かに、一匹の大きな鯉からは、身を守ることができるでしょう！　彼女は彼を背負い投げすることができた。その点、彼女は柔術を身につけていた。もちろん、柔術の訓練を受けた小さな人間が、訓練を受けていない巨人を圧倒することはできない。たとえそれを期待したとしても。しかし、もしも相手がそれを予期していなければ、圧倒することができる。

　彼の右手が彼女の左手首をしっかりと摑んだ。彼は泳ぐように彼女のほうに近寄ってきて、彼の左側にある電話をとっていた。窓ガラスの一枚はとても古く、膨れ上がり紫っぽかった。別の一つもそうだった。何枚かがそうだった。だが、最初の一枚がもっとも紫っぽかった。彼が言った。

「こちらクリストファー・ティージェンスです！」それ以上に洗練された言葉を思いつかなかったらしい。――歯切れの悪い男だ。彼女の手首を摑む彼の手は冷たかった。彼女は冷静だったが、至福が体に迸った。至福という言葉以外にそれを表現できる言葉はなかった。暖かい蜜酒の風呂から出て、至福が体から迸り出るときのようだった。彼が触れたことによって、彼女は落ち着き、至福に覆われていた。

彼は、とてもゆっくりと彼女の手首を放した。しっかり摑んだのが愛撫であることを証明するかのように！　それは初めての愛撫だった！

電話を明け渡す前に、彼女は母親に言った。

「彼は分かっていないの。…ああ、彼が分かっていないことを理解してあげて！」

彼女は部屋の反対の隅に行き、彼をじっと見つめて立っていた。

ティージェンスは、その真っ暗な深みから電話が言うのを聞いた。

「体の調子はいかが、ねえ、あなた。愛しい、愛しいあなた。あなたはもう永久に安全なのよ」

それは彼に不快な感情を抱かせた。これは彼が誘惑しようと意図する娘の母親だった。彼は誘惑しようとしていたのだ。彼は意図していたのだ。彼は言った。

「かなり元気です。少し体が弱っていますが」あの流血の見世物には決して戻らないだろう。動員解除の出願書をポケットに入れておいた。声がした。

「ヴァレンタインはあなたの具合がとても悪いと思っているのよ。本当にとても具合が悪いと思ってそちらに行ったのよ」それじゃあ、彼女は別の理由でやって来たのではなかったのだ。もちろん、そのために来る気はなかっただろう。それでも休戦記念日を一緒に過ごしたかったのかもしれない！　そうかもしれなかった。失望感が体に広がった。あの男は露骨だった。キャンピオンのくそ親爺は！　それでも人はあれほど露骨であるべきではない。彼は恭しく言った。

「肉体ではなく精神の問題です。肺炎は差支えなくなりました」キャンピオン将軍が彼に前線のいくつかの軍を通ってドイツ人捕虜を護衛していく任務を与えたことをティージェンスは話し続けていた。実際、それで彼は気が狂いそうになったのだ。忌々しい看守であることに彼は耐えられなかったのである。

　それでも——それでも！——彼は後の日々を取り囲み、その日々と相互浸透したその灰色の幽霊のような姿を見たのだった。折に触れて、そのイメージが襲ってきて嫌悪を抱かせた。——極めて稀なことではあったが。何の前触れもなく、そのイメージが目の前を浮遊した。灰色がかった人影の景色が。何千という単位で、逆さにされたバケツに腰掛けて。脇の地面に置かれた缶から脂身を食べ、実際は新聞でない新聞を読んでいる。そうした人影が彼を取り囲んでいた。そして彼は彼らの看守だった。彼は言った。「嫌な仕事でした！」

　ワノップ夫人の声が聞こえた。

「それでも、その仕事のおかげで、あなたはわたしたちのもとに戻ってこられたのよ！」

　彼は言った。

「そうならなければよかったと、時々思うことがあります！」彼は、自分がそう言ったことに驚いた。彼は、付け加えた。「冷やかな気持ちでそう言っているわけではありません、もちろんのこと」そこで彼は、自分の声に含まれた敬意に再び驚いた。彼は、とても傑出した、初老の、地位ある夫人に凭れるかのように身を屈めていた。その娘に企みを抱いているときに初老の婦人の前で頭を下げるのは忌まわしい偽善だという考えが彼の頭に浮かんだ。夫人の声がした。

「愛しい…愛しい、ほとんど息子と言ってもいいかた…」

パニックが彼を襲った。そうした口調は解釈の誤りようがなかった。彼は、振り向いてヴァレンタインを見た。彼女は左右の手を合わせ、あたかも揉みしだいているかのようだった。彼女は、痛ましげに眼で彼の顔を探り、言った。

「ああ、母には優しくしてあげて。母には優しくしてあげて…」

そのとき、二人の間に新たな発見があった。…それを親密さと呼ぶことはできなかった！

彼は、彼女のガールガイドの制服が好きでなかった。白いセーターと淡黄褐色の短いスカートを身に着けた彼女が一番好きだった。彼女は帽子を脱いでいた――カウボーイ風の帽子を。髪はカットされていた。彼女の金髪は。

ワノップ夫人が言った。

「あなたはわたしたちを救ってくれると、わたしは考えなければなりません。今日、あなたがわたしたちを救ってくれると。…そしてあなたの苦しみのすべてを」

彼女の声は憂いに満ち、ゆっくりとして高尚だった。

強烈で虚ろな反響が家を満たした。彼が言った。

「それは何でもないことです。もう過ぎたことです。そんなことは考える必要がありません」

強烈で虚ろな反響が家を満たした。夫人が言った。

「あなたの声が聞こえません。まるで雷が鳴っているようだわ」

永久《とわ》の静寂が戻った。彼が言った。

「僕の苦しみなんか考えないように、あなたに言っていたのです」

彼女が言った。

「待つことはできないの。あなたとあの子は？　他の何も…」反響が再び始まった。再び彼に電話の声が聞こえたとき、彼女は言っていた。

「自分の子供にこうした不慮の事態が起きることを考えてご覧なさい。今の時代の傾向と戦ってみたところで仕方ありません。それでも、わたしが望んだのは…」

下の玄関のノッカーが、三回、間隔を空けて叩かれたのだが、谺《こだま》がその音を長引かせた。彼はヴァレンタインに言った。

「あれは酔っぱらいのノックだ。だが、人々の半分が酔っぱらっていると言っていい。もし再びノックの音がしたら、下に行ってやつらを追っ払おう」

彼女が言った。

「またノックがされる前に、とにかく、わたしが行ってみるわ」

彼女は部屋を出る前に彼が言うのを聞いた。――その言葉が終わるまで待たざるを得なかった。母と恋人との間の、自分を苦しめ悶えさせる対話について、彼女はできる限りの情報を集めなければならなかった。同様に、彼女はその場を離れなければならず、そうしなければ気が狂ってしまっただろう。自分の頭には分別があると言っても何の役にも立たなかった。そうではなかった。それは紐の両端に球が付いているようなものだった。一方を母が引っ張り、他方を彼が…。彼女は彼が言うのを聞いた。

「分かりません。絶対の必要があります。話し合いの。僕は実際、二年間、人の魂に向かって話しかけてきませんでした!」ああ、祝福された、賞賛すべき人! 彼女は彼が行進するかのように、本調子で話を語って行くのを聞いた。

「それはひどく必要なことです。そう言っておきます。例をあげましょう。僕は少年を運んでいました。ライフル銃が発砲されるなかで。少年の眼が撃ち抜かれました。もし元の場所に置いておけば、その眼が撃ち抜かれることはなかったでしょう。そのときには彼が溺れ死んでしまうのではないかと思ったのですが、水はそれほどの高さまで上がってなかったことが後で確認されました。だから、彼が目を失ったのは僕のせいなのです。これは一種の偏執症です。いいですか、僕は今のことを話しているんです。その思い出は再発します。絶え間なく。完全な孤独のなかでそれに耐えなければならないことは…」

ヴァレンタインは、今や大きな階段を下りながら怖くなっていた。階段は囁いたが、彼女は冷静なファーティマのようだった。彼はアンヌ姉さん[8]でもあれば兄でもあった。敵は恐怖だった。恐れてはならなかった。彼は彼女を恐怖から救った。少年の目に対する後悔から逃れるためにやって来なければならないところは、女の胸だった。

彼女の肉体の内部が彼女のなかで回転した。彼は砲火を浴びていた。彼は決してこの場に戻れなかったかもしれなかった。灰色のアナグマが、優しい、優しい灰色のアナグマが屈み込んで、電話を摑んでいた。優しい気遣いをもってさまざまなことを説明していた。彼が、彼女の母親に話しかける姿は素晴らしかった。三人が一緒にいることは素晴らしかった。しかし、彼女の母親は彼らを引き離そうとしていた。もし母が彼女に話したように彼に話しているのだとしたら、母は彼らを引き離しておく唯一の方法をとっているのだった。

知る術もなかった。彼女は彼が言うのを聞いていた。

かなり良くなりました。「ああ、有難い」…でも、いくらか弱っています。…「ああ、彼を慈しむ機会をわたしに与えて！」…彼は病院から出てきたばかりだった。四日前に。肺炎は克服したようだったが、肉体ではなく精神の面が問題だった…。

ああ、この戦争全体についての恐ろしい点は――その苦しみが肉体的なものというよりも精神的なものだということなのだ。でも、皆そんなことは考えなかった。…彼は砲火を浴びてきた。ヴァレンタインはいつも、彼が基地にいて考え事をしているところを思い描いていた。たとえ殺されていたとしても、彼にとって今の状況ほど酷くはなかっただろう。今、彼は強迫観念と精神的苦悩を抱えて戻って来ていた。…そして女を必要としていた！　しかし、女の母親は彼に対して女に手を出さないよう強いていた。そこが恐ろしいところだった。彼は精神的拷問を受け、今や憐みの気持ちによって彼を慰めることのできる女に手を出さないようにと働きかけられていた。

これまで彼女は、戦争を肉体的な苦悶としてしか考えてこなかった。今は、それを精神的苦悶としてしか見なかった。何マイルにも何マイルにも渡る暗黒の精神の苦悶としてしか。その思いは残った。男たちは丘の上に立つかもしれないが、精神的苦痛を追い出すことはできないのではないか。

　彼女は残った階段を突然駆け下り、正面のドアの差し錠を手探りした。彼女は錠の取り扱いが上手くなかった。今も続いていると感じられる会話のことを考えていた。ノックするのを止めさせなければ。ノッカーの音は、ドアをノックしているせっかちな男が、はやる気持ちを抑えているほんの少しの間だけ鳴りやんでいた。母ガモは、明らかに翼を折ってでも敵の足の真下に転がり込む狡猾さをもって、雛たちから敵をおびき寄せる。それをギルバート・ホワイトは親ガモの愛情と呼んだ！　狡猾で愛情深い白髪の著名人が家で腰を下ろして身を震わせていることを考えるなら、もちろん自分は彼に口づけさせるわけにはいかない。…それでも、そうしたかった！

　彼女はドアを開ける仕組みを見つけた。――それは、理解不能な、ペンキを塗られた、百年も前の備品のなかで、彼女が試した三番目のものだった。ドアはまさに苛立ったような音を立てて開いた。一人の男がしっかりと摑んだノッカーによって彼女の方につんのめってきた。…彼女はティージェンスに考えずに済むようにさせたのだ。…ノッカーの邪魔立てがなかったならば、彼は母の策略が単なる悪意であることを知ることになったかもしれなかった。彼らには悪意があるのだ、偉大なヴィクトリア朝の人々には。…ああ、哀れなお母さん！

　軍服姿の下品な男が、げっそりと瘦せた顔から、刺すような、窪んだ黒目で、憎々しげに彼女を見た。男が言った。

「俺はあいつに会わなければならないんだ。ティージェンスに。あんたはティージェンスではないじゃないか！」あたかも彼女が男に対して詐欺行為を働いたかのように。「緊急なんだ」と男が言った。「ソネットについてだ。俺は昨日、陸軍を解雇された。あいつのせいだ。それにキャンピオンのだ。あいつの妻の愛人のな！」

　彼女は激しく言い返した。

「彼は取り込み中です。会うことはできません。会いたいならば、待っていただかなければなりません！」ティージェンスがこんなにも野蛮な男と関わらなければならないことに彼女は恐れをなした。髭も剃っておらず、色が黒かった。そして憎悪に満ちていた。彼は声を張り上げて言った。

「俺は第九大隊のマッケクニーです。副学長のラテン語賞を受けた！　昔からの友人の一人です！」さらに加えて「ティージェンスが旧友たちのなかに無理やり割り込んできたんです！」

　彼女はラテン語賞受賞者に対し、学者の娘として軽蔑を感じた。アドメートスと共にあったアポロン[9]も、こうした人たちの間にいるティージェンスと比較すれば、まったく何ということもないと思った。

　彼女が言った。

「大声をあげる必要はないでしょう。入って待っていてください」

　どんな犠牲を払っても、ティージェンスには、妨げられることなく母との会話を終えてもらわなければならない。彼女はこの男を案内して玄関の角を曲がった。ある種、無線の放射物が、彼女と上の階での会話を結びつけているように思えた。上の壁を通って斜めに、それから垂直の波になって天井を通り抜け、その放射物が伝ってくるのが感じられた。それは彼女の先端の頭のなかで波のように動き、彼女の心を激しく掻き乱すように思えた。

　彼女はガランとした部屋の右側の角の辺りの鎧戸を開けた。こうした憎しみを抱く男と暗闇のなかで二人きりになりたくはなかった。上にあがって行き、ティージェンスに警告をする勇気は出なかった。何としても彼の心を掻き乱してはならなかった。自分の母親がやっていることを狡猾だと呼ぶのは公平でなかった。諺にあるように、それは神によって母の心に据えられた本能だった。…それでも、それはヴィクトリア朝初期の本能だった！　本質的に途方もなく狡猾な！

憎しみに満ちた男は不平を言っていた。

「あいつは借金のかたにすべてを売り払ったんだ。妻を将軍たちに売ってきたことのツケだな。昇進するために。将軍どもは狡猾な奴らだ。だが、あいつは実力以上のことをしようとして失敗した。キャンピオンは約束を破った。だが、キャンピオンもまた実力以上のことをしようとして失敗したんだ…。」

ヴァレンタインは窓の外の緑の広場を見渡していた。光は快かった。明るいほうがもっと深く呼吸できる。…ヴィクトリア朝初期の本能だ！…ヴィクトリア朝中期の人々はその絆を緩めなければならなかった。ヴィクトリア朝中期の指導者層の一人だった母は「不規則な結合」に美徳を与えなければならなかった。彼らが高潔な精神の持ち主である限りにおいて。しかし、高潔な精神の人々は不規則な結合を完結させることがない。そこで彼女が書いたすべての本は高潔な精神の人々が精神や共感の不規則な関係を結ぶことを示すものではあっても、必要な完結へと彼らを導きはしなかった。彼らは倫理的にはその自由を持つのだが、実際にはそれを完結へと導くことがなかった。彼らは倫理上の野うさぎと駆け足をしたが、教会の猟犬とともに狩りをした。…無論のこと、それが自分の娘だからといって、彼女は自分の前提を裏切ることはできなかった。

ヴァレンタインが言った。

「何ですって」と相手の男に。彼は言っていたところだった。「彼らはやけに狡猾です。度を越しています！」彼女は頭を回転させた。彼が何について話しているのか彼女には分からなかった。頭に彼の言葉を留めたが、その意味を理解することはできなかった。彼女は初期のヴィクトリア朝の思潮を考えることに耽り込んでいた。彼女はイーディス・エセル・ドゥーシュマンと小柄なヴィンセント・マクマスターとの長い――いわば「交渉」のこと――を思い出した。透けないクレープに身を包み、広場越しに見ることができる柵に沿って、そっと未亡人らしく歩いていたイーディス・エセルは、中期ヴィクトリア朝のイングランドの囁くような歓声のなかで高潔な姦通への歩を進めたのだ。用心深く正しき女人…胸に秘めたる思いを明かしはしない。(10) 十分な抑制のもとで！…ああ、彼女は忍耐強かった。

男は悶えるかのように言った。

「俺の不快極まる、くそったれの、意地汚い叔父、ヴィンセント・マクマスター。サー・ヴィンセント・マクマスター！　そしてこのティージェンス。皆寄って集《たか》って俺に敵対する。キャンピオンもだ。だが、キャンピオンは無理をしすぎて失敗した。…ある男がティージェンスの妻の寝室に入り込んだ。基地でのことだ。そこでキャンピオンはその男を前線に送った。彼を殺すためにだ。分かるか、彼女のもう一人の愛人だったたってことでだ！」

彼女は聞き耳を立てた。神経を張り詰めて聞き耳を立てた。できればいいと思った。…何ができたらいいと思ったのか分からなかった！　男が言った。

「少将エドワード・キャンピオン卿は、ＶＣ(11)（ヴィクトリア十字章）、ＫＣＭＧ(12)（聖マイケル・聖ジョージ二等勲章）の受章者で、馬を疾駆させる、ビシッ、ビシッと。あまりにも狡猾、狡猾にすぎる。ティージェンスをも殺そうと前線に送った。俺もだ。我々は三人とも皆、同じ有蓋貨車に乗せられて師団に送られた。――ティージェンスと彼の妻の愛人と俺とがだ。ティージェンスはあのろくでなしの懺悔を聞いてやった。忌々しい修道士のように。あの野郎に、人は死ぬときには――articulo mortis――それが何だか分からないにしてもだ、器官の機能が麻痺し、痛みも恐怖も感じないと教えていた。死は麻酔薬にすぎないと言っていた。そして震えながら泣き言を言っている青二才はその薬を飲み込んだ。…俺は今、彼らの姿を見ることができる。有蓋貨車のなかに。切り通しでのことだ。

彼女が言った。

「あなたは砲弾ショックを受けたのではないの？　今も砲弾ショックが残っているのではなくて！」

男は噛みつこうとするアナグマのように言った。

「いや、違う。俺にはひどい妻がいた。ティージェンスのように。だが、少なくとも彼女は悪い妻ではない。欲求を持つ女なだけだ。欲求を満たすのだ。そのせいで奴らは俺を軍から蹴り出そうとする。だが、俺は少なくとも妻を将軍たちに売ってはいない。ＶＣ、ＫＣＭＧ等々である少将エドワード・キャンピオン卿に対して俺は離婚休暇を申請したが、妻と離婚することができなかった。そこで俺は二回目の離婚休暇を取った。だが、妻と離婚することはできなかった。離婚は俺の原則に反する。妻は大英博物館の古生物学者と暮らしていて、彼は仕事を失いそうだった。俺はティージェンスの奴に百七十ポンドを借りた。二回目の離婚休暇の間のことだ。俺には返済することができない。離婚はできなかったが、金は使ってしまった。妻と彼女のボーイフレンドと周遊して回るのに。信条として」

男は尽きることなく、あまりにも早口にしゃべり、話題はあまりにも速く変化し、彼女には言葉を耳に入れることだけしかできなかった。彼女は言葉に耳を傾け、それらを蓄えた。一つの話題が彼女の注意を引いた。さもなければ、彼女には考えることができなかっただろう。向かいの家々の帯状彫刻装飾に視線を走らせるばかりだった。ティージェンスは戦火のもと二人の命を救ったのに、キャンピオンによって不当に解雇されたのだと彼女は推測した。マッケクニーは将軍をけなすために、嫌々ながらもティージェンスの英雄的資質を認めた。将軍はシルヴィア・ティージェンスが欲しかったのだ。シルヴィアを得るために、ティージェンスを前線の最激戦区に送った。だが、ティージェンスは殺されるのを拒んだ。彼は不死身だった。神様が将軍に意地悪をしたということだろう。それでも神は妻の愛人を慰めるめかし屋のティージェンスを好きにはなれないのだ。汚らわしいことだが。ティージェンスが殺されようとしなかったとき、将軍は前線まで降りて行き、ティージェンスを厳しく罰した。あんたには何故だか分かるか。将軍はティージェンスをお払い箱にしたかったのさ。自分がティージェンスの妻といい仲になることで、不名誉なほどに面目を失わずに済むようにするためだ。だが、将軍は実力以上のことをしようとして失敗した。銃火のもとで人命を救っているときに将軍の長靴を舐めるためにその場にいなかったからといって、人をお払い箱にすることはできない。そこで将軍は自分の言葉を撤回し、汚い廃品回収の仕事をティージェンスに与えなければならなかった。つまり、あいつを忌むべき看守にしたたってわけだ！

ヴァレンタインは、この男が会話の行われている二階に駆け上がらないように、戸口に立っていた。窓が彼女を慰めた。ティージェンスが大きな心の悩みを抱えていたことだけは推測できた。今もそうであるに違いない。彼女は、シルヴィア・ティージェンスのことも将軍のことも、外見の素晴らしさ以外、何も知らなかった。でも、ティージェンスは大きな精神的苦悩を抱えてきたに違いなかった。ひどい話だ！

それは憎むべきことだった。どうして彼女にそれが耐えられようか！　しかし、彼女はこの男をティージェンスに会わせてはならなかった。彼女の母親に話しているティージェンスに。

それに…もしティージェンスの奥さんが悪い奥さんだとしたら、それは…

窓は慰めになった。色の黒い少年のような将校が一人、家々の柵の前を通り過ぎ、窓を見上げた。

マッケクニーは話し過ぎて声が嗄れていた。咳をしていた。叔父のヴィンセント・マクマスターが外務省に入省させてくれなかったと不平を言い始めた。彼はすでにこの朝、マクマスターの家で大騒ぎを演じていた。マクマスター夫人は――仮にそんな女がいるとすれば、狂暴な目つきの我儘女であるが――マッケクニーが彼の伯父に近づくのを拒んだ。主人は神経衰弱に陥っているからと言って。マッケクニーが突然言い出した。

「さあ、このソネットについてだが。俺は少なくともあいつにこれを見せるつもりだ…。」さらに二人の将校が窓の前を通り過ぎた。一人は背が低く、もう一人は背が高かった。彼らは笑い声をあげ、大声で呼びかけた。マッケクニーは続けた、「…俺のほうがあいつより優れたラテン語学者だ。…」

ヴァレンタインは玄関に飛ぶように入って行った。ドアからは雷のような轟きが再び聞こえていた。

外の日向で、小柄な将校が横顔を彼女のほうに向け、こわごわと身を縮めていると言ってもよいような態度で、穏やかに声をあげた。

「わたしたちはティージェンス少佐のためにやって来ました。…こっちはナンシーです。バイユールの出なんですよ！」彼はさらにもっと女性のほうに顔を向けた。女性はものすごく痩せていて背が高く、顔の皮膚が引き攣っていた。女性のほうがずっと年上だった。はるかに。そして敵意があった。かなりの白粉をつけているに違いなかった。紫っぽい。黒衣を着ていた。女はちょっと頭を下げてお辞儀した。

ヴァレンタインは言った。

「ごめんなさい。…彼は取り込み中で。…」

若者は言った。

「でも、私たちには会ってくれますよ。こっちはナンシーと言います！」

将校たちの一人が言った。

「わたしたちはティージェンスの親爺さんを探そうって言ったんです。…」彼には片腕しかなかった。ヴァレンタインは気が動転していた。若い方の将校は帽子に青いバンドを巻いていた。

ヴァレンタインが言った。

「でも、彼はすごく緊急の用件で取り込み中なんです。…」

若い方の将校はすっかり顔を彼女に向けて、懇願の身振りをした。

「ああ、それでも…」と彼は言った。彼女は一歩後ずさりして倒れそうになった。彼の眼窩には何も入っていなかった。無秩序な赤みがかった傷跡があるだけだった。そのせいで、彼は目が見えない人がじっと覗き込むような印象を与えていた。一方の眼の不在が他方の眼の存在を消していた。彼は東洋人が懇願するような声で言った。

「少佐がわたしの命を救ってくれたのです。少佐殿に会わなければなりません」

袖のない将校が声をあげた。

「わたしたちはティージェンスの親爺さんを探そうってことになったんです。…休戦…になったら…ルーアンのパブで」

若者が続けた。

「わたしはアランジュエと言います。アランジュエです…。」わたしたちは先週結婚したばかりです。わたしは明日、インド軍に入ることになっています。わたしたちは休戦記念日を少佐と過ごさなければなりません。ホルボーンに宴席を設けてあるんです。

三人目の将校は——とても色が黒く、滑らかな声の、若い少佐で——杖に凭れながら、ゆっくりと這うように階段を上ってきて、黒い目の視線を彼女の顔に合わせた。

「これは約束なんです。お分かりですか!」とこの男は言った。声は絹のように柔らかく、視線は大胆だった。「わたしたちは本当に、今日、ティージェンス少佐の御宅に来る約束をしていたのです。…その日がいつになろうとも。…我々の多くの者が。ルーアンで。第二部隊におりました」

アランジュエが言った。

「司令官も来ることになっています。来たくてたまらないんですよ。それに少佐殿がいなければ始まりません…。」

彼女はこの男に背を向けた。彼の声の訴えかけるような調子と彼の小さな手のせいで彼女は泣いていた。ティージェンスがゆっくりとふらつきながら階段を下りてきた。

Ⅱ章

電話口に立ったティージェンスには、すぐに、これが母親で、無限の政治力を使って娘のために嘆願しているということが分かった。明らかに無限の政治的手腕だった。この声の持ち主の娘に、どうやったら欲望を抱き…抱き続けることができるだろうか。…だが、彼は抱き続けた。本来は無理なのだが。それでも抱き続けた。本来は不可能なのだが。それでも抱き続けた。…人は嘆願することで自然を追い出すことはできるかもしれない…tamen usque recur…(1)。だが、自分はヴァレンタインを午前零時までに自分の腕のなかに抱いていなければならないのだ。髪を切ったことで彼女の顔は前よりも長く見えた。断然、魅力的になった。洗練され、素朴さが減り、憂鬱げになった！　恋焦がれているみたいに！　慰めてあげなければ。

母親に対しては、感情に訴えるのが手っ取り早い方法だった。僕は連れ去りたいほどヴァレンタイン・ワノップが欲しいのです。それは過去の世代の進歩的作家たるワノップ夫人の洗練された趣味にとってはまったく抵抗し難い答えだった。当時も、それは彼女には抵抗し難い答えだった。男が立ち上がることのできる今となっては、それはさらに抵抗し難いものとなっていた。それでも、ティージェンスは、年老いた、著名な、不明確な思考の夫人を圧倒することができなかった。それは功を奏さなかった。

ティージェンスは、事実の暗唱に逃げ込んだ。立場を弱めたワノップ夫人が訊ねた。

「法的な解決策はないの？　ワノストロフト先生が言っていましたよ。あなたの奥さんは…」

ティージェンスは、答えた。

「妻と離婚することはできません。彼女はわたしの子供の母親です。一緒に住むことはできませんが、離婚はできないのです」

夫人は再び甘んじてその言葉を受け取り、従来の路線を再開した。「状況はお分かりのようだから、あなたが良心を…」その他諸々の言葉が続いた。しかし、彼女はもしできるならば、穏やかに事を収めるのがよいと信じていた。ティージェンスは、聞きながら、機械的に下を向いた。我々の顧客、クリーヴランドのグロービー邸のティージェンス夫人は、フランスの軍事基地での出来事があった後では、貴殿と彼女が将来一緒の生活を考えるのは無理であるということを貴殿にお伝えするよう我々に依頼しております…という文を彼は読んだ。彼はその一連の事実をすでに十分に考えていた。キャンピオン将軍が休暇中、グロービー邸に滞在したのだった。ティージェンスは、シルヴィアが将軍の愛人になったとは思わなかった。それは極端にあり得ないことだった。考え難い！　将軍は、そこの選挙区で立候補する可能性を探りにティージェンスの許可を得てグロービーに行ったのだった。つまり、十カ月前に、ティージェンスがグロービー邸をそれまで通りに選挙本部として使って構わないと将軍に申し出たのだった。しかし、その連絡塹壕のなかでは、将軍はティージェンスにグロービーに行っていたことを話さなかった。「ロンドンに行っていた」と言ったのだった。明確に。

将軍がそう言ったのはひょっとすると罪悪感のせいだったかもしれないが、自分がシルヴィアの影響下にあったことをティージェンスに知られたくなかったからという可能性のほうが高そうだった。将軍は、総司令官が大隊の隊長に話しかけるあらゆる理由を越えて、無鉄砲にティージェンスを探し求めた。もちろん、将軍は塹壕にいて、実際は、砲兵隊の悪ふざけであったものを猛砲撃と勘違いして、その近くで待たされることに怯えていたのかもしれなかった。将軍は、緊張を解くためにその言葉を言い放っただけなのかもしれなかった。しかし、シルヴィアが将軍の老いた頭を攪乱し、彼、ティージェンスは悪党で、そんな悪党が地球の表面を汚すことは許せないという考えを将軍に吹き込んだという可能性のほうが高かった。ましてや将軍の指揮下の塹壕を汚すことは。

キャンピオンは後になって――ある種遠く離れた高所からの自己卑下をもって――大変立派に前言を取り消した。ティージェンスが勲章をもらうに値すると言っていたのだが、そのときは一定の数の勲章しか与えられなかったため、また、もっとそれに価する人間に贈られるべきだとティージェンスが望んでいると考えたため、自分は先の発言を撤回したのだとキャンピオンは言った。それに自分とこんなにも親密な関係にある将校に対し受勲の推薦をするのは憚られたと。将軍は、参謀のメンバーたち…レヴィンやその他何人かの者にそう言ったのだった。それからまた言葉を続け、どちらかというと横柄に、自分は大変責任感を必要とし、細心の注意を要する任務にティージェンスを就けるつもりだと言った。自分は、英国政府から、軍司令部と英仏海峡との間の囚人たちを、例外的に信頼の置ける、高い社会的立場と重さをもった将校に管理させるよう依頼されたのだと。囚人虐待について敵がハーグへ苦情を述べたことに鑑みてのことだった。

そこで、ティージェンスは、栄誉も指揮官の手当も陽気さも落ち着きさえも失ってしまった。たとえ無様な泥風呂のなかの悪あがきであったにせよ——彼が砲火のもとで人命を救助したという明確な証拠さえ手に入れられなくなってしまったのだった。神の国の到来まで、彼はシルヴィアによって信頼を傷つけられ続けていた。自分が看守であったという事実以外、何も相手方に示すことができずに。狡猾な老将軍よ！　賞賛すべき法律上の老いた名付け親よ！

　ティージェンスは、もしシルヴィアがキャンピオンと姦通を犯した証拠があれば、自分はキャンピオンを殺すとひとり言を言って自らを驚かせた。将軍に喧嘩を挑み、殺すんだと！…それはもちろん愚かなことだった。軍の最高司令官を殺すなどあり得ない。それも立派な将軍を。将軍による軍の再編成はどこから見てもきちんとした勇ましいものだった。将軍のその後の戦いにおける軍の取り扱いは、非の打ちどころなく賞賛すべきものだった。それは実際、正規兵の神格化だった。それ一つとってみても、国に与えられる利益だった。単一指揮を政府に強いる政治的行動によっても将軍は貢献していた。グロービーに行ったとき、彼は単一指揮をとるか否かという政治問題に関するクリーヴランドの亀裂と戦う用意ができていることを——フランスを留守にしている間にもそれと戦う用意ができているということを——広く知らしめていた。明らかに、シルヴィアが、将軍のために宣伝活動を行ったのだろう。

　そう、それとアメリカ軍が大挙して到着したことが、明らかに、ダウニング街(2)を追い詰めたのだった。もはや西部戦線から撤退するという選択肢はあり得なかった。廊下に屯《たむろ》した豚どもの動きは止められた。キャンピオンは優れた男だった。職業において優れた——非の打ちどころのない！——男だった。国のために十分な貢献をしていた。だが、もし彼が妻との不倫を犯していた証拠をティージェンスが握っていたならば、ティージェンスは強く彼を非難しただろう。まったくそれは当然のことだった。兵士たちにとっては十八世紀の伝統なのだ！　あの年長者も拒めないだろう。彼もまた十八世紀の伝統の下にいるのだから。

　ワノップ夫人は、ヴァレンタインがワノストロフト先生という人物のところからあなたのもとに行ったという知らせをティージェンスに伝えていた。もしあなたの頭がおかしくなっていて、衣食にも事を欠いているとするならば、ヴァレンタインがあなたの面倒を見るのは当然だと、最初、自分は同意したのだと。しかし、このワノストロフト先生がさらにそれに続き、ティージェンスと御宅の娘さんとは数年に亘って密通を重ねていたということをマクマスター令夫人から聞いたと言ったのだった。

　そして…ワノップ夫人の声がためらいがちに言った…ヴァレンタインはワノストロフト先生に言ったらしいのよ。あなたと一緒に暮らすつもりだと。「結婚して」というのがワノストロフト先生の表現だったわ。

　ワノップ夫人の話のなかでティージェンスの胸に迫って来たのは、この最後の言葉だけだった。人々は噂するだろう。彼について。それは彼の運命だった。そしてまたヴァレンタインの運命だった。二人の個性が小説家としてのワノップ夫人の関心を引いたのだ。小説家は噂の種を糧として生きている。しかし、それは彼にはどうでもいいことだった。

「結婚して」という言葉が青色の光のように突然、電話から飛び出した。あの娘は洗練された顔をし、髪も長めに切っているが、それによる洗練の度合いはあまりあらわになっていなかった。…彼があの娘を慕うように、あの娘も彼を慕っている。その思慕が彼女の顔を洗練された顔にしたのだ。自分が慰めてあげなければ…。

彼はもう長いこと、自分の足元から一つの声が囁き続けていることに気づいていた。それは常に一つの声だった。ヴァレンタインは誰を見つけて、こんなに長いこと話したり聞いたりしているのだろう。旧友のマクマスターが、彼の頭に浮かんだほとんど唯一の名前だった。マクマスターならば彼女に害を与えないだろう。彼は潮流に乗って彼女の存在が自分のそれと一体化するのを感じた。彼はいつも彼女の存在が潮流に乗って彼自身の存在と一体化するのを感じたのだった。

「ならば、今日がその日なのだ！」

戦争が彼を男にしていた！　戦争は、彼を粗野にし、強固にしていた。それ以外に考え様がなかった。戦争は彼をもはや耐え難いものに対して耐えられない地点まで到達させていた。とにかく彼の同輩たちとは違って！　彼はキャンピオンを彼に匹敵する者と見なした。もちろん、その他にはほとんどいなかった。それに彼は自分が望んだものを受け取る準備ができていた。…それまでの彼が何者であったかは神のみぞ知るだ。兄弟の下っ端か？　永遠の副司令官か？　誰が知ろう。だが、今日、世界は変わった。封建主義は終わったのだ。その最後の痕跡はなくなってしまった。封建主義はもはや彼に居場所を提供することがなかった。彼は前に進んでいた――とても充分に前に進んでいた！――そのなかに場所を確保するために。…今や男は丘の上に立つことができる。ならばきっと男と女が一緒に同じ穴に入ることもできるだろう！

ティージェンスは言った。

「わたしは極貧というわけではないけれど、今朝は文無しでした。だから、急いで外へ出て、サー・ジョン・ロバートソンに飾り簞笥を売りに行ったのです。あの老人は戦前、百四十ポンドでこれを購入すると申し出ていました。今日は四十ポンドしか払おうとしませんでした——わたしの不品行のせいでした」シルヴィアがこの老蒐集家を完全に牛耳ってしまっていたのだった。ティージェンスは続けた。「休戦記念日があまりにも突然やって来ました。わたしはその日をヴァレンタインと過ごそうと心に決めていたのです。明日には小切手の入手が期待できます。わたしが売った本の代金です。それでサー・ジョンは田舎に戻る予定でした。わたしは平服の古いスーツを着ていて、山高帽子はかぶっていなかったのです」反響が正面のドアから聞こえて来た。

彼は真剣に言った。

「ワノップさん。…ヴァレンタインとわたしはできるならば…今日の今日にも！…さもなければ、わたしたちは入る穴を見つけるでしょう。…わたしはバースの近くにある骨董店のことを耳にしました。骨董品を取り扱う家具屋に特に規則正しい生活が求められることはありません。わたしたちはそれで十分幸せです！　それにわたしは副領事の職に応募するようにとの推薦も受けました。トゥーロン[3]の副領事だと思います。十分に生活を営んでいく能力がわたしにはあります！」

統計局は彼を移動させるだろう。もちろん非戦闘員でいっぱいの政府の局はどこも、昔、勤めていた者たちを、他の古くからある部署に移動させたくてたまらずにいた。

階段の下から非常にたくさんの声が聞こえてきた。彼はそのたくさんの声と戦うのをヴァレンタインだけに任せておくわけにはいかなかった。彼は言った。「今行くからな！」ヴァレンタインの声が答えた。

「ええ、来て頂戴。もう疲れ果てたわ」

ティージェンスがゆっくりと夢見心地で階段を降りてきた。彼は微笑んでいた。大きな声で言った。

「さあ、みんな、上がってくれ。君たちのために酒を用意してある！」彼には高貴な面があった。万能な側面が。彼らはヴァレンタインを押しのけ、それからティージェンスを押しのけて、階段を上がっていった。彼らは皆、階段を駆け上がっていった。杖を突いた男までも。片腕を失った男は、走りながら、左手で握手した。彼らは熱狂して大声をあげた。…すべての祝いの席でウィスキーの名が出た場合、英国陸軍の士官たちは声をあげて階段を駆け上るのが正しいマナーなのだ。今日は、なおさらだった！

ティージェンスとヴァレンタインは二人だけ玄関に取り残された。二人が同じ背の高さとなる位置に。ティージェンスはヴァレンタインの目を覗き込んだ。そして微笑んだ。彼はこれまでヴァレンタインに微笑みかけたことがなかった。彼らは常にそれほど生真面目な人たちだった。ティージェンスが言った。

「僕たちはお祝いをしなければならない！　でもな、僕は狂っているわけではないぞ。素寒貧なわけでもない！」さっき彼は、彼女とのお祝いをする金を得るために走り出ていったのだった。行って彼女を連れ出すつもりだったのだ。一緒にこの日を祝うために。

ヴァレンタインは言いたかった。「あなたの足元に倒れそうよ！　わたしの腕はあなたの膝を抱くでしょう！」と。

実際に言ったのはこうだった。

「今日、二人でお祝いするのは正しいことだと思うわ！」

二人を結び合わせたのは彼女の母親だった。二人は長い間相手を見つめていた。二人の目に何が起こったというのだろう。心休まる流体に浸かっていたかのような感じだった。二人は互いに見つめ合うことができた。一方が目を向けると他方が目を逸らすといったことが交互に行われる状況ではもはやなかった。彼女の母親が二人の間で話したからだ。ひょっとしたら二人は自分たちのことを話したことがなかったのかもしれない。彼女の母親がしゃべっている間、それぞれの心臓が一つ鼓動する度ごとに、二人は自分たちの関係がすでに何年も続いてきたことを確信させられた。…二人の関係は温かく、彼らの心臓は静かに打った。二人は洞窟のなかで静かに黙していた。ポンペイアンレッド(4)の洞窟が二人の頭の上で弓なりに曲がっていた。階段は囁き声をあげにあげた。今では彼らは二人きりだった。果てることなく！

女は男が言いたいことを知っていた。「君を腕に抱きしめたい。僕の唇が君の額に触れるように。君の乳房が僕の胸で痛めつけられるように！」

男は言った。

「食堂には誰がいるんだい。かつて食堂だった場所には！」

おぞましい恐怖が女の体を貫いた。女は言った。

「マッケクニーという名前の男よ。なかに入らないで！」

男は夢見心地で歩き、危険のほうに向かっていった。女は男の裾を捉えたかったが、カエサルの妻はカエサルと同様に勇敢でなければならなかった。それにもかかわらず、女がまずこっそりと入っていった。彼女は掛かった踏み越し段の手前でそっと男の脇を通り越した。ケント州のV字型自在門(5)のところだった。ヴァレンタインは言った。

「ティージェンス大尉のご登場！」彼女には彼が大尉なのか少佐なのか分からなかった。大尉と呼ぶ者もあれば少佐と呼ぶ者もあった。

マッケクニーは殺人を犯そうとしているのではなく、単にブツブツと不平を言っているだけのように見えた。彼はブツブツと言っていた。「見てくれ、俺の忌々しい叔父の奴はな、あんたの友人だが、俺を軍隊から追い出したんだぞ！」

ティージェンスが言った。

「黙りなさい。君が政府のために小アジアに行くよう除隊させられたことは自分でわかっているだろう。さあ、こっちに来て祝杯をあげてくれ」マッケクニーは汚い封筒を持っていた。ティージェンスが言った。「ああ、そうか。ソネットだな。ヴァレンタインが聞いているところで、それを翻訳してもらおうか。彼女は英国で最高のラテン語学者だからな！」ティージェンスは二人を引き合わせた。「こちらはマッケクニー大尉。こちらはミス・ワノップだ！」

マッケクニーが彼女の手を取った。

「あなたがそんなべらぼうにすごいラテン語学者なら、公平ではないな…」とマッケクニーが不平を鳴らした。

「わたしたちと一緒に出かける前に、君は髭を剃る必要がありそうだ！」とティージェンスが言った。

彼ら三人は、一緒に階段を上がっていったが、しかし二人は二人きりだった。二人は新婚旅行に行くところだった。…花嫁は逃げ出そうとしているのか！…そんなことを考えているはずはなかった。そんなことを言うのは、たぶん、罰当たりなことだった。花形帽章を付けた従僕たちを御者台に置き、きれいに輝く二人乗り四輪馬車に乗って出かけていくのだ！

彼は、部屋を整え直していた。彼は、積極的に部屋を整え直していた。緑のキャンバス地で覆われた化粧台は取り外されていた。その結果、今、三人の将校が座っている簡易ベッドが壁際に置かれていた。彼はこれらの人たちに、そこで彼女が自分と眠っていると思われたくなかったのだ。…何故なのか？　アランジュエと敵意のある痩せた女性が、それぞれ高座の上に置かれた緑色のキャンバス地の枕の上に座っていた。瓶は緑のキャンバス地のテーブルの上で互いに凭れ合っていた。皆がグラスを持った。全部で五人の英国陸軍将校がいた。彼らはどこからやって来たのだろう。緑の横畝織物が掛かりバネ付き座部が付いたマホガニー材の椅子も三つあった。ふっくらした座部だった。グラスは炉棚の上に置いてあった。痩せた敵意ある女性が慣れない仕草で暗赤色のグラスを持ち上げた。

皆が立ち上がり、大声をあげた。

「マッケクニー、懐かしきマッケクニー！」「マッケクニー万歳！」「マッケクニー！」皆、口をこの上なく大きく開き、腹の底から叫んだ。目に見えるようではないか。

激しい嫉妬の痛みが素早くヴァレンタインの体を貫いた。

マッケクニーが顔を背けた。そして言った。

「友人たち。古くからの友人たち」彼の目には涙があった。

大声をあげている将校の一人が簡易ベッドから飛び上がった――ヴァレンタインの婚礼の寝椅子から。婚礼の寝椅子の上で男たちが飛び跳ねるのを見て彼女は喜んだだろうか。まるでアルケスティス[6]のようではないか。彼女は甘いポートワインを啜った。色の黒い片腕のない将校から手渡されたもので、柔らかな色合いだった。大声を上げている将校は、激しくティージェンスの背中を叩いていた。その将校が大きな声をあげた。

「俺は女を拾いました。ちゃんとしたかわいこちゃんですよ、ティージェンス少佐」

彼女の嫉妬心が治まった。瞼が冷たく感じられた。瞼が一瞬湿り、その湿り気が冷えたのだ！　もちろん、それはしょっぱかった！…彼女はこの部隊に所属していた。彼女は彼に従っていた…配給と訓練を任務として。そこで彼女はその任に就いた。ああ、幸福な日！　幸福な、幸福な日よ！…そんな歌詞の歌があった。そんな日に出会えるとは思っていなかった。彼女はまったく思っていなかった…。

小柄なアランジュエが彼女に近寄って来た。彼の眼は優しく、鹿の眼のようで、彼の声と両手は優しく摩るかのようだった。…でも、彼の眼は片方しかなかった。ああ、恐ろしい。彼が言った。

「あなたは少佐の親しい友人なのですね。…少佐は二分半でソネットを作ったんですよ！」彼はティージェンスが彼の命を救ったことを言おうとしたのだった。

ヴァレンタインが言った。

「彼は素晴らしい人だわ。でも、何故かしら」

男は言った。

「彼は何でもできるんです！　何でもね！　彼があるべきだったのは…」

片眼鏡をつけた紳士的な将校がなかにブラブラと入って来た。…もちろん彼らは正面玄関のドアを開けたままにしてあったのだ。彼は洒落者の声で言った。「こんにちは、少佐。こんにちは、モンティ！…こんにちは、友人たち」それからマントルピースのところまで、ぼんやりと歩いて行って、グラスを手に取った。皆が大きな声で言った。「こんにちは、短足。こんにちは、鉄皮面！」彼は巧みにグラスを手に取って言った。「ここには希望がある。食卓をともにする仲間たちには！」

アランジュエが言った。

「我々のなかでただ一人ビクトリア十字勲章を授与された…」束の間の嫉妬がヴァレンタインの心を過ぎった。

アランジュエが言った。

「つまり…彼は…立派な若者だってことです。愛すべき若者だってことです！　愛すべき弟だということです！…あなたご自身の弟さんはどこにいるんですか。もはや二人が付き合うことはないでしょう。彼らのまわりでは世界がどよめいています。彼らはそこにどよめく小部隊を作り、潮の流れが静かな場所に忍び込むように最善を尽くすでしょう」

高座の上の黒い服を着た痩せた女性が彼らを見ていた。彼女は履いているスカートを手繰り寄せた。アランジュエは彼女の胸部に手を置いて訴えかけるかのように小さな両手を上にあげた。なぜ訴えかけなければならないのか？…忌まわしい眼窩のことを忘れてくれるよう希《こいねが》うためだった。彼は言った。

「素晴らしいじゃありませんか。こんなふうにナンシーがわたしと結婚してくれるとは、素晴らしいじゃありませんか。…わたしたちが皆、こんなに仲良しでいられるのは」

痩せた女性はヴァレンタインの視線を捉えた。女性は動かなかったが、ますますスカートを手繰り寄せようとしているように見えた。…それはヴァレンタインがティージェンスの愛人だからだった。国立美術館には「ティツィアーノの愛人」と呼ばれている絵がある。…彼女はそうした女たちと一緒に、一線を越えてしまったのだ。…女はヴァレンタインに微笑んだ。痛ましくも無理強いされた微笑みだった。休戦記念のための。…ヴァレンタインは柵の外側の人間だった。休日や国家の祝日を除いては…。

ヴァレンタインは左側が…剝き出しになっているように感じた。明らかにティージェンスがいなくなっていた。彼はマッケクニーを髭剃りに連れて行ったのだ。単眼鏡をかけた男が喚き声のあがる部屋を批判的に見回した。男は彼女をじっと見据え、彼女のほうへ向かった。彼は脚を大きく開いて立った。彼は言った。

「やあ！　まさかここであなたにお会いできるとは。プリンセップの家で会いましたな。あなたはドイツ軍の友人中の友人ではないのですかな」

彼は言った。

「やあ、アランジュエ！　体は良くなったかね」

まるでクジラが小エビに話しかけているかのようだった。だが、むしろ伯父がお気に入りの甥に話しているみたいだった！　アランジュエは純粋な喜びで顔を赤らめた。途轍もなく高貴な人たちの前で恐れをなしたかのように消え入らんばかりだった。彼にとってはヴァレンタインもまた高貴な人の一人だったのだ。命の恩人の…愛人なのだから！

ビクトリア十字勲章受章者は政治について話したい気分だった。いつでもそうだった。ヴァレンタインはプリンセップという友人の家の夜会で二度彼に会っていた。今は彼が眼鏡をかけていたので、彼女は彼だと気づかずにいたのだった。彼はリボン章と一緒にそれを身に着けたに違いなかった。その驚きに彼女は息を飲んだ。まるで一滴の血がそこにない明かりに照らし出されたかのように。

男が言った。

「あなたはティージェンスのために出迎え役をしているようですな！　誰がそんなことを考えられたでしょう。あなたは親独派で、彼はこんなに健全なトーリー党員なのに。グロービーの領主、その他諸々です、えっ、そうでしょう？」

男は言った。

「クロービーをお分かりかな」彼は眼鏡を通して部屋をちらりと見回した。「ここは、まるで軍隊の食堂のようだ。…『ラ・ヴィ・パリジェンヌ[7]』や『ピンク・アン[8]』は置いてないが。思うに彼はそうした物をグロービーに移動したのだろう。今では、グロービーに住むつもりだろうね。戦争は終わったから！」

男は言った。

「だが、君と古くからトーリー党員のティージェンスが同じ部屋にいるとはね。…まったくもって、戦争は終わったってことだ。…ライオンが子羊と共寝しても何ともない」

男は大声をあげた。「まったくもって、クソッ、ああ、クソッ、クソッ、クソッ…おやおや…本気じゃないんだ。…泣かないでくれたまえ。いい子だから。愛しのミス・ワノップ、わたしは君のことを最高の人間の一人だと考えてきた。君には考えられないかもしれんが…」

　ヴァレンタインは言った。

「わたしが泣いているのはグロービーのためです。いずれにせよ、今日は泣くための日ですもの。……あなたはとてもいいかたですわ、本当に！」

　男は言った。

「ありがとう！　ありがとう！　もっとポートワインを召し上がれ！　善良な、太った、心から信頼できる奴だ、ティージェンスの奴は！　立派な将校だ！」さらに付け加えて言った。「もっとポートワインをお飲みなさい！」

　彼は、男たちが立ち上がれないことへのヴァレンタインの抗議に何年にもわたって反対を唱えてきた多くの者たちのなかで、もっともその抗議にショックを受け、「国王陛下や国はどうなるのだ」と軋み声をあげ、憤慨し、言葉を失った人物だった。……彼は今やどちらかと言えば、優しい兄であった！

　彼らは皆、大声で叫んでいた。

「善良で信頼できるティージェンス！　善良で信頼できる太っちょ男！　戦前の密造酒！　彼こそそれを受け取るべき者だ」太っちょティージェンスみたいな奴は他にはいない！　彼は戸口をぶらついていた。気楽に、慈悲深く。今では軍服姿になって。そのほうが良かった。激怒したアメリカ原住民のように喚いている将校がその肩甲骨に一撃を加えた。彼はよろめき、微笑みを浮かべて部屋の真ん中に入った。彼女はその向かいにいた。軍服が二人を取り囲んだ。彼らは手を取り合って、喚き、跳ね回った。他の者たちは壜を振り回し、グラスを足元に落として割った。ジプシーたちは結婚式にグラスを割るのである。壁際にはベッドがあった。彼女はベッドが壁際にあるのを好まなかった。擦れてしまう…。

皆は二人のまわりを回り始めた。声を合わせて叫びながら。

「こちらへ！　ポムポムこちらへ！　ポムポム！

その通り、その通り。こちらへどうぞ…。」


しかし、彼らはそこに集まりはしなかった。彼らは踊り、跳ね、歩いた。二人のまわりの全世界が叫び声をあげ踊り跳ね回っていた。二人は果てしない轟音の輪の中心にいた。単眼鏡をかけた男は、もう片方の目に半クラウン銀貨(9)を差し込んでいた。彼は善意にあふれた人間だった。まさに兄だった。彼女にはビクトリア十字勲章をもらった兄がいたのだ。皆、家族だった。

ティージェンスは、腰から両手を離して広げようとした。それは不可解だった。彼の右手は彼女の背に置かれ、彼の左手は彼女の右手のなかに握られていた。彼女は怯えていた。同時に驚嘆していた。こんな経験があったかしら！　彼はゆっくりと前後左右に揺れていた。まるで象だ！　彼らは踊っていた！　アランジュエは電信柱にしがみつく子供のように背の高い女性にしがみついていた。魅力的な女を拾ったと言っていた将校は…確かに、その通りだった！　彼は外に走り出て、その女を連れてきた。その女は白い木綿の手袋をはめ、花を挿した帽子をかぶっていた。その女が言った。「あら！　やだ！」…とても美しい声を出す男がいた。彼が先導を切った。蓄音機より良かった。もっと良かった…。

小さなお人形さんたち、歩いてく、歩いてく、歩いてく(10)…。

象に乗って。愛しい、小麦粉袋の象に乗って。彼女は出かけていくところだった…。

訳者あとがき

フォード・マドックス・フォードが一九二四年から一九二六年にかけて出版した、第一次大戦前からその終結までを取り扱った三つの作品『為さざる者あり』『ノー・モア・パレーズ』『男は立ち上がる』は、その後日譚というべき一九二八年出版の『消灯ラッパ』とともに、一九五〇年に『パレーズ・エンド』の題名のもとに一冊に纏められてアメリカの出版社クノップフ（Knoph）から出版されることになった。もともとこれらは別個の出版物として世に出た個別の作品であったが、登場人物の一貫性などを考えれば、連続した作品群とみなすことができる。フォードが『為さざる者あり』から『男は立ち上がる』までの三つの作品を連続したものとして書いていったことは疑いようがなく、第四作の『消灯ラッパ』もその点では連続した作品だと言える。

それでも、グレアム・グリーンに代表されるように、この作品群を四部作でなく、『男は立ち上がる』で終わる三部作とみなしたい作家や批評家が数多く存在することは事実である。一つはフォード自身が『消灯ラッパ』を書いたことを後悔しているという手紙を批評家のジョン・M・メイクスナーに送ったことが理由として挙げられる。また、『消灯ラッパ』ではクリストファーの息子の父親が誰なのかといった疑問、クリストファーの父親の自殺やヴァレンタインとの関係など、これまで余韻をもたせて読者の想像力を刺激してきた要素がすべて白日の下に晒され、その結果、余韻が奪われることもその理由として挙げられる。終戦を迎えた人々の歓喜と衝撃と今後の生活への期待と不安は、そのまま手を入れずに余韻を残したままに作品は完結すべきだったのではないかというのが、三部作支持派の大方の意見のようである。

ところで、『男は立ち上がる』という作品は、連作の三作目というだけでなく、三という数字がこの作品を考える上で重要な概念となるように思える。まず、この作品が三部から成る作品であることによって人々の頭に浮かぶのは、作品が音楽のソナタ形式を模しているように見えることだろう。完成された古典的ソナタ形式は、提示部、展開部、再現部からなる。ソナタ形式の再現部が提示部の繰り返しであることを考えれば、いずれもが第一次大戦の休戦記念日を扱うことになる『男は立ち上がる』の第一部と第三部はまさにこの小説の提示部と再現部となっている。その間に挟まれて、若干過去に遡る第一次大戦中のティージェンスの活動を中心とした第二部は、この小説の展開部であると言えよう。

フォードは、以前、若かりし頃に書いた『五番目の王妃』三部作で、そのストーリーが頂点に達する第三作『五番目の王妃　戴冠』において、各部の表題の付け方に音楽的要素を取り入れており、各部の表題は、第一部「長調の和音」、第二部「不和の兆し」、第三部「先細る旋律」、第四部「歌の終り」といった具合になっている。それは、ヘンリー八世と最後には不貞の罪で処刑されるキャサリン王妃との関係の変化を、音楽を比喩として使うことにより巧みに表したものと言える。『パレーズ・エンド』四部作においても音楽的要素が巧みに取り入れられ、特に三作目の『男は立ち上がる』において、それが顕著に見られる。例えば、その第二部二章では、グリフィスという名の兵士が登場し、コルネットを演奏する。グリフィスは師団の演芸会でこの曲を演奏するために練習をしているところなのだが、その音楽の歌詞は、まるで楽譜のようになって紙面を彩り、実際に音楽が聞こえて来そうな按配に印刷されている。

さて、今は『男は立ち上がる』の音楽性に触れたが、この作品には音楽のみならず、さまざまな文化的活動を垣間見ることができる。現実の第一次大戦においても、多くの知識人、文化人が参戦し、戦争から芸術作品を紡ぎ出した。その一つが詩作品で、戦争賛美から反戦詩までその内容は人それぞれだが、戦争を題材に優れた詩を残した。そうした人物としては、ルパート・ブルック（Rupert Brooke）、シークフリード・サスーン（Siegfried Sassoon）、ウィルフレッド・オーウェン（Wilfred Owen,）、エドマンド・ブランデン（Edmund Blunden）などの戦争詩人（War Poets）の名をあげることができる。『パレーズ・エンド』のなかでは、主人公のクリストファー・ティージェンスや彼の親友マクマスターの甥マッケクニーがそうした文化人であり、マッケクニーはオックスフォード大学の副学長からラテン語賞を授与された人物という設定になっている。マッケクニーは自分の差し出す脚韻を利用してティージェンスが二分三十秒以内にソネットを完成させたら、自分がそれを三分以内にラテン語に翻訳してみせるというゲームを考案する。これは敵の爆撃から気を逸らすための戯れなのだが、ティージェンスが約束通り二分三十秒以内にソネットを完成すると、マッケクニーは空爆を理由にそれを封筒に入れて封をし、折あるごとに自分はまだティージェンスの書いた詩を読んでいないと言い張って、ティージェンスの詩は最後までラテン語に訳されることがない。戦争が終結し、かつての戦友たちがグレイズ・インのティージェンスの部屋に集まったときでさえ、その封は切られることなく終わるのだ。戦争がその封のなかに封印させたかのように。

さらなる戦場における文化的活動として、ティージェンスはスロコムという寄せ集め部隊の一兵士の習慣に心打たれる。この男は可能なときにはいつでも習字帳と鉛筆を取り出して劇作を行っている。ロンドン郊外の劇場で上演させるためのものであり、本国に残っている妻もそれをタイプして清書するのを手伝い、家族の生計を支えているのだ。フォードが他の誰とも違った形で記念するこの戦争の一つの典型であり象徴であるのは、戦争中にすでにこの戦争とは直接関わらない娯楽性に富んだ文学的作品が書かれているという指摘であろう。文学好きの戦士や戦時中に文学作品を作るために習字帳や鉛筆を行使するという行為は、それもウィルフレッド・オウエンやシークフリード・サスーンやロバート・グレイヴズ(Robert Graves)の詩やその他の戦争詩人や回想記作者に予期される皮肉な様態においてではなく、ロンドン郊外で行われるパントマイム劇をステージにあげるために戦場で作品が書かれているという指摘は、現実と芸術、戦争と平和の近接性を際立たせるものであり、『男は立ち上がる』のなかのフランス西部戦線の寸描は、この点をもっとも鮮やかに表現しているとも言えるだろう。

つまり、第一次大戦の重大な特徴の一つは、それがどんなに文学的な戦争であったかということだ。最も重要な文学作品をもたらした近代の戦争であるというだけでなく、最も高度に読み書きのできる文学的な男性集団によって戦われた戦争でもあったということなのである。

宗教の慰めが、戦場で大切であることは言を俟たないが、その宗教の慰めも、この作品のなかでは文学性を色濃く滲ませている。ドイツ軍の猛砲撃が迫るとき、ティージェンスの頭に浮かぶのは、ソールズベリーの近郊にあるジョージ・ハーバートの牧師館、ベマートンであり、十七世紀のギリシャ語の聖書を腕に抱え丘の上に立つ彼自身の姿である。第二部三章で、フランスのマックス要塞とともに思い出されるその牧師館は、ティージェンスが「詩篇」第一三七篇五節のエルサレムをベマートンに変えて、「ベマートンよ、もしわたしがあなたを忘れるならば、わが右の手を衰《おとろ》えさせてください」と口ずさむ詩となって表される。さらに、カトリックの神父が、兵たちに彼らが欲しない涙を誘う霊安室の説教をする代わりに、「無原罪の御宿り」について話す場面が取り上げられる。聖母マリアは母アンナの胎内に宿ったその瞬間から原罪を免れていたとするこのカトリックの教義は、むろん兵士たちの生死には直接関わりのない逸話だが、兵たちが自らの生死を考えるのを止めさせるには効果的であったと言及される。いったん宗教性を剥奪されたかにみえるこうした修辞は、それにもかかわらずと言おうか、そのためにと言おうか、さらに深い宗教性を帯びて作中人物たちの、そして読者の胸に迫るものとなっているように思えるのである。

『男は立ち上がる』においては、人々がどんなふうにコミュニケーションをとろうとし、それがどこまで上手くいくのかいかないのかが一つの主題となっている。人々がコミュニケーションをとるのを容易にする新しい手段としては、電話がクローズアップさせる。ただし、電話は必ずしも受け手に快い情報を届けてくれるものではない。第一部でヴァレンタインはイーディス・エセルからかかってきたクリストファーの近況を告げる電話に困惑し、電話線を切ってしまう。最終部では、クリストファーの部屋で、彼と愛し合うつもりのヴァレンタインのもと、壊れていると思っていた電話機に、母親から電話がかかってきて、もう少しで若い二人の関係は危うくなりそうになる。ここでは、二人が代わる代わる話すことによって、若い二人の関係は何とか首尾よく保たれる。だが、遡って、クリストファーが前線でコミュニケーションの重要性を学んできたことも、それには一役買っているかもしれない。前線に送られた当初のティージェンスは、上官からも部下たちからも疎外された孤独な自分を見出すのだが、自らが相手の懐に飛び込んでいくことによって周りの人々の信頼を勝ち得ていく。最後には、戦闘においても、部隊内の、そして隣接する部隊との通信が重要であるとの認識を持ち、それを実践しようとする。ところが、それが成果を上げる前に敵軍の砲撃を受け、部下たちを救助している際に、名付け親のキャンピオン将軍が再登場し、クリストファーから指揮権を奪い、彼を囚人の監視役へと貶める。名付け親と名付け子の関係とは言え、『為さざる者あり』での馬車と自動車の接触事故から始まり、二人の相性はそもそもからしてまったく良くないのだ。

本書の表題は英語では *A Man Could Stand Up*—であり、最後にダッシュが付いている。本シリーズの第一巻『為さざる者あり』の *Some Do Not*…に三つのドットが付いているのと同じ趣向だと言えるが、第一巻が様々な意味で「為す者もある」と言う含みをもたせているのだとすれば、カーカネット版の *A Man Could Stand Up*―を編集したサラ・ハスラム（Sara Haslam）が言うように、このダッシュは「躊躇いを示すというよりは後に句や例が続く可能性を示す」ものだと言うことができる。どこに立てるのか、どんなふうに立てるのか、様々な状況を想起させるダッシュであることは間違いない。しかし、主人公たちは「丘の上に立つ」のではなく、骨董品商を営むことで「地下に潜る」選択をし、騒音と混乱の世界だった『男は立ち上がる』の世界から逃れ、最終巻『消灯ラッパ』の静謐で豊かな世界へと移り住むことを選択することになる。それはまた次巻にて…

第一巻『為さざる者あり』、第二巻『ノー・モア・パレーズ』に引き続き、本巻においても丁寧な校正と出版に向けてのさまざまな手はずを整えてくださった松永裕衣子さんのご尽力に心より御礼申し上げます。遅々として進まぬ翻訳に辛抱強くおつきあい戴きましてありがとうございました。

二〇一九年三月

訳者

（3）トゥーロン
　フランスの南東部に位置する、地中海に面する都市。
（4）ポンペイアンレッド
　ポンペイ遺跡から発掘された壁画に使われていた顔料のような少しくすんだ赤。
（5）V字型自在門
　大型の動物を通れなくするための仕掛け。若い男女がこのなかで初めてキスする状態になることから英語では kissing gate という。第一巻『為さざる者あり』第一部Ⅵ章でティージェンスとヴァレンタインがそうした状態に陥る。
（6）アルケスティス
　第三部Ⅰ章（5）の注を参照のこと。
（7）「ラ・ヴィ・パリジェンヌ」
　“La Vie Parisienne” は1863年に創刊されたフランスの週刊誌。当初は普通の一般紙だったが、次第にエロティックなテーマを扱うようになった。
（8）「ピンク・アン」
　1863年に創刊され1932年まで続いた、主にスポーツ、特に競馬を専門とした英国の週刊新聞である The Sporting Times のこと。ピンク色の紙に印刷されていたので、一般に「ピンク・アン」と呼ばれた。
（9）半クラウン銀貨
　1551年にクラウン銀貨とともに発行された英国の2シリング6ペンスの銀貨。1951年に白銅貨となった。1971 年に英国が通貨制度に十進法を採用したことに伴い廃止された。
（10）小さなお人形さんたち、歩いてく、歩いてく、歩いてく…
　フランスでよく知られている童謡
　Ainsi font, font, font
　Les petites marionettes
　Ainsi font, font, font
　Trois petits tours et puis s'en vont...
　「こういう風に歩いてく
　小さなお人形たち
　こういう風に歩いてく
　3回まわって去っていく」

（８）アンヌ姉さん

『青髭』の出て来るファーティマの姉で、青髭に殺されそうになったときのファーティマに兄たちの到来を伝える。

（９）アドメートスと共にあったアポロン

『アルケスティス』への言及。アスクレピオスは、太陽神アポロンの息子。死者を生き返らせるほどの名医だったが、冥府の主であるハーデースが「死者を生き返らせるのは世界の秩序を乱す」としてゼウスに抗議したため、ゼウスは雷霆をもってアスクレピオスを撃ち殺した。これに怒ったアポロンは、ゼウスのために雷霆を作っていたキュクロープスたちを殺した。ゼウスはアポロンをタルタロスに落とそうとしたが、自身の愛人レートーの乞いによってアポロンの罪を減じ、1年の間人間に仕えるよう命じた。こうしてアポロンが仕えた人間がアドメートスである。アポロンはアドメートスの牛飼い（羊飼いとも）となり、アドメートスの牛に双生児を産ませて増やした。

（10）用心深く正しき女人…胸に秘めたる思いを明かしはしない。

Alice Meynell（1847～1922）の詩 'The Shepherdess' からの引用。本四部作の第一巻 *Some Do Not*（『為さざる者あり』）の第一部Ｉ章でも使用されている。

（11）VC（ヴィクトリア十字章）

ヴィクトリア十字章は、イギリスおよび英連邦王国構成国の軍人に対し授与される最高の戦功章。敵前で勇気を見せ殊勲を立てた軍人に授与される。

（12）KCMG（聖マイケル・聖ジョージ二等勲章）

グレートブリテン及び北アイルランド連合王国の騎士団勲章。第二巻『ノー・モア・パレーズ』第三部Ⅱ章（２）の注を参照のこと。

Ⅱ章

（１）...tamen usque recur....

ホラチウス『書簡集』1巻10節24行。'Naturam expelles furca, tamen usque recurret'

「鋤で自然を追い出すことはできようが、それでも自然は絶えず戻ってくるだろう」の意。

（２）ダウニング街

イギリス・ロンドン中心部の官庁街、いわゆるホワイトホールに位置する街区。イギリス首相官邸を指す代名詞ともなっている。

第三部

Ⅰ章

（1）わが愛する者は

『聖書』「雅歌」＝「ソロモンの歌」２章16節「わが愛する者はわたしのもの、わたしは彼のもの。彼はゆりの花の中で、その群れを養っている」

（2）ファーティマ

シャルル・ペロー執筆の童話『青髭』の登場人物。青髭の７番目にして最後の妻。好奇心の誘惑に負け、「小さな鍵の小部屋」を開けてしまい、小部屋の中に青髭の先妻の死体を見つける。青髭に殺されそうになるが、間一髪、二人の兄たちが到着し、青髭を殺すことによって救われる。

（3）それは言葉だけの約束を裏切った、電話は！

シェイクスピア作『マクベス』で、女から生まれた者に殺されることがないというお告げを魔女たちからもらったマクベスが、母の股からではなく、帝王切開で母の腹を破って生まれて来たマクダフに討たれる前に言う台詞、「えい、いかさまの悪魔どもめ、あいまいなお告げを以て、人をまどわし、言葉だけで約束を守りながら、いよいよとなると望みを裏切る」（五幕八場）を踏まえている。

（4）バーバラ・アレン

古いバラードに歌われている人物。彼女に恋焦がれた青年に情けをかけなかったことで良心の呵責に堪えられず死んだとされている。

（5）アルケスティス

夫アドメートス Admetus の身代わりになって死ぬが、のち黄泉《よみ》の国（Hades）からヘラクレス Hercules に連れ戻された。

（6）クランマー Thomas Cranmer（1499～1556）

カトリック教徒のメアリー女王の下で、反逆罪に問われると、公衆の面前でプロテスタント擁護を撤回した。しかし1556年3月21日に火刑に処された。その際、撤回文書に署名した右手をまず火に投じたと言われている。

（7）ボロー George Borrow（1803～81）

イギリスの小説家、エッセイスト。放浪の作家として知られ、イギリス、ヨーロッパ各地、近東を広く旅し、その体験から多くの紀行・小説を書いた。とくにジプシーについての権威とみられ、『ジンカリ――スペインのジプシー』（1841）、『スペインの聖書』（1843）、『ラベングロー』（1851）などが知られている。メリメの小説『カルメン』の中にも彼の名が登場する。

（4）漏斗穴

砲弾の地上破裂によってできた穴。

（5）オールド・コンプトン・ストリート

ロンドンのソーホーにある。海外からの移民が多く住み、飲食店が多い。現在では同性愛者が多く集まることで有名なエリア。

（6）小銃擲弾訓練

ライフル銃やカービン銃の銃口に取りつけた装置によって手投げ弾を発射する訓練。

（7）ストークス砲

第一次大戦の西部戦線で使われた軽速射臼砲で、塹壕戦用の優れた兵器として広く流布した。

（8）プリムローズ・ヒル

ロンドンのカムデン区にある標高256フィート（78メートル）の小高い丘、およびその周辺地域。ロンドンの街を一望できる。

Ⅵ章

（1）無数のヒバリが…

マンハイム生まれの英国詩人Mathilde Blind（1841〜96）の詩'Love-Trilogy I'の一節。BlindはFord Madox Fordの祖父Madox Brownの愛人だったとも言われている。

（2）ミケランジェロ作の…のように

メディチ家の墓として完成されたミケランジェロの作品は、現在、メディチ家君主礼拝堂博物館を飾る「昼と夜」、「曙と黄昏」の２つがあり、「アダムの創造」はシスティナ礼拝堂の天井に描かれている。

（3）ブラッディ・メアリー砲

第二部Ⅰ章（11）の注を参照のこと。

（4）エクスムア

イングランドSomerset州とDevon州にまたがる荒野。Exmoor National Parkがある。

（5）銃の手入れ用具

原文のpull-throughsは油のついたぼろ切れに、紐でおもりを付けた手入れ用具のこと。

（4）オポルト
別名ポルト。ポルトガル北西部の都市。ぶどう酒を通じ18世紀からイギリスとかかわりがあった。
（5）ポンペイ
イタリア南西部のヴェスヴィオス（Vesuvius）火山の噴火（79年）で埋没した古代都市。
（6）『マクベス』のなかの門口をノックする音
シェイクスピア劇『マクベス』（*Macbeth*）の2幕2場1行目の台詞。1823年に Thomas de Quincy はこの箇所について自らが覚えた強烈な感情をエッセイ" On the Knocking on the Gate" を書いて論じたが、フォードはこれも踏まえているのかもしれない。
（7）「アレクサンダー大王の話であれ…」
有名な行進曲「英国擲弾兵」の第1行。
（8）無原罪の御宿り
聖母マリアは彼女が母アンナの胎内に宿ったその瞬間から原罪を免れていたとするカトリック教会における教義。1854年に教皇ピウス9世により正式な信仰箇条として宣言決定された。
（9）釜の下に焚《もゆ》る荊棘《いばら》の聲《おと》
【聖書】「伝道の書」7章6節。愚かな者の笑いは／釜の下に焚《もゆ》る荊棘《いばら》の聲《おと》のようである。
（10）アバナとパルパル
【聖書】「列王紀」5章12節。ダマスコの川アバナとパルパルはイスラエルのすべての川水にまさるのではないか。

V章

（1）ミーネンヴェルファー
第一次世界大戦時にドイツが開発・運用した火砲の一種。
（2）トッテナム・コート・ロード
ロンドン中央部の通りの名称。
（3）フイヌムたち
ジョナサン・スウィフト作の『カリバー旅行記』第四部フイヌム（馬）国は、自然的理性ないし理性的自然に従って生きるフイヌム（馬）たちと、欲望と情念のみあって理性と徳性を欠いたヤフーによって構成された国を描いている。

に！」

詩篇137篇5節「エルサレムよ、もしわたしがあなたを忘れるならば、わが右の手を衰えさせてください。」を踏まえている。

（4）トロイはもはやない、大きな栄光もまた。

古代ローマの詩人ウェルギリウス（BC70〜BC19）の叙事詩『アエネーイス』二巻324〜5行を踏まえての言葉。

（5）ディズレーリ

英国の政治家、ベンジャミン・ディズレーリ（Benjamin Disraeli, 1804〜1881）を指す。保守党の領袖で、保護貿易派の指導者で、1868年、1874〜1880年に首相を務めた。スエズ運河の買収、ロシアの南下政策阻止、インド帝国の樹立などビクトリア朝時代の帝国主義政策を推進した。

（6）Conticuere omnes

古代ローマの詩人ウェルギリウス（BC70〜BC19）の叙事詩『アエネーイス』二巻の最初の言葉。

（7）Vino somnoque sepultum!

古代ローマの詩人ウェルギリウス（BC70〜BC19）の叙事詩『アエネーイス』二巻35節の一部。

Ⅳ章

（1）誰かさんの非嫡出子

前巻*No More Parades*の第二部Ⅲ章に同様の仕草を特徴とする兵卒が登場する。訳書（本シリーズ第2巻『ノー・モア・パレーズ』）では、222頁。

（2）P・R・I

The President of the Regimental Instituteの省略形。The Regimental Instituteは様々な面で（特に飲酒に関して）兵士たちの生活向上を支援するために設立された組織で、会長は資金の分配の責任者。

（3）ドレークとボウルズの試合

サー・フランシス・ドレーク（Sir Francis Drake, 1543〜1596）は、エリザベス朝のイングランドの航海者、海賊（私掠船船長）、海軍提督。1588年7月、プリマス・ホーでボウルズに興じていたドレークは、無敵艦隊の接近を知らされた際、ゲームを終えてからスペイン人をうちのめす時間はまだある、と豪語したとされている。その後、アルマダの海戦に臨んだドレークはその言葉どおりにスペインに勝利した。

2月23日にクリミア戦争の影響について「死の天使が国中に出没している。あなたはその羽根の音を聞くかもしれない」と語った。その言葉の引用と考えられる。

（13）ゴードン将軍

Major General Charles George Gordon（1833～85）英国陸軍砲兵隊H.W.ゴードン将軍の4男として誕生し、その後、王立陸軍士官学校に入り、1852年に少尉に任官した。ヴィクトリア朝時代には中国やアフリカでの軍事作戦で名声を得た。1882年には少将に昇進した。彼の勇姿は1885年にGeorge William Joyが描いた、Leeds Art Galleryに展示されている*George Gordon's Last Stand*などに見ることができる。

（14）あの馬鹿なドイツ人教授

オットー・ヴァイニンガー（Otto Weininger, 1880～1903）を指すと思われる。ヴァイニンガーは主著『性と性格』において、全人類が男性的形質と女性的形質を併せ持っていると主張し、この自説を科学的に立証しようと試みた。彼によると、男性的形質とは能動的・生産的・意識的・倫理的・論理的な性質であり、女性的形質とは受動的・非生産的・無意識的・非倫理的・非論理的な性質である。彼によると、女性解放とはレズビアンのような「男性的女性」のためのものであり、女性の人生は行動（たとえば娼婦）と生産（たとえば母）の両面において、もっぱら性機能のために費やされる。女性は本質的に「仲人」である。一方、男性（あるいは人間の中の男性的側面）の役割とは天才になるために生き延びることであり、彼が自身の中に見出すところの絶対者（すなわち神）に対する抽象的な愛のために性を超越することであるという。

（15）シムラ

インド北部にあるヒマーチャル・プラデーシュ州の州都。

Ⅲ章

（1）クロノメーター

船の揺れや温度変化に影響されない、高精度な携帯用ぜんまい時計。

（2）OP

Observation Post（監視所）の略。

（3）「おお汝、ベマートンをわたしが忘れるとき、あるいは、おお、我がマックス要塞をわたしが忘れるならば…わたしの右手がその器用さを忘れますよう

（５）アウグストゥス

アウグストゥス（Gaius Julius Caesar Octavianus, Augustus Caesar, 63B.C.～A.D. 14）：ローマ帝国初代皇帝（27B.C.～A.D. 14）志半ばにして倒れた養父カエサルの後を継いで内乱を勝ち抜き、地中海世界を統一して帝政（元首政）を創始、パクス・ロマーナ（ローマの平和）を実現した。

（５）交趾支那（コーチシナ）

フランス統治時代のベトナム南部に対する呼称。

（６）彼の人生のなかで、これほどに彼に似つかわしいものはなかった…

シェイクスピアの戯曲『マクベス』の一幕四場で、国王に反旗を翻して破れ処刑されるコーダーの領主について言われる「彼の人生のなかで、人生を捨て去るときほど、彼に似つかわしいものはなかった」という台詞を踏まえている。

（７）もし俺がブローニュの森を散歩するなら／颯爽たる気分で…

この歌詞は19世紀イギリスのミュージックホールで歌われたThe Man Who Broke the Bank at Monte Carlo の一節。1891年～92年にフレッド・ギルバートによって作曲され、コメディアンであり歌手であるチャールズ・コボーン（Charles Coborn）の歌唱によってヒットした。

（８）ショレディッチ・エンパイア

1856年にオープンした、ロンドンのイーストエンドにあったミュージック・ホール。1895年にLondon Theatre of Varieties と改名され、さらに後にはGriffin Music Hall, the London Music Hallとも呼ばれたが、1935年に取り壊された。第一次大戦時にはすでに改名されていたわけだが、旧名で親しまれていたのだろう。

（９）PXL

PXは 'post exchange' の略。アメリカ軍用語で、軍隊内で飲食物や日用品などを売る店のこと。Lははっきりしないが 'large' の略であることなどが考えられる。

（10）*Minn*

アメリカ合衆国ミネソタ州（Minnesota）の旧式の略称。現在はMNと略される。

（11）連絡壕

防衛陣地の後部と最前線の間の保護された通路を提供する堀。

（12）「天使の羽根のかさかさ鳴る音が聞こえそうな」

英国自由党の政治家であり改革者だったJohn Bright（1811～89）が、1855年

（8）黒天使たち

ダンテの『神曲』に登場する地獄の使者であり、神に反逆した熾天使の側についた悪しき天使たち。

（9）ヴィクトリア十字勲章

「敵前において勇気を見せた軍人」に対して授与される、英国連邦の軍人の最高の戦功章。

(10) 従兄のフリッツ

チャールズ・ゲイラー（Charles Gayler, 1820～1892）作の劇、*Fritz, Our German Cousin*（1870）の主人公。Wallack's Theatre でミュージカルとして演じられた。主人公のフリッツが長く行方不明になっていた妹と父の遺産を求めてアメリカに行く物語。

(11) ブラッディ・メアリー砲

ロンドンにある王立砲兵隊博物館の記録に、ボーア戦争（1880～81, 1899～1902）の時代からブラッディ・メアリーという名の海軍の大砲がすでに使われていたことが記されている。

(12) リンデンバウム通り

ベルリン市のブランデンブルク門とアレクサンダー広場を結ぶ大通り。沿道にはリンデンバウムの並木やフンボルト大学・国立図書館・国立歌劇場などがある。

Ⅱ章

（1）ヘリックとパーセル

ティージェンスが耳にしたこの調べは 'Passing By'（1875）という題名の曲で、その作詞者が Robert Herrick（1591?～1674)、作曲者が Edward Purcell である。

（2）師団規模

師団は１万～２万の兵員数を擁する陸軍の戦略単位。

（3）「とても素晴らしく、とても落ち着き、とても明るい、甘美な時代、地上と空の結婚式」

George Herbert の詩 'Vertue' の最初の２行。

（4）ペリクレス

ペリクレス（495B.C.?～429 B.C.）はギリシャ Athens の将軍・政治家；文物を奨励しアテネの黄金時代を招来した。

第二部

I章

（1）ノバスコシア

ノバスコシア州は、カナダ東部の大西洋に面する州。州名はラテン語で「新たなるスコットランド人の国」を意味する。膝の上にエプロンをして乗馬靴を磨いていた。

（2）博物誌

『セルボーンの博物誌』は18世紀イギリスの牧師、博物学者であるギルバート・ホワイト（Gilbert White, 1720～1793）の著書で、博物学やネイチャーライティングの古典として今日もなお読み継がれている。

（3）ホワイトホール

もともとロンドンの中心部に建てられた国王ヘンリー8世時代の宮殿の呼称であったが、その後、付近に外務省、大蔵省、首相官邸などイギリスの主要な官庁が建設され、今日ではトラファルガー広場から国会議事堂までの間に並ぶ官庁街をホワイトホールと呼ぶようになっている。

（4）ミゼリコルディア兄弟会

13世紀のフィレンツェに創設されたイタリアの慈善団体。兄弟会員は慈善を行う際に誰だか分からないように黒い頭巾をかぶる。

（5）ベリー式信号

アメリカ海軍士官のエドワード・ウィルソン・ベリー（1847～1910）が開発し、広めたベリー式信号ピストルから発射される色彩閃光。

（6）ダービー計画

1916～18、22～23年の2度陸相をつとめた17代伯エドワード・ジョージ・ビリアーズ（Edward Stanley, 17th Earl of Derby, 1865～1948）が、1915年に立案した志願兵徴募計画。この計画では、徴募されるのはまず独身者からで、既婚者は独身者の動員が完了した後に行うとされた。結果的に、12月まで実施されたダービー計画は、入隊逃れの結婚ラッシュを引き起こしただけで、十分な数の志願兵を確保する見通しが皆無であることが判明し、アスキス首相による徴兵制導入へとつながっていった。

（7）変性アルコール

工業用アルコールで、飲食用に転用されることを防止するために変性剤を入れたエタノール。

（4）四旬節

復活祭（＝イエス・キリストの復活を祝うキリスト教最古、最大の祝日。春分のあとの満月に続く日曜日がこの祝日となる）の準備期間で、復活祭の前日までの日曜日を除く40日間をいう。

（5）ヘカベー

ギリシャ神話に登場する女王で、イリオスの王プリアモスの妻でヘクトールの母。ヴァレンタインがここで言及しているのはシェイクスピア作『ハムレット』二幕二場のハムレットの台詞「彼（役者）にとってヘキュバが何だ、縁もゆかりもない／そのヘキュバのために泣くなんて」

（6）ティブルス

（前50頃～前19）古代ローマの抒情詩人。メッサラをパトロンとする文人のサークルに属し、恋愛詩に牧歌的な要素を加えた優雅で明快な詩を残した。

（7）ディズレーリ

ベンジャミン・ディズレーリ。Benjamin Disraeli, 1st Earl of Beaconsfield (“Dizzy”), (1804～81）は、19世紀イギリス、ヴィクトリア朝期の政治家。イギリス首相となった唯一のユダヤ人。保守党（トーリー党）に所属し、ダービー内閣で3回蔵相を経験したのち、首相を2回務めた。スエズ運河買収、ロシアの南下政策阻止などの功績を残す。アフガン戦争、第一次ボーア戦争で求心力を失い失脚した。小説家としても知られており、代表作に『ヴィヴィアン・グレイ』『シビル、あるいは二つの国民』などがある

（8）ベイリオル

オックスフォード大学の学寮の一つ。

（9）プリムローズ・デームズ

プリムローズ・リーグ（Primrose League）は、かつて存在したイギリス保守党の議会外組織。「宗教・国政・大英帝国の護持」を目的とする。19世紀末から20世紀初頭の世紀転換期にイギリス最大の政治組織となり、同時代の保守党長期政権を支えた。「宗教・国政・大英帝国の護持」を目的とし、19世紀末から20世紀初頭の世紀転換期にイギリス最大の政治組織となり、同時代の保守党長期政権を支えた。プリムローズ・デームズはその婦人部会。

一つ。
（11）ジョン・ピール
John Peel（1776?〜1854）は、イングランド北西部カンバーランド（現カンブリア）生まれの狩猟家。彼を題材に、友人の John Woodcock Graves（1795〜1886）が 'D'ye Ken John Peel' を作詞し、この詞はスコットランドの伝統的バラード Bonnie Annie の節に合わせて歌われた。
（12）MIZPAH
Mizpah（ミツパ）は旧約聖書のいくつかの箇所に登場する地名であり、「見張る場所」「物見やぐら」という意味がある。「創世記」31章49節では、ラバンがヤコブに「われわれが互に別れたのちも、主がわたしとあなたとの間を見守られるように」とそれにかけて祈った石塚である。19世紀末には 遠く慣れる人の幸運を願い mizpah という文字が刻まれた物を贈ることが流行した。
（13）WAACS（志願陸軍婦人部隊）
WAACS は Women's Army Auxiliary Corps の略称。第一次大戦が起きるとイギリス、ロシアでは従前の義勇兵のほかに婦人志願兵の募集が組織的に行われ、後方支援業務や一部では第一線の戦いに参加した。
（14）「落ち着け、東ケント連隊」
'Steady the Buffs' はもともと黄色い襟章を付けた王立東ケント連隊の閲兵式での号令として使われていたものだが、自戒の言葉として一般化した。

Ⅲ章
（1）わたしの足の精霊がどうやったのかわたしを連れてきたのです…
英国のロマン派詩人パーシー・ビッシュ・シェリー（Percy Bysshe Shelley, 1792〜1822）の詩 "The Indian Serenade" の一節。
（2）主教宮殿
ロンドン南西部のフラム区にあるフラム宮殿（Fulham Palace）は、1973年までロンドン主教公邸だった。
（3）ガートン
ケンブリッジ大学を構成するカレッジの1つ、ガートン・カレッジ（英：Girton College）のこと。1869年の設立当初は、エミリー・デイヴィスによりイギリスで初めて女性のために造られた全寮制のカレッジであった。当時、女性教育に対する偏見は厳しいものがあり、カレッジは大学の中心地から2マイルほど北、ガートン村の入口に建てられた。

（4）ロウ

ハイド・パーク内に存在する乗馬用道路、ロットンロウ（Rotten Row）のこと。

（5）ウォルター・サヴェッジ・ランドー

第一部Ｉ章の注（9）を参照のこと。

（6）後期ラファエル前派

1848年、ダンテ・ゲイブリエル・ロセッティ、ウィリアム・ホルマン・ハントそしてジョン・エヴァレット・ミレイの３人の美術アカデミーの学生が中心となり、ラファエル前派兄弟団が結成された。これは絵画をルネサンス以前の画風に戻すことで、もっと崇高な道徳的なものにしようとするものだった。それが路線の違いから分裂した後、ロセッティは若い２人の画家、エドワード・バーン＝ジョーンズとウィリアム・モリスに出会って、改めてラファエル前派が動き出す。これを当初の兄弟団と区別して、後期ラファエル前派と呼ぶ。後期ラファエル前派は兄弟団のロマン主義的傾向を増幅し、象徴主義、審美主義への流れに繋がり、やがてアール・ヌーボーの源流ともなり、また、ダリなどシュールレアリズムの画家たちにも少なからず影響を与えたとされる。

（7）不透明な琥珀のネックレス

第一巻『為さざる者あり』第一部Ⅲ章で、初対面のイーディスについて、黄色い琥珀の首飾りを下げていたことが、マクマスターの印象に残ったことの一つとして記されている。

（8）そして、お前は焼かれる担架に置かれている私に泣いてくれよう…

古代ローマの抒情詩人ティブルス（Albius Tubullus, BC50～BC19）の詩集、第１巻第１歌61～2行。原文は

flebis et arsuro positum me, Delia, lecto,
tristibus et …

『為さざる者あり』の第一部Ⅶ章で、62行目の全体、tristibus et lacrimis oscula mixta dabis.『悲しみの涙と交じり合った口づけをおまえはしてくれるだろう』がクリストファーとヴァレンタイン二人の間で論じ合われる。

（9）たそがれと宵の星…

19世紀英国の詩人アルフレッド・テニソン（Alfred Tennyson, 1809～92）の詩 'Crossing the Bar' の一節。

（10）リンカーン法曹院

ロンドン中心部のカムデン区ホルボーンにある、ロンドンに４つある法曹院の

（10）わたしを造ったところの

原文 “By whom I was made etcetera!” は、《新約聖書》「コロサイ人への手紙」1章16節を踏まえている。

なぜなら、万物は御子にあって造られたからです。天にあるもの、地にあるもの、見えるもの、また見えないもの、王座も主権も支配も権威も、すべて御子によって造られたのです。万物は、御子によって造られ、御子のために造られたのです。

（11）銀行休日

日曜日以外の年8回の法定休日。

（12）七番目の戒律

「出エジプト記」20章14節中の「あなたは姦淫してはならない」を指す。

（13）エリート

原文は “the Senior Service” で、陸軍に対して海軍を指す言葉である。

（14）ペンブルック・ドック

海軍工廠があるウェールズ南西部ペンブルックシャー州の港町。

Ⅱ章

（1）ヴァロンブローザ

イタリア、トスカナ地方の一地域。

（2）水性塗料は、自分にとって絶えず存在する、例えば、貧民とは違っている。

「マタイによる福音書」26章11節

「貧しい人たちはいつもあなたがたと一緒にいるが、わたしはいつも一緒にいるわけではない」を踏まえている。

（3）百合やソロモンより怠惰

『聖書』「雅歌」2章1〜2節

わたしはシャロンのばら、谷のゆりです。／おとめたちのうちにわが愛する者のあるのは、いばらの中にゆりの花があるようだ。

「マタイによる福音書」6章28〜29節

また、なぜ、着物のことで思いわずらうのか。野の花がどうして育っているか、考えて見るがよい。働きもせず、紡ぎもしない。／しかし、あなたがたに言うが、栄華をきわめた時のソロモンでさえ、この花の一つほどにも着飾ってはいなかった。

訳 注

第一部

I章

（1）ヘレフォード

イングランド西部、ヘレフォードシャーの行政府所在地。ウースターの南西約40km にあり、ワイ川に臨む。7世紀初めセバーン川を渡ってやって来たサクソン人（ザクセン人）が建設した都市。ヘレフォード大聖堂がある。

（2）エクセター

イングランド南西部、デヴォン州の都市。2000年前に古代ローマ人により建設された歴史的都市。エクセター大聖堂がある。

（3）カルカッソンヌを見ずして

「カルカッソンヌを見ずして死ぬなかれ」の格言がある。カルカッソンヌはフランス南部の城塞都市にして観光名所。

（4）ティブルス

アルビウス・ティブルス Albius Tibullus（BC54～BC19）古代ローマの抒情詩人。

（5）サッポー

Sappho（BC610?～BC570?）古代ギリシャの女流詩人。

（6）レキット社の青色洗濯着色材が入った、計り知れない大きさの洗濯盥

レキット社は洗濯用の製品を製造していた会社。1852年に合成群青色と重曹の組合わせにより青色洗濯着色材（Reckitt's blue）の生産を開始した。ヴァレンタインは地中海のことをその着色剤が入った洗濯盥に見立てている。

（7）チェルシーの哲人

トマス・カーライル Thomas Carlyle（1795～1881）のこと。

（8）若い女性が使うにはふさわしくない言葉だ！

その言葉とは impotent であろう。

（9）ウォルター・サヴェッジ・ランドー

Walter Savage Landor（1775～1864）イギリス詩人・散文家。ウォリックシャーの医師の家に生まれる。誇り高いロマン主義者である一方、激しい性格という一面も。そのためかオックスフォードを放校されたこともある。

†著者

フォード・マドックス・フォード（Ford Madox Ford）

1873年生まれ。父親はドイツ出身の音楽学者Francis Hueffer、母方の祖父は著名な画家Ford Madox Brown。名は、もともとはFord Hermann Huefferだったが、1919年にFord Madox Fordと改名。
多作家で、初期にはポーランド出身のJoseph Conradとも合作した。代表作に*The Good Soldier*（1915)、*Parade's End*として知られる第一次大戦とイギリスを取り扱った四部作（1924-8)、1929年の世界大恐慌を背景とした*The Rash Act*（1933）などがある。また、文芸雑誌English ReviewおよびTransatlantic Reviewの編集者として、D.H. LawrenceやJames Joyceを発掘し、モダニズムの中心的存在となった。晩年はフランスのプロヴァンス地方やアメリカ合衆国で暮らし、1939年フランスのDeauvilleで没した。

†訳者

高津　昌宏（たかつ・まさひろ）

1958年、千葉県生まれ。慶應義塾大学文学部卒業、早稲田大学大学院文学研究科前期課程修了、慶應義塾大学文学研究科博士課程満期退学。現在、北里大学一般教育部教授。訳書に、フォード・マドックス・フォード「パレーズ・エンド」[1]『為さざる者あり』（論創社、2016)、同[2]『ノー・モア・パレーズ』（同、2018)、『五番目の王妃　いかにして宮廷に来りしか』（同、2011)、『王璽尚書　最後の賭け』（同、2012)、『五番目の王妃　戴冠』（同、2013)、ジョン・ベイリー『愛のキャラクター』（監・訳、南雲堂フェニックス、2000)、ジョン・ベイリー『赤い帽子　フェルメールの絵をめぐるファンタジー』（南雲堂フェニックス、2007)、論文に「現代の吟遊詩人——フォード・マドックス・フォード『立派な軍人』の語りについて」（『二十世紀英文学再評価』、20世紀英文学研究会編、金星堂、2003）などがある。

パレーズ・エンド[3]　男は立ち上がる

2019年7月20日　初版第1刷印刷
2019年7月30日　初版第1刷発行

著　者　フォード・マドックス・フォード
訳　者　高津昌宏
発行者　森下紀夫
発行所　論創社
東京都千代田区神田神保町2-23　北井ビル
tel. 03（3264）5254　fax. 03（3264）5232
web. http://www.ronso.co.jp/
振替口座　00160-1-155266

装幀／奥定泰之
組版／フレックスアート
印刷・製本／中央精版印刷
ISBN978-4-8460-1846-7